野枸杞

YE GOUQI

金耀东 /著

敦煌文艺出版社

图书在版编目（CIP）数据

野枸杞/金耀东著.-- 兰州：敦煌文艺出版社，2019.7（2022.1 重印）
ISBN 978-7-5468-1756-9

Ⅰ.①野… Ⅱ.①金… Ⅲ.①中国文学—当代文学—作品综合集 Ⅳ.①I217.2

中国版本图书馆 CIP 数据核字（2019）第 136582 号

野枸杞

金耀东　著

责任编辑：张明钰
装帧设计：韩国伟

敦煌文艺出版社出版、发行
地址：（730030）兰州市城关区读者大道 568 号
邮箱：dunhuangwenyi1958@163.com
0931-8152173（编辑部）
0931-8773112　8120135（发行部）

北京一鑫印务有限责任公司印刷
开本 787 毫米 ×1092 毫米　1/16　印张 19.5　插页 2　字数 300 千
2019 年 11 月第 1 版　2022 年 1 月第 2 次印刷
印数：1 201 ~ 3 700

ISBN 978-7-5468-1756-9
定价：58.00 元

如发现印装质量问题，影响阅读，请与出版社联系调换。

本书所有内容经作者同意授权，并许可使用。
未经同意，不得以任何形式复制转载。

目 录

第一篇　春晖悠悠

黄河石	1
母女情	3
清明祭	5
绣花枕顶	7
报祭	9
母亲的怀抱	11
冬天的记忆	16
黑条纹棉鞋	19
中秋月儿圆	22
不息的烛光	24
年馍	26
一曲《一枝花》	29

第二篇　童真童趣

老鹰捉小鸡	32
红头绳	34
野枸杞	36
枣花	39
飘飞的蝴蝶	46
欢乐的暑假	50

那一声"哥……"   54
趣忆"乒乓乓"   57

第三篇　陇上云影

清风儿徐来   59
雨中赏荷   62
春节素描   64
走近黄河   67
心中的圣殿   71
山沟里吼大戏   75
心中的"蒲公英"   79
又是柿红叶落时   81
巍巍潜夫山   83
"花儿"唱翻了二郎山   86
娲皇故里走笔   89
暮色中的古韵   93

第四篇　阡陌榆柳

老人与井   96
红山楂   99
会宁女孩   103
舟曲老人   107
清清洮河水   111
杏树湾   114
贡马井的天   118

第五篇　岁月回眸

外祖父   123
农耕笔耘童心在   128

秋天的谜语　　　　　　　　131
羊倌生涯　　　　　　　　　135
十年一觉大学梦　　　　　　138

第六篇　人物春秋

将军学者陆文虎　　　　　　140
草原的歌和童话的世界　　　145
难舍这片沃土　　　　　　　149
三代人的音乐追求　　　　　153

第七篇　物换星移

沧桑历尽肃王墓　　　　　　159
人杰地灵话榆中　　　　　　164
金花娘娘与故乡金崖镇　　　169
金城陆氏　根在昆山　　　　172
长寿山下说长寿　　　　　　175
顺应潮流的经典　　　　　　184
道教一代宗师　　　　　　　187
李自成归隐榆中青城觅踪　　196

第八篇　那年那月

火祭　　　　　　　　　　　210
黑毛绳腰带　　　　　　　　230
天娃　　　　　　　　　　　243
天爷　　　　　　　　　　　255
"赛貂蝉"孖奶奶　　　　　　280
爷爷的宝藏　　　　　　　　290

后记　　　　　　　　　　301

黄河石

还是在上小学时，一次，我发现母亲放衣物的棕箱里，有块蛋糕大的圆石块，它是那么圆，轻轻一滚，便像车轮般在炕上轱辘辘转起来。

"哎呀，小心摔坏了！"母亲一把捡起来，把那淡青色的圆石块贴在脸颊上，如同亲吻我的脸蛋一样。

"妈，给我玩吧！"我苦苦哀求，用它做跳房房用的牌子，滑溜自如，保准老是赢家。

"等你长大了……"母亲让我在炕上玩了一阵儿，又藏进了衣箱，并加上了锁。

升到二年级，我记起了母亲答应的事。

"你还小，再长大一些……"

三年级时，我肩膀上扛了"二道杠"，母亲乐得眼睛眯成了一条缝，终于把那块我朝思暮想的圆石块给了我。

到此时我才惊奇地注意到：这淡青色圆石块上的图案奇异极了，像是人工精细描绘上去似的，那些如柏叶和梅花瓣一样的花纹整齐而有规律，由圆心向四面散射开来；它细腻光滑得有如玻璃体。

小伙伴们和我一样喜欢这巧夺天工的圆宝石，都想用它来为自己赢得胜利。晚上放学的路上，几个好朋友还递来传去玩一阵儿这个宝贝，然后再郑重地交给我。

小小的圆石块，给我们的童年和友谊增添了几多色彩，给我们的生活带来多少快乐！

有天课外活动时，我们正玩得开心，突然间，比我们高两级的"麻子王"窜出来，冷不防，他一把捡起圆石块，紧紧攥在手心，麻脸上露出得意的笑，"我给大家耍个把戏。"

他抹了一把鼻涕，嘴里念念有词，一个鹞子翻身，牌子"嗖"一声划了个弧线，向蓝天飞去……

我的心像被勾走似的一阵难受。伙伴们面面相觑，对"麻子王"却是一声也不敢吭。

"石牌子丢了吗？"母亲看我哭着回来，紧捏住我的胳膊问。

伙伴们把经过告诉母亲，她脸色猛变了，嘴唇微微颤动着，半晌才说："我真不该给你呀！"

原来，这是一块不同寻常的纪念品。

早年，母亲随父亲在陕西一家华纱布公司上班，辗转于汉中、合阳、韩城一带，日本人侵占华北，与陕西一河之隔的山西也被占领，黄河西岸都能看到敌人的碉堡，魔爪随时要伸过黄河。为了逃难，父母决定回老家。临行前，父母向黄河告别，拣到了那块淡青色的浑圆光洁的黄河石……

听了母亲的述说，我的心像被攫住似的难受。我决心要找到那块黄河石。我和伙伴们找遍了附近的果园、麦田、水渠、场院，可惜始终没有找到……

事情过去好多年了，儿时的诸多趣事大都已经淡忘，唯独母亲那块黄河石，常使我梦牵魂绕。一想起它，就负疚，痛惜，觉得实在对不起父母亲。

回来吧，我的黄河石！

载 1989 年 6 月 9 日《兰州晚报》副刊

母女情

鲁二婶得到消息，年过八旬的老父在城里病重，她便提了一篮鸡蛋，一兜苹果，一罐蜂蜜，一只羊腿，搭上火车直奔兰州城。

到站时已是晚上十点左右，她匆匆在僻静的街巷里寻路。忽然，她听到一阵急促的脚步声由远而近，塑料鞋底踏在柏油路上发出脆生生的声音，似乎是追她的。鲁二婶只觉得脊背阵阵发麻，不由加快了脚步。

"妈……"身后传来一个姑娘的声音。

鲁二婶惊得回头一看，只见一个年轻姑娘气喘吁吁地靠近了她。

这姑娘颀长细腰，披一头卷发，掩着口咯咯笑道："大婶，你的背影、走路的样子真像我妈。"说着，伸过手竟要提鲁二婶手里的篮子。鲁二婶看她这身装束，又素不相识，便紧紧捏牢筐梁推托说："轻轻儿的，不劳驾你了。"

姑娘以为鲁二婶客气，硬夺过筐，边走边和鲁二婶说话。她这才知道这位乡里大婶是去亲戚家看望老父亲的。

姑娘问她亲戚家的住址时，她说在前边几栋黄楼中的一栋里——她仅仅来过一两次，不太记得清了，只记得楼角有个砖砌的墩子，上面安着水龙头。

"啊呀，"姑娘叹息着，"那几座黄楼还远，再说你不知道楼房号数是不好找人的。干脆，我送你去亲戚家吧。"

鲁二婶这才知道遇上了好人，心里一热。攀谈之下，方知这姑娘下班后，又去夜校学习，深夜归来，她妈常在十字路那儿等着，不然今夜怎么会错把鲁二婶看成自己的妈妈呢？

鲁二婶不胜感慨："唉，天下父母心哪！"

正在这时，空寂的大街上走来一位满头银发的妇女，迎着她们叫道："玉华！"

姑娘叫了一声"妈"，并把路遇的这位乡下大婶介绍给自己的母亲。

玉华妈拉着鲁二婶说："老妹子，先到咱家歇歇再走吧。"鲁二婶连连谢道："不麻烦了，得赶路哩。"

玉华说："妈，你先回去，我把这位大婶送到就来。"

"走，妈和你一同去。"

母女俩热心护送陌生的乡下大婶走着，玉华扭头对她妈说："妈，刚才我还把这位大婶认成了你呢。"

三人爽朗地笑了。鲁二婶心里说：世态好起来了，城里人也变得比过去更加文明有礼了！

载 1984 年 5 月 22 日《兰州报》

清明祭

是纷纷的细雨，还是忧伤的泪珠洗润了面颊，打湿了前胸！望着黄土坡下那座没有墓碑的坟冢，犹如见到了久别的母亲。母亲去世八个年头了，八年，每逢清明，她还是那样牵挂着她的儿孙吗？

记得上小学时，母亲就怕我长大去上中学，去外面工作，她希望我常绕膝前，天天能见到我的面。

小学毕业后，我要到二十里外的地方读书。头天晚上，我们几个伙伴准备行囊、整理书箧时，母亲跑到隔壁偷偷抹眼泪。一见她这样，我也开始哭。我哭，除了因一个十三四岁的孩子对母亲的依恋，更是因为怕母亲天天为我伤心。

"我不去念书了！"

"那怎么成？"母亲破涕为笑，"念书成功，我娃能吃轻省饭。"

自此，母亲每到星期六总是做点好饭菜等我回来，但从那欣喜而郁悒的眼神看得出，她总怕有一天她的独苗苗远走高飞。

"文化大革命"成全了母亲，我终于拿着"语录本"背着铺盖卷回家务农了。忧伤中潜藏着欢喜的母亲苦笑着说："愁啥？天底下农民多的是，庄稼人最好。"但看到虽然能朝夕相伴，却不得不去放羊、使驴、拉耧、修渠，累得灰眉土眼、疲惫不堪的儿子时，她又黯然伤神，常常独自啜泣，再也不说"庄稼人没大利没大害"的话了。

1977年恢复高考，我被一所大学录取，母亲却并未因此而兴奋激动，似乎倒添了一层忧愁。我明白，这一次的读书绝非是二十里外，而且我的大女儿已经上小学一年级了，上有老下有小……天下的母亲，我想都是这样吧，对自己的儿女怀有神圣的自私，或许也正因为这种舐犊之情，母爱才显得那么伟大，母亲的形象才那么崇高、圣洁，世世代代被诗人、作家称颂、赞美！

当我大学毕业时，母亲苍老了许多，头发白了，颧骨比以前更高了，整夜地咳嗽，却舍不得花钱去看，她把我给她的钱全包在手绢里存着。白天她还要顶着烈日锄草、收割、打碾，冒着寒风掰玉米、撕烟叶。为了儿子，母亲挑着双重的重担，艰难地劳作着。

她终于累倒了，再也挣扎不起，她的全部能量都消耗在了这块赖以生存的黄土地上，又伴着黄土长眠……

母亲去世后的每年的清明节，我耳边总是萦绕着她的叮嘱，看见她为儿孙们准备上坟的祭品，想起她说过的话，"唉，人啊，一辈传一辈……"

是啊，人，一辈传一辈，上一辈总是寄托着一种希冀与期盼，正因如此，他们对下一代的爱才凝结成真挚的痼癖，神圣的自私。而每年萋萋芳草绿的清明时节，"路上行人欲断魂"，人们迎着美好的春光踏青扫墓，祭奠祖先，就不仅仅是缅怀和纪念，更是生者灵魂的自我清扫，是对亡者的告慰和对后代的昭示。

我想，这大约正是清明节收魂摄魄的原因。

载 2279 期《兰州日报》"兰苑"

绣花枕顶

母亲年轻时就喜欢绣花。隔壁邻舍谁家要娶媳妇,谁家要给老人准备后事,绣花枕头是少不了的。母亲接了活,便取出"花样",垫上复写纸描下各色花草。如果是喜事,那石榴和叶子中得配一个双喜;要是给老人用的,则在佛手旁绣个金黄色的"寿"字。

她的绣工特细,用的是一般不常使的乱针刺绣,一个花瓣要用几种丝线,颜色由深到浅,好似真的花瓣儿贴到上面;花心则用金箔剪个豆粒大的圆片粘上去,再从圆心向外放射出一根根花蕊,使绣出的花比真花更加光彩夺目;绿叶更是生动,浓浓淡淡的叶子互相掩映,显出阴阳明暗和参差不齐的关系来,那叶脉也是条缕分明,脉络清楚,衬托得花儿格外娇艳可爱。

同样是绣,母亲绣出的花因为色彩搭配得好而活脱水灵,又有如浮雕般的立体感,因此,街巷里的女人们没有不夸她心灵手巧的。

在漫长的人生岁月里,母亲不知绣了多少枕顶,兜肚,针插,荷包……每逢天阴下雨,她便拉过针线笸箩,理顺那一桄桄各色丝线,坐在玻璃窗下飞针走线。扎得入神时,她还会哼起民间小调《绣荷包》,完全融入一种意境中去了。

快六十岁时,母亲得了重病,天天打针吃药却总也不见好。有天,她从柜子里取出一个红毡包,抖落出多年积攒的碎布头,开始打袼褙,剪出大大小小的枕顶,粘上墨绿、玫瑰红、大红的缎子,用烙铁熨得平平整整,开始描花。

精神好一点时，母亲便开始了她的工作。这一次的刺绣是十分艰难而又沉重的。很显然，由于指头酥困无力，扎不了一阵儿，她就搓一会儿手指。那时，她已经戴一副老花镜，还要眯缝着眼睛凑近了瞅才能看清，更别提像年轻时一样哼唱小调了。

待到绣好几对时，她拿着两对正方形的枕顶给我交代：这是你两口子用的。而后又取过那些花花绿绿的小枕顶，枯瘦的手颤巍巍地摩挲着，哽咽着说，这些留给我孙娃子吧！望着母亲清瘦的面容，听着她的嘱咐，泪水直往我心里流，母亲啊母亲，你明知沉疴难愈，还不忘让慈爱留在人间，让儿孙透过美好的形象去寻觅那份独特的纪念，去感受那丝丝缕缕的情意……

母亲去世了。在整理她的遗物时，我触到了她绣花时不离膝畔的针线笸箩，一个扁形的枕顶跃入我的眼帘。这是一个没有绣完的枕顶，粉绿底上的花已经绽放，只是绿枝上面才绣了一两片叶子……

至今，母亲病重时所绣的几对枕顶，我仍像稀世珍宝一样保藏着。我觉得那是母亲一生心血与情感的凝结，那是母亲的灵魂，她时刻鞭策着我珍视生活，珍视世间一切美好的事物，不要虚度一生！

载2001年7月23日《兰州日报》副刊

报祭

捧着新到的一沓报纸，我禁不住泪水潸然，父亲再也不能阅读他每日必读的报纸了。

从我记事起，印象中父亲就喜欢读报。每天回家，他的口袋里总揣着几张省内的各种报纸。他看报特别认真，从头版到四版，翻来覆去，每一篇文章都不放过。

父亲早年在甘肃手工业纺织学校学习，校长是时任省教育厅厅长水梓的弟弟水楠。毕业后，父亲辗转于陕西省宝鸡、合阳、大荔、韩城、华阴一带产棉区工作。日寇投降后，国共内战开始，物价飞涨、天下大乱，胆小的父亲回家当了农民，种庄稼、赶马车——那时，我们这个家族在镇子上开了几间杂货铺，从徽县进酒，从汉中进茶叶，去时运水烟。

中华人民共和国成立初期，稍微识几个字的人纷纷到城里谋职。曾在我们家住过的解放兰州后待命的复员军人，他们转业后大都当官了，三番五次写信说给父亲找了工作，可父亲一点不动心，依然在乡下务农。为此，外祖父十分恼火，"哼，还天天看报哩，看出个什么由头？人家都进城找事干，你下苦种地为着啥呢？"

可父亲并不理会，还是守着自家的小院和坛坛罐罐，早出晚归当农民。"四清"运动中父亲挨了整，连母亲也跟着扫大街、受歧视，外祖父更是气恨父亲："人家读书看报脑瓜精明哩，你看了半辈子报，越活越背时……""文革"那阵儿，报纸一个模样，父亲看报的习惯

9

却不更改。我将能搜集到的报纸都带给父亲，他一边煮着罐罐茶喝，一边看各种小报，不时传来声声叹息。

就这样，父亲直到晚年仍旧保持着天天读报的习惯，使我惊叹的是，父亲七十多岁时，连《兰州晚报》的小号字都看得清。每当隔壁邻舍来串门时，父亲总喜欢将报纸上的新闻讲给大家听，谈说间，免不了一番议论，或慷慨激昂，或欢声笑语，或杞人忧天……小小的土屋，分明连着大千世界。

父亲不但看报，还特别珍惜报纸，看完后总要按日叠起，细心地收藏在柜脚桌底。有次我查找一条过了几个月的文章，他问："哪月的？"其实我也忘了。"写的什么？"我说："就是劣质玉米种子不发苗的调查报告。"不承想，不一会儿他就给翻腾出来了。

今年春节后，父亲撒手西归，收土祭奠时，我将父亲收藏的报纸和纸钱一起点燃，红色的火焰翻卷着，发出呼呼的声响，刹那间，那烧过的纸灰仿佛变成了漫天的黑蝴蝶，飘向冥冥之中……

载《兰州日报》副刊《绿地》204 期

母亲的怀抱

"世上只有妈妈好，有妈的孩子像个宝；投进妈妈的怀抱，幸福享不了……"这首稚嫩而满怀情感的歌曲，不知感动了多少人！每当听到那划过心头的旋律，我就想起了——

狂风暴雨来临时

那年，我十来岁。清明前后，一天我正和堂哥在院子里打闹，忽然，觉得天地间好像变了颜色，一片黑黄，连门窗都变了奇异的色彩：起大风了！

跑出巷子一看，远处，风像一堵墙似的涌来，连着天际，黑苍苍翻卷着向东移动。一阵恐惧袭来，我吓得不知如何是好。家里没有大人，怎么办？我想起了去苑川河地里锄草的母亲，那一刻，我想，只有见到母亲才是最安全的，躲在屋子里都不会像见到母亲那么保险。我顾不得堂哥，拔腿就跑。出了村子，跳过深深的水渠，是一片茅草丛生、石碑林立的坟地，往常路过这里时，总不由让人头发倒立，浑身发紧，恐惧异常，可那阵哪还顾得了这些？一心只想着快快见到母亲。

冷不防，一个白胡子老头用拐杖拦住了我的去路，喝道："眼看着大风来了，你这娃娃往哪里跑？"这是我们巷子里的小姑娘清秀八十多岁的太爷爷，我顾不上答话，拨开他径直向苑川河畔跑去。此刻，风头已经卷得我摇摇晃晃，好像要把我掀到空中去，铜钱大的雨点噼

11

里啪啦落了下来。但我大老远就看见——绿茵茵的麦田里，玫瑰红的头巾被风吹得飘飘忽忽。是母亲！

母亲见我跌跌撞撞的样子，没有埋怨，没有指责，她清楚儿子为什么在风雨中来找她。她把我揽进怀里，解开大兜襟紧紧裹着我，梳理着我散乱的头发，转过身去，脊背朝西抵挡着风雨。风越来越大，呜呜呜叫着，大地都在颤动，但我一点都不觉得风大，不感到害怕——我在母亲的怀抱里！

冬夜的狼嚎声

20世纪50年代初，村子后面的山沟里野狼挺多，时不时听到有的人家夜里闯进了狼，更恐怖的是，有时还能看到羊倌背着被狼撕扯得鲜血淋漓的山羊晚归。冬夜漫长而凄冷，后山沟里传来一阵阵狼的嚎叫声，在寒冷的深冬里格外清晰。那声音可难听了，呜呜咽咽，像绝望的悲号，像垂死的呼救。尽管家里几道门都上了扣子，但那恐怖的声音还是搅得我惊慌不安，生怕狼撕扯开我们家的门窗。

母亲为了让我消除恐惧，踏实入睡，一边拍打着我，一边哼儿歌：

嘎当嘎，罗面面，

阿舅来了吃饭饭。

做白面，舍不得。

做黑面，门上有人笑话呢。

杀狗呢，阿舅听着就走呢……

我摇头表示不喜欢听这首听了不知多少遍的歌子，母亲便换一首新鲜的，哼唱起来：

巴郎巴，巴郎巴，

巴郎背后一渠水。

大姐姐洗手来，

二姐姐洗手来，

洗下的手儿白蜡蜡，

擀下的饭儿亮汪汪，

公公婆婆吃了八碗半，

给媳妇子没丢下一点点，

媳妇子门背后吊去了……

"不好，不好，"我更不喜欢这首，歌子中媳妇的不幸遭遇牵扯着我的心。无论怎样，都无法驱散一阵远一阵近狼的怪叫给我带来的不安与恐惧。

母亲于是用被子把我的头捂起来，可还是不行；她只好把我搂在怀里，拍打着，像拍打婴儿一样。顿时，我觉出了安全和适意，睡意渐渐袭来。耳畔，狼的嚎叫声也像减小了音量。不知什么时候，我迷迷糊糊进入了梦乡。

有时，那怪声怪气的狼嚎吓得我怎么都睡不着，母亲的儿歌起不了作用，她便讲起她小时候的故事和"家史"，起先，只是个故事梗概，后来，越讲越详细——

两岁上我死了妈，爹又续了个女人，后来生了你的小姨。没过两年，爹又得了病，百药无效，丢下我们两个女娃去世了。你小姨的亲娘卷着包另走了一家。巧的是，你大爷，我叫大大，他没娃娃，抚养我们姊妹俩自然成了他的事。你大爷务弄着几亩水地，日子过得富余自在；你尕爷是个"棒子客"——吸大烟，家里穷得叮当响，常常偷鸡摸狗地弄几样东西换鸦片吸。

一天，干活回家的大大看到八仙桌上的"供器"——香炉、蜡台、香筒一个也不见了。秃子头上的虱子——明摆着，肯定是你尕爷干的，可就是没个证据、证人。大大拿了鞭子拷问我，让我作证，我明知道可也不敢说。我躲到你大奶身后，大大一把扯过我，我死命挣脱他，在满院子跑，也没个躲的地方。这时，我奶扯住你大爷，跪在他面前说:"你把鸦片鬼没办法,就拿我孙子出气。你敢动她一指头,我泼一腔血给你看!"气疯了的你大爷扔了鞭杆。最后一腔怒火无处发泄,牵了家里的一头小毛驴拴在树上,左抡右打,直打得可怜的驴儿四蹄乱弹……

母亲每讲这一段旧事时,总会热泪纵横,哽咽着,时断时续,而我也哭成了泪人儿。母亲又觉得不该让我知道这些事,不该惹我伤心,她把我抱在怀里,擦抹我的泪水。我紧紧搂着母亲,仰望她泪痕罩着的凄楚面容,我隐隐地感觉到,只有这样,才能消减她内心的创伤,抹去她心灵的苦痛,让她得到一丝慰藉。

识字班

立冬后,各村组织起了农民识字班,识字班也叫"冬学",意思是利用冬天农闲时节让翻身的农民扫盲学文化。文化老师大讲不学文化的害处:不学文化,不识字不会算账,认不得钱,进兰州城连厕所也找不见……

母亲也加入了识字班。每逢上课,我便跟着她到没收了的地主家堂屋改装的教室里,三间大屋子空荡荡的,两个泥墩上横放一块木板便是桌子。妇女们似乎比男人积极些,她们人多又来得早。等人的空当里,文化教员便教大家唱歌:

旧社会,好比是,

黑咕隆咚的枯井万丈深,

井底下,压着咱们老百姓,

妇女在最底层……

这时候,我就看到那些男人闭着嘴一声不吭,或是干脆卷了烟吧嗒吧嗒喷云吐雾。让他们尴尬的是,为什么大男人要唱婆娘们唱的歌子?他们只好用抽烟来解脱和抵制。

文化教员或许也意识到了这一点，便又教另一首"海啦啦"，那是抗美援朝时期一首到处都唱的歌子：

  海啦啦啦啦，海啦啦，

  海啦啦啦啦，海啦啦，

  天空出彩霞，

  地上开红花，

  中朝人民团结紧，

  打败了美国狗强盗……

男人们还是唱不好这首歌，他们的舌头似乎不太灵活，老是跟不上节奏，女人们唱到"天空出彩霞"，他们才唱"海啦啦"，惹得女人们抱着肚子笑那些大老爷们儿笨、傻。

母亲早年跟随在陕西公干的父亲大约也认了些字，她学习特别认真，认字快，还带着个小本子，把当天认的字一笔一画抄到本儿上。她怕挤了别人，就边抱着我边抄。有的女人开玩笑逗我："眼看娶媳妇了，还让你妈抱着，羞不羞！"有一个女人还抠着我的脸蛋，说："羞，羞，把脸抠……"可我一点儿也不难为情，我觉得，我是我妈的儿子！也许母亲觉得，她是为她学，也是为我学。

散学了，冬天的夜特别黑，寒风刮得干树梢"呜呜"响。我还在睡眼蒙眬中，母亲抱着我，我的头耷拉在她的肩膀上。迷迷糊糊中我觉得出，她的脚下趔趔趄趄，高一脚低一脚，我也感觉得出母亲怀抱的温馨和她的体香……

就这样一直跟着母亲去识字班，我也认识了不少字，还学会了"旧社会，好比是"和"海啦啦"的歌子。

过了几年，村上要选拔几个年轻人学习开锅驼机，母亲因为识字多被选中了，这不能不说是在识字班学习的结果。

2011年3月19日于小雪中

冬天的记忆

入冬,热炕是温暖舒适的。一觉醒来,天还麻麻亮,母亲已经扫树叶去了。那年头,老百姓肚子吃不饱,连灶火、炕洞里烧的柴火也不多。一点秋庄稼早打碾了,地翻了,菜腌了,庄稼人成天待在墙角里晒太阳,谝闲传,妇女们便背着背笼趁深翻的地没有浇冬水去扫树叶——霜降一过,果树、柳树、榆树的树叶纷纷飘落,这可是不花一分钱的燃料。

母亲每天起得早是为了占地盘,或者一段水渠,或者一片果园。早上是够冷的,风好像往肉里钻,刚出被窝的我冻得牙直打磕。我赶紧背了大背笼往果园里赶,等我找到母亲时,红的、黄的、赭色的树叶,已经堆起了小山样的一大堆。我们家的背笼特别大,差不多和我一般高,母亲背着时,底儿都能拍打着她的腿弯。好在树叶轻,我还能挣扎着背到家里。一次为了少跑路,装到半背笼时,我就站到里面往实里踩踏,母亲喊:"好啦!驼五升别驮一斗!"我明白,她是怕装得太重压坏了我。结果,我装得实在太多了,走了没几步,东倒西歪,险些趴下。母亲赶上来接过我的背笼,蹒跚着高一脚底一脚背回家去了。

我也不能闲着,戴起厚厚的手套,开始扫树叶。母亲的这双手套补缀了好几层,指头蛋还是露了出来。扫树叶这活儿也费力,翻过的地疙里疙瘩,扫帚使不上劲,得用手在土块缝隙里扒拉。树叶上沾着一层霜,没一阵儿,我的手就冻得发了僵,只好搓几下,再扫。太阳冒花了,母亲返回来了,脸红红的,发梢上挂着晶莹的汗珠。她一声不吭,开始帮我装树叶,显然比上次少多了。我再也不敢逞强,乖乖背上就走。

村子西边有一条河叫巴石沟,一直通到北山。沟里有一段沟岔叫黄崖沟,石崖特别高,山崖上草木丛生,山下几潭池水深不见底。深冬,浇了水的地成了大冰滩,孩子们滑冰玩儿是好,可没树叶可扫了,母亲就带我去黄崖沟里铲柴。

黄崖上风特别大,母亲系紧头巾,拉了我先去阳洼的山坡上寻找柴火。说是铲,其实是挖。山上的蒿草不耐实、不禁火,最耐烧的柴是铁蒿和猫儿刺,秆比大拇指粗,根足有一尺长。崖上是石山土盖头,根还没挖出来一拃,铲子就碰到坚硬的石头上,震得胳膊发麻。我的手早就冻肿了,三两下,手背上震裂了血口子。母亲一见,心疼得不行,让我待在石窝里去晒太阳,说:"你给我做个伴儿就行了。"我说什么也不肯,只好慢慢掏。猫儿刺的刺像针,又细又尖,直往手套里钻,我半天没挖上胳膊粗的一股。

太冷了,我们圪蹴在石窝里吃早点。解开馍袋,母亲让我吃馍而她舔炒面。谁知裹在炒面里的糜面馍馍冻得像石头蛋,我只好在怀里揣一会儿,然后像狗啃骨头似的硬是用牙啃。母亲见状一把夺过去,将炒面袋递给了我。多亏了这些炒面,不然,我们娘儿俩都得饿肚子。

太阳西斜了,我和母亲沿着羊肠小道回家。母亲的背上是沉甸甸的,而我只背着个像喜鹊窝似的柴捆。

我们村前边有条河——苑川河,成人后,才知道古代这里可是水草肥美,汉代时还设立过"牧师苑"。过了河便是陇海铁路。不清楚从哪一天开始,人们好像发现了金矿似的,背了麻袋往铁路上跑,晚上就能背回来鼓囊囊一袋子煤渣。这可是老天送的宝贝。煤渣比那轻飘飘的树叶不知强哪儿去了!我也不去学校了,上学也是挖老鼠仓"与鼠夺食",索性加入了这支扫煤渣抵御严冬的队伍。

扫煤渣是惬意的,没有黄崖上的寒冷、荒凉和寂寞。火车喷着我们渴望的烟煤南来北往,铁轨与车轮发出有节奏的旋律;客车更好,

17

可以看到千姿百态的面孔，能闻到餐车飘溢出的喷香的炒菜味，还可以捡到乘客扔出来的各色的铁质罐头盒和香烟盒。

我们用铁丝制作的耙子将道砟扒拉到一边，掏出细得如同砂糖的煤渣，趁着西北风，用筛子把混着石头蛋的煤渣旋啊旋，风儿吹走了煤渣里的土，落到地上的煤渣渐渐上升成黑油油的蘑菇顶——就是这么简单的程序和劳作，制成煤砖，炕热了，火炉旺了。

一天，过来一列火车，当我仰望车上装载的庞大机器时，一粒烟煤钻进了我的眼睛。揉了两下，泪水越流，眼睛刺疼得几乎睁不开。母亲掰开我的眼皮，却什么也没有发现，我只能闭着一只眼像独眼龙一样趔趄着走路。

剩下一只眼，感觉世界完全是两个样子，连手脚都没有那么灵便了。当我们背了煤渣往回走时，往日那坑洼的路愈发难行，那窄小的水渠也觉得难以逾越。母亲见我实在可怜，又掰开我的眼皮用舌头舔啊舔。没想到，这一招还真灵！好啦，山啊河啊村子啊，又是原来的样子啦！

扫煤渣最怕的是巡道工，他们扛着洋镐，斜背着帆布工作袋，威风凛凛。一旦他们的身影从山湾里出现，扫煤渣的大人小孩便夹了笤帚、筛子四散而去，钻进小树林，躲进山崖里。有一次我一个人在转弯处，没提防巡道工突然到了我身边，没收了我的筛子。我跟在他屁股后边，央求的话说了几箩筐。他扛着的洋镐上高高地挑着我的那个破筛子，不断嘟囔着吓唬我："铁轨下面都叫你们挖空了，火车翻了谁负责？"走了几里地，快到火车站时，他才把破筛子扔给我。待我返回时，扫的煤渣连影儿都没有了——不知被谁给装走了。

不过，整个冬天，我家的院子里，还是堆了黑黑的一座小山。

载 2009 年 12 月 3 日《兰州日报》天天副刊

黑条纹棉鞋

20世纪70年代初,农业"学大寨"的热潮不断升温,连生产小队一级的队长都穿了老羊皮袄,去山西省昔阳县参观学习。回来的人说,那里天气冷啊,吃得又不好,大多是玉米面。在那样的艰

作者双亲1940年代在陕西留影

苦条件下,农民头上包着羊肚手巾,整天扛了镢头、铁锨在虎头山上移山填沟,修出了一层层平展展的梯田。

亲眼看到了"样板",我们这里的"学大寨"愈来愈热闹,全公社男女老少集中在巴石沟,要填平其中一条深不见底的大沟,想造出一马平川的"大寨田"。苑川两岸的水地,则要将其造成田、渠、路、林配套的大块田地,以便适应机械化耕作。这种集结了千军万马大兵团作战的形式,当时被称为"大会战"。

早上天麻麻亮,上工的号子——《运动员进行曲》在大喇叭里一响起,人们就扛了工具往地头上跑。那场面可热闹了,红旗招展,广播一天到晚播放着激昂的革命歌曲,其中一首《陇原儿女学大寨》"红旗那个哗啦啦地飘,深山里扎营盘"更是播了一遍又一遍。当时提出的口号是:三十晚上忆苦饭,初一早上大会战;地冻三尺,心热十丈。尽管是腊月寒天,地冻三尺,人们的热情丝毫不减。年轻人用镢头把

一拃多厚的冻块撬起来，用架子车运到低洼的地方，谁都不敢有丝毫的停留，要不，砭骨的寒冷让人难以承受。人人把玉米面的热量发挥到极致，头上冒着热汗，眉毛上结着冰花。中午休息时，脊背里却好像背了块冰，脚冻得木木的。

糟糕的是，脚上虽说穿着羊毛袜子，我的脚还是冻肿了，又痒又疼，不敢往地上踩，走起来趔趔趄趄。晚上我用热尿泡——农村多用这种办法消肿。母亲见我这个样子，张罗着要给我做一双棉鞋。

也怨我脚大，43码的鞋穿着都不合适。有次我在一家大商店问有没有44码的鞋，一位女营业员笑了，她以为我和她开玩笑："我上了十几年班，没听说有那么大的鞋！"

因为脚大，冬天我没穿过棉鞋。现在，母亲决定要给我做双棉鞋穿。为了在鞋里还能衬一些羊毛之类的东西以加强御寒，母亲把这双鞋设计得略微有些大，近乎一尺长。缝制鞋帮还容易些，纳鞋底可就费工夫了，一指厚的鞋底子要一针针、一线线穿引。

看着母亲那么费劲，我自己也动手帮着纳底。没一阵儿，蘑菇形的锥把顶得我手心热辣辣的，生疼生疼，皮和肉好似成了两张皮，细细的麻绳好像铁丝要勒断手指。母亲看我笨手笨脚的样子，拿过去给我示范。到底还是她有功夫，锥子扎得深，扯紧了麻绳拉得哧哧作响……

就这样，母亲在白天休闲的空间纳鞋底，晚上再就着油灯加一阵班，十来天工夫，一双厚厚的棉鞋就做成了。端详着渗透了母亲心血和情感的大鞋，白生生的鞋底，针脚纵横排列得整整齐齐，黑绒绒的条纹鞋帮，一股暖意涌上心头，我的脚再也不会挨冻了。

第二天，我穿上新鞋准备上工时，忽然心里掠过一阵歉疚和莫名的悲怆。带着母亲体温、耗费了她多少心血的新棉鞋，今天，我就会踩在那冰雪消融的泥地里，那白生生、千针万线的鞋底就会让坚硬的铁锨咬噬，那黑绒绒的鞋帮就会让别人泥泞的脚底践踏！到晚上收工时，这双鞋将会变成另一副模样。

想着想着，我眼睛湿润了。我毅然脱下新条纹棉鞋，重新换上了在火炉上烘干的带着泥巴的破布鞋！

母亲问我为什么换下了棉鞋不穿，我摇摇头，说舍不得。她说："有啥舍不得的？穿破了再做一双。"我咬咬牙，打定主意，再冷，我也不会穿这双新崭崭的棉鞋了。

那个冬天就这么过去了。

那双棉鞋，从此就一直像文物一样藏在柜子里。

几十年过去了，每当我翻出那双特型棉鞋，就会涌起无尽的回忆，母亲慈祥的面容和她灯下的身影就会浮现在眼前。这双棉鞋，不单令我思念母亲的慈爱，还鞭策我少了一些虚无的奢望、浮华的追逐，激励我更加珍惜眼前的日子。

载 2010 年 12 月 14 日《兰州日报》

中秋月儿圆

那年，我在河西学院上学。

十年"文化大革命"，耗掉了我们最宝贵的人生岁月。1977年冬恢复高考，我又步入校园，拾捡起了十年前的梦想。要不是一心想逃脱那梦魇般的生活，我不会以父母妻子受人白眼、被人歧视为代价，心安理得地坐在窗明几净的教室里读诸子百家、唐诗宋词……课堂上，望着祁连山的雪峰，我老是走神。

随着中秋的临近，没出过远门的我，思念双亲，思念妻儿，望着越来越圆的月亮，心中涌起淡淡的乡愁，以致无法自抑而心神不宁。

又到了家乡收获玉米的时节，那阵的忙碌和劳累像刀刻一样留在我的记忆里，月光下，玉米行子里的喧闹声似乎还在我的耳边。我总是想起两鬓斑白的父母，我家地里的玉米棒子得他们一个一个去掰，秆儿还得他们一根根去砍，然后一车车费劲地拉到麦场上。我老是担心，大沟湾那条长长的大坡……

正是中秋这天的下午，有同学跑到教室里喊我，说是有位老乡找我，坐一辆解放大卡车来的。他乡遇故知，是谁呢？

果真是一位地道的乡亲。我叫他恒锁哥，住我家隔壁，谁家咳嗽一声都听得见。他早年去了玉门油田，前几天去兰州拉消防器材，顺便回了趟榆中老家，现在赶着回单位。

寒暄之间，恒锁哥从大卡车上取下鼓囊囊的装过化肥的纤维袋子说："你妈听说我路过张掖，给你捎了些东西。老人的一片心嘛！"

他还要赶路，没一阵儿开车走了。我若有所失，慢慢解开袋子的绳扣：是过冬的毛衣，里面塑料袋里还装着两个大月饼，底部合在一起，如一个大西瓜。袋子下面是二三十棵叶子微微泛黄的苞谷棒子。一股暖流顿时涌上心头，热泪不由得在眼里打转。

起先，我还未理解母亲带苞谷的用意，因为我们学校周边就是一眼望不透的苞谷地，张掖街头遍是卖熟苞谷的摊儿。后来我才明白，母亲是想让我尝尝家乡泥土中丰收的果实——当年引进的新品种"金皇后"。

同学们都羡慕我，八月十五家里捎来月饼的只有我。

在文选课刘懋德老师家煮好苞谷棒子，晚上，我们齐聚在宿舍里，将两个大月饼切成西瓜牙似的小瓣。同学们迫不及待地争抢，瞬时盘中空空如也。大家吃着唱着跳着，闹成一团。母亲带来的月饼和苞谷给我们的节日增添了欢乐，拨动了我们情感的琴弦！

我捧着印着母亲手纹的月饼，看着一层红曲，一层姜黄，一层苦豆，闻着胡麻油的香味，说什么也舍不得吃。我信步走到操场，河西中秋的天格外深邃，映衬得月儿更圆更皎洁；习习秋风中，一排排高大的白杨树如造型奇特的剪影直插神秘苍穹。遥望东方，我心里默念：母亲啊！儿子正捧着你亲手做的月饼看你呢，"人有悲欢离合，月有阴晴圆缺"，儿子的心永远和你连在一起。

又是中秋月圆时，经历了人生沧桑的我更深刻地体味到母亲的舐犊深情，使我更加珍惜人生，珍惜亲情友情！

载 2010 年 9 月 21 日《兰州日报》副刊

不熄的烛光

从我记事起，母亲身体就不好，三天两头吃药，她干活回来进厨房做饭都戴着草帽——怕受寒凉。到我在外地上中学时，每次回家到村口，心便紧紧缩起来，轻轻提着脚步回家，生怕母亲病倒在炕上。到五十多岁时，母亲身体更衰弱，吃药也变得如一日三餐般平常。别说熬汤药，单是中成药的大盒、小盒，窗台上都堆了一大堆，有治腰疼的，有治妇科病的，伤风感冒的药更是品类繁多。

那时的中成药包装严密得很，梧桐子大的药丸用蜡纸包着，装在一个小圆柱形的纸盒里，外面又蘸了一层蜡。

母亲是个细致而又节俭的人，服用过的药盒她一个也舍不得丢，分门别类地积攒在一个柳条筲篮里。

"你收拾那些也不嫌啰唆？"

"你懂个啥？那盒子上有蜡，冬天生火时放几个，柴火燃得快些。"

果然，往常煨烟打火常常弄得我一边吹火一边揩眼泪，放几个药盒点燃，透亮的蜡汁嗒嗒流下，木柴棍子呼啦一下冒起了红红的火苗，生炉子真省劲儿多了！

母亲似乎并不以此为满足。没事时，她把药盒上的蜡用小刀片刮下来，卷曲如蝉翼的蜡片聚集起来，像一堆洁白的雪花。她又找来装过鞋油的圆铁盒，将那些圆的、片状的蜡丸、蜡片放进去，放在火炉的铁盘上慢慢消融，渐渐地，那圆盒子里便盛着清亮而带点乳色的蜡汁，她再不断添进一些，直到圆盒子里蜡汁盛得满满当当，然后用棉花搓了香头粗的灯捻，端端地插到圆盒子的中央，哈，一盏土质的蜡烛造成了！

那时，我们村子早都通了电，母亲的屋里还特意换了荧光灯，为的是免得她晚上做针线伤眼睛。可自从有了土蜡烛，母亲偏不拉电灯开关，而是擦根火柴，点燃她自造的蜡烛，高高地放在柜子上面，让蜡烛的光辉照射在屋子的各个角落。柔和的烛光下，她绣着枕垫，给孙子们纳鞋底……

"到底还是电灯亮啊，能节省几个钱呢，你这样多费眼睛啊！"我提醒母亲。

"省一点是一点，碎毛团毡呢。再说，我看着那蜡烛，心里就暖和、亮堂；看那烛火跳跃着，心里欢快、实落。"母亲笑了，"我年轻时，绣花、纳鞋还不是油灯？"

真是这样！从此我不再干涉母亲点燃她的蜡烛。她继续着刮蜡、消融、搓灯捻的工序，晚上照例燃起她的蜡烛……

几十年过去了，母亲那土蜡烛燃起的灯花老是在我眼前跳动，那红彤彤的火焰般的灯花一片光明，温暖着我。

载 2013 年 8 月 28 日《兰州日报》副刊·城事

年馍

"腊八"一过,春节就进入了倒计时。辛劳了一年的庄稼人,家家杀猪宰羊,这大多是男人们的事儿;腊月二十三前后,女人们就开始忙活了,除了煮肉烩菜之外,最费时耗力的一件事就是准备年馍。

年馍不但是色香味得体现一家之主的茶饭水平,数量也得非常充裕,要保证春节期间的用度或给亲友馈赠的数量,甚至要食用到二月二之后的惊蛰——春播开始了。就为这,母亲分外重视年馍的储存,半个月前就磨了几口袋面,特意拔了做年馍馍的"头面"。她说,日子越过越好了,不能显得小家寒气!

我们家有一口二尺多宽的大口径铁鏊,因此每年烙年馍都是同村巷合得来的几家邻居联合先在我们家进行,一来合用鏊子省去好多麻烦,又快当;再一层意思,这也蕴含着邻里之间友好合作的情感。支一次鏊子麻烦着呢!父亲头天晚上必须盘好土炉,安稳鏊子,准备好底火用的麦草和鏊盖上加火的果木墩子。鏊子是要提前加热的,必须保证按时开锅时的温度。为这,各家主人们老早就合计,定日子和面,以便同步行动。

天不亮,厨房里就叮叮当当响动起来,母亲开始做准备。不一阵儿,就传来女人们欢乐的说笑声。大口"耳盆"里的面已经鼓鼓地发起来了,得赶快放"灰"烧灰泡。这事儿离不开母亲。这是一道精细的活儿,既要保证烙的年馍吃起来爽口,又要白得诱人。我们农村大都用满山满洼"灰蓬"烧的灰,发的面比商店里买的碱面好吃得多。灰少,馍难以久存且味酸；灰大，馍发黄还一股碱味。年馍不比平常，数量特别大，稍有不慎就没办法补救。年轻媳妇粗手大脚，母亲总不放心，她得一次次放灰泡，仔细品尝味道，还挨个让大家尝尝，直到大家都满意才正式制作。

打我记事起，每年烙年馍时的"火头军"都是父亲，老手旧胳膊，他是铁定的终身制。他清楚，火色最是制作年馍的关键一环，这等重要的事儿，他不放心让给没有经验的毛糙人沾边。一锅馍放到锅里，多长时间加一把火，父亲心中是有数的；鏊子上的柴火一旦不旺，他端起簸箕一闪一闪"鼓风"，火苗烧到哪种状态才恰到火候，决定着一锅年馍烤烙的成败。从早到晚，父亲一直守候在鏊子边，煨着小茶罐，吸溜着浓酽的罐罐茶，一副悠然自得、非我莫属的神情。

母亲则担当着"总顾问"的角色。年馍的品种最简单的是大烙饼，又快又省事，但体现不了家庭的水平，而大人小孩最喜欢吃的，叫"花陀螺"。城里的亲友们过年来乡下串亲戚，临走时都要大包小包带些花陀螺，不仅是吃着香，看一眼那小陀螺，也稀罕、可心诱人。制作时，她先给年轻媳妇示范一遍：先将揉好的面搓成胳膊粗细，再切成一寸多长，团成陀螺状，倒置后在顶端用刻了梅花的木戳蘸点胡麻油戳个眼儿，再用沾了油的小刀拦腰割一圈，这便成型了。

一鏊锅可容纳一百多个花陀螺，因此制作起来十分费工夫，这也成了考验女人们心灵手巧的一个标准。隔壁邻舍的小媳妇们手上油汪汪的，双手飞快地团弄着，谁都不愿落到后边。

我们家按道理是第一锅，出锅时，父亲用明晃晃的铁铲把冒着热气的花陀螺铲到簸箕里，花陀螺因了在鏊子里的挨挨挤挤，出锅后的"陀螺"便成了多面体，自然的造化给蘑菇状的陀螺平添了几分美感。守候在鏊子四周的孩子们早已馋得涎水直流，根本不理会父亲的吆喝，你抢他夺，飞快地抓几个装到口袋里，就跑到光秃秃的田野里打闹去了……女人们也等不及拥过去抓一个品尝起来，嘴里夸赞着："婶子这'灰'放得合适，面饱味儿香！"母亲明白，大家是在有意恭维她，也知道都还没吃早点，她连声喊"别忙，别忙，还有好的"，说着，端出了她早就熬好的一锅加了红枣、葡萄干、核桃仁、蕨麻的小米稀饭，端出香气四溢的熟白菜，红绿相间的咸菜，一把筷子往桌上一撒。新出锅的年馍散发的麦香味儿比平时更浓了几分。被勾起了食欲的人们毫不拘束地大吃二喝，说笑声充溢着农家的小院。

  厨房里摆着大笸箩，一锅又一锅的锅盔、酥饼、花陀螺渐渐堆起了黄澄澄、尖尖的金字塔，母亲腾出一口大缸，往缸里装，大缸里装满了，还有小缸哩……

  第二家的面端来了，母亲按部就班地烧灰泡，当顾问，跟我们自己家烙一样，粗细长短一模一样，姜黄、苦豆、红曲的调配一点不少，一道道工序仔细认真，万不可让邻居觉得一锅做两样饭！父亲也显得小心翼翼，火越烧越旺，鏊子的温度越来越热，出锅速度也越来越快。他要时时揭起上盖观察掂量火色，哪边火色重，哪边火色轻，得不时调整火头，免得半边焦煳连天，半边没有火色。一年做一次的年馍，他不能让人家说三道四，叨咕自己马虎大意：人心都一样啊！

  入夜，寒气阵阵袭来，烟雾笼罩在小院上空，院子中央的鏊子上下，火光闪闪，照得父亲浑身通红。他不时挥着大簸箕，煽得枯木的余烬火星四溅，呼啦啦向夜空飘散。更夜深时，最后一锅完成了，小媳妇们帮母亲收拾锅碗瓢盆、擀面杖、家当，洗锅抹灶。

  父亲早在炉膛灰烬里窝了一簸箕洋芋，铁鏊也烫着哩，他铺了一层切成薄片的洋芋——鏊锅里烙出的洋芋片渗入了油，焦黄酥脆，分外香酥。这是众人最喜欢吃的。烙洋芋，烧洋芋，风味各异，没有比这更可意的晚餐了。母亲搬出小桌凳放在火炉边，大伙儿围在四周，刚出锅的洋芋尽管烫得人直吸溜，却停不住地狼吞虎咽，母亲笑着说："你们这一帮，都像是年成上过来的人……"

载 2017 年月 2 月 4 日《兰州日报》副刊

一曲《一枝花》

20世纪80年代初，电视连续剧《武松》在全国热播。武松打虎的故事我小时候就看过连环画，而醉打蒋门神、血溅鸳鸯楼，我在小说《水浒传》里已经看过了，让我真正难以忘怀且每天萦绕耳畔的，是电视剧的主题曲《一枝花》。这是一首由山东梆子和曲牌改编的民间音乐，那高亢嘹亮、悲壮激越的曲调在片头、片中不时响起，尤其是那呜呜咽咽、如泣如诉的声声唢呐，强烈震撼、撩拨着我的心弦。

从此，一有闲暇，我便用二胡拉起《一枝花》。我调准琴弦，用大滑音、滑揉的手法，奏起开始的散板，如波浪起伏的旋律，表达了凄楚哀怨、情深意切、肝肠寸断的情感。尾声时，快弓顿挫，跳跃欢腾，慷慨激昂，高亢嘹亮。我觉得此时此刻，只有沉醉于这支曲子营造的音乐氛围中，心头的忧愁、怅惘才会慢慢消失。

那一阵，母亲的身体一天不如一天，我在几十里外的一所学校，早晚不能为母亲端水盛饭，每次回家眼看着她饭量不断减少、日渐衰弱下去心痛不已。我逼着母亲去县医院拍片、化验、检查。母亲是自己去的，等我骑着自行车从学校赶往县城医院时，发现她正坐在马路边颤巍巍的，她说她吓坏了，黑洞洞的X光拍片室和高大的拍片机让她感到恐惧，她跟医生乞求，要等儿子来了再拍，这使得不理解母亲心理的医生十分不悦。

从此，我除了上课，便是去医院，咨询、开药。星期六下午，我心急火燎地赶回家，母亲一定坐在巷口的石台阶上眼巴巴地等着我，她盼着儿子会给她带来健康和希望。

母亲的病我是十分清楚的。

中华人民共和国成立初期，母亲参加村里的扫盲识字班，她记性好，爱学习，认了不少字，刚兴起的锅驼机培训班抽调她去培训。开锅驼机是一件十分辛苦的事儿，自清明前后浇春水开始，一直到立冬前后浇完冬水，事儿才算结束。刮风下雨，只能在土窑里躲避。一个女人家，不但要无日无夜地监视运转的机器，还要清理水池里的树枝杂草以防阻塞水泵。天天生活在这样的环境里，对身体哪有一点好处？

几年后，锅驼机变成了柴油机，大马力的机器提灌量更大，这无疑加大了母亲的责任和劳苦。放冬水的季节，涌来的枯枝败叶拥堵了进水口，她就自己编个如羽毛球拍的工具，安上长长的木把去打捞，有时还不得不用手伸进刺骨的水里，撕扯那些缠绕在进水口铁丝网上的杂物。

是的，风寒暑湿早已侵蚀了母亲的身体，五十多岁的她成天腰酸背痛，三天两头感冒。王大夫说是风湿，张大夫说得补阳，李大夫说要滋阴，今天吃这个药，明天输那种液，丸散膏丹不知服用了多少，病情却毫无好转。

我每周回一次家，母亲总是在变样，越来越瘦，气色越来越差，浓密乌黑的头发变得花白而稀疏。起先她还能坐在街道的石台上和女人们扯闲话，渐渐就只能成天坐在炕头，即使近在咫尺的院子里，也不能去晒太阳看蓝天了。

每次学校收发室的女人叫我接电话，我总是胆战心惊：怕是母亲的病又重了！

那是五月的一天，学校开运动会，惦念着母亲病体却又万般无奈的我心烦意乱，取过二胡，奏起了《一枝花》，我进入了乐曲营造的氛围中，时而悲伤，泪水涌上心头；时而振奋，幻想着山回路转、柳暗花明……收发室的女人来找我，不祥的预感袭来。果然，母亲病重，让我立即回家。我用自行车带了女儿往家里赶，一路骑得飞快。

父亲已做好了成殓的一切准备，平静地抽着旱烟。我趴在母亲身边轻轻地呼唤，可她一点知觉都没有了，我仔细端详那张我从小熟悉而慈祥的面孔，抚摸着她枯瘦的胳膊，我还傻乎乎地想，母亲不会死，她舍不得离开她的独苗苗，舍不得离开还在成长的孙儿们……

可恨老天偏偏在这时候下起了一场暴雨，霎时，雷鸣电闪，气温骤降，如注的雨铺天盖地而来，刺眼的电光把暗夜耀得如同白昼，闪闪的电光下，雨柱似万箭齐发，激起院落里一片跳跃的水泡；炸雷轰响，震得大地一阵阵颤动。我觉得，天要塌了，地要陷了！

就在这样一片突如其来的"恐怖袭击"中，母亲平静地走了。

闪电雷鸣挟裹着暴雨渐渐东去，哀痛的我隐隐听到了天籁中传来《一枝花》的旋律，舒缓、柔美的曲调从我心头划过，伴着我清冷的泪水长流。

自此，《一枝花》的曲子伴随我度过了一段悲伤、哀怨而又失落的日子。每每听到这支曲子，我便会追思母亲，缅怀她的音容笑貌和对我的教诲，乐曲的旋律也渐渐抹去了我心中的惆怅和遗憾，填补了失去母亲的巨大空白，催我振奋和前行。

载 2015 年 5 月 13 日《兰州日报》副刊

老鹰捉小鸡

初夏，妻子买来了十几只小鸡娃，往日宁静的院子里平添了许多生气。它们像一群活泼可爱的孩子，似乎再没有别的念头，只是无忧无虑地跑来跑去觅食，寻找可以填饱肚子的食物。看着那些毛茸茸的小生灵，犹如打开了另一个热闹非凡的世界，那是一个极其单纯的乐园，尽管那儿也有竞争和角逐。

儿子太喜欢这些小鸡娃了。放学回家，书包还挎着，就忙忙碌碌不是拌食就是倒水。小鸡娃似乎也认识了自己的小主人，儿子走到哪，它们一群就追到哪；有时候儿子吃饭，它们一伙围着，如众星捧月般，叽叽喳喳，昂着头好似在献媚、讨好，以求得到点吃食。此刻的儿子如同一个受人景仰的君王，挑起一根面条高高扬起，惹得小鸡娃们一个个伸长脖子，你争我抢，叫喊得更加热烈。如果其中一只夺得了食物，其他几只便群起而攻之，如运动员夺球般，企图"分一杯羹"，共同享用那一点美食。跑来跑去追逐的场面热闹极了。儿子傻乎乎得意地笑着，欣赏那紧张激烈的角逐，继续丢一点吃的，逗得小鸡娃们一阵东一阵西，为争夺那一口食而奔跑不休。这时候的儿子，便陶醉在自己导演的闹剧中。

小鸡娃一天天长大，儿子与它们的感情也与日俱增。每到晚上，他将一个个小鸡娃赶进柳条编的鸡罩里去，总要趴在鸡罩的孔上看着数几遍。为了防止猫或者狐狸夜里来偷袭，儿子又用大石块压住鸡罩，这才去写字做作业。如果天气变冷，怕把小鸡娃给冻坏了，他又找来破麻袋片覆盖到鸡罩的四周。那份认真负责的劲头，似乎是在对待老师布置的一定会检查的作业似的。

有天中午放学回家，儿子发现小鸡娃不够数，几只黑的，几只白的，几只麻的，儿子心里是有数的。角角落落到处找寻了几遍，就是缺一只。院子里干活的木匠告诉孩子，小鸡被天上飞来的一只老鹰叼走了。儿子看那木匠说得十分认真，立时眼睛里涌出了泪花，木匠笑了："这才是怪事，不就一个鸡娃嘛，哭个啥？五毛钱一只，让你妈再买几只不就好啦！"儿子还是哭，抽抽搭搭不甘心，转来转去继续找寻，生怕木匠和他开玩笑捉弄他。

中午妻子从地里回来，见儿子伤心的小模样，也动了心，拉着他哄了一阵，总算是收了眼泪。

晚上放学回家，儿子又不甘心地数来数去，确认少了一只，便早早把小鸡娃赶进鸡罩，像哨兵一样端个小板凳守候在旁边，唯恐再有个三差二错……直到吃饭时，听到母亲一次次地呼唤，他才恋恋不舍地离开了守护的岗位。

孩子的心灵是纯洁无瑕的，对每一个幼小的生命，他们都会无比怜惜。儿子在为一个生灵的失去而悲伤，为一个活泼的精灵而洒泪，尽管这个生命是那样的微小！

其实孩子也还不清楚，他们经常玩的老鹰捉小鸡，会有真正的现实版出现在他眼前，他还无法把游戏和这场小小的悲剧联系起来。要知道，"老鹰捉小鸡"可不仅仅是学校操场上玩儿的事，真实的老鹰捉小鸡那可复杂、残酷多了！

红头绳

这是一段普通的红艳艳的毛线绳儿。

1978年的暑假过后，我要返回远在河西走廊的学校。妻子给我煮了几个熟鸡蛋，用一段红艳艳的毛线扎了口儿，装在我的行囊中。

第二天中午，我吃完鸡蛋，将袋子和那一段红毛线绳儿要丢出列车窗口时，忽然意识到，这是女儿扎小辫子的一段红头绳啊！

我的手不由自主地缩了回来，将那红头绳放在手心里。这是一根用细毛线捻成的毛绳，玫瑰红的色彩透出一丝太阳的暖色。顿时，我觉得一股暖流在全身涌动。我仿佛看到了女儿高高翘起的小辫子，似乎见到了她那可爱的面容。我抚摸着那段红毛线绳儿，感到格外亲切，格外温暖。

忽然间，泪水溢满了我的眼眶，我感到心头堵塞——天真活泼的孩子、温馨的家在我眼前浮动。

离开仅仅不到一天的家，我却觉得似乎离开很久很久了。

列车向西前行，祁连山的雪峰在缓缓向后移动。那一刻，戈壁滩上疾驰的列车载着我奔向千里之外，家，愈来愈远，我觉得心似乎在被无形的力量撕扯着……

扭曲了的一段生活，让我们这一代人丧失了深造的最好时机，不得不在而立之年去经历本该十年以前就进行的人生历程。

幸运的是，经历了"文革"和生活磨难的我在1977年恢复高考后，被千里之外古甘州新挂牌的一所学校接纳、收留。

为了前程，为了孩子，为了这个家，为了摆脱我无法承受的劳苦和无尽的歧视，哪怕天涯海角，我也必须走这条漫漫长路。

　　当初女儿出生时，我就想到宿命，她注定是个苦命的孩子。女儿不能选择父亲，只能跟着我一起经历那段不堪回首的岁月。

　　我的生活出现拐点——考上大学时，女儿已经七岁，到了上小学的年龄。天真烂漫、混沌未开的她已经背起书包蹦蹦跳跳地跨进小学的大门了。生活就是这么滑稽、有趣，那年，我们爷儿俩都是一年级的学生。不管前程如何，上小学了，这也是孩子人生路上一个小小的飞跃呢。她的小辫子再不用粗糙的红毛线绳扎了，我给她买了漂亮的发卡。

　　凝视着那段红头绳，悲伤中的我又暗自庆幸，差点儿，几乎一念之下……

　　在我渐渐远离家庭和亲人的时刻，扎在袋子上的那段红头绳就不再是普普通通的红毛线绳，那是此刻我和女儿之间唯一的维系物。这段红头绳描摹着女儿童年的形象，记录着女儿稚嫩的印迹，浸染着她童稚的发香，那是女儿成长里程上的一件纪念品。

　　一旦把那一段带着女儿发香的红头绳扔到车窗外，随着风儿飘到那荒无人烟的戈壁滩上去，就永远消失在了那荒草野滩上的沙砾缝中。倘若有一天回忆起这刹那间的心理冲突，会给我心灵上造成多么大的遗憾！那时我该何处去找，何处去寻那段红头绳？

　　到了学校，我把那红红的头绳小心翼翼地夹到课本里，它让我时时想起女儿，时时记住家，它永远温暖着我。

2000 年—2008 年 6 月 27 日

野枸杞

6月,红红的太阳晒得麦田里要起火,爸爸妈妈的汗水湿透了衣衫,还顶着烈日挥镰收割熟透了的庄稼,一刻也不敢歇息。妈妈说,这叫"龙口夺食"。

青枝一刻也不闲着,她挎着柳条篮拣麦穗,拿铁铲把地埂上的油菜收在一起。年年如此,她做这一切手脚麻利,毫不费劲。

头顶忽地飞过一只花蝴蝶,大极了,漂亮极了。青枝摘下草帽,轻手轻脚地追去……花蝴蝶飘上高高的山崖,闪动着翅膀消失在了空中。

青枝一阵怅然,转头却突然发现这儿野枸杞密密实实,一嘟噜一嘟噜蓬起,红艳艳的。她太高兴了,恨不得变个魔法,把这红宝石似的野枸杞通通装到一个可以伸缩的神袋里。

上午她和爸爸拉麦,车到半坡,爸爸累得半死,歇在树下乘凉时。青枝就发现路边有几枝野枸杞,她小心地扳过枝头采摘起来。看着她那欢喜的神情,爸爸叹口气自言自语道:"都五年级的人啦,还贪玩哩!"

这下可好,足够她摘几篮子的。青枝越采越快,口袋里盛不了,就堆在一块平地上,尖尖的,像冬天女孩子戴的红绒帽。她完全沉浸在这意外发现的兴奋之中,仿佛步入了童话里描绘的宝石宫殿。她忘了世间的一切,忘了红红的太阳,忘了弯腰驼背收割庄稼的父母……

她甚至都不知道这阵儿天发了怒,脸儿黑着撒开了黑色的大幕,隆隆的吼声从远处传来。

妈妈急坏了，把满地的麦捆垛在一起。

"咦，青枝呢？"爸爸记起了女儿，提着镰刀四下里张望。老半天才发现，在远处的石崖上，青枝的红衣服被风吹得一飘一飘，像草丛中飞舞的红蝴蝶。

"青枝——"爸爸的声音被风挟裹到另一个方向，青枝根本就没有听到。

又气又急的爸爸无可奈何，一边忙着帮妈妈码麦垛，一边不时抬眼望石崖上飘舞的红蝴蝶，仿佛怕她忽地飘下那高高的悬崖。

"这孩子，越大越不懂事，一点也不知道我的苦处，还像个玩娃娃。"

"咋不懂事？喂鸡，放猪，铲草，烧火，哪样不是青枝的活？她奶奶病成那样，端饭熬药，要不是娃帮着我……"

爸爸负担太重啦，学校里忙得一塌糊涂，星期天还要回家干农活。奶奶患了重病，一天到晚咳嗽，最近连炕都下不来，打针吃药无效果，倒欠了不少债。爸爸心上像压了块磨盘，恨不得青枝猛地长大成人，好为他分忧解愁。

听了妻子的解释，爸爸怒气还未消，磕磕绊绊把满地的麦捆抱过来，张望一下青枝，青枝的红衣服依然在崖上的绿草丛中飘飘忽忽。

爸爸只好压住心头的火，忙着做手底下的活。

"爸，妈，你们看……"青枝突然出现在地头，明亮的大眼睛闪着欣喜的光，翘起的嘴角透出内心的喜悦，一只手牵着的衣襟兜中，亮出满当当鲜红的枸杞来，"那崖上多得很哩！"

"什么？"一句话点燃了爸爸心中的怒气，"你这不晓事的东西，还想摘？你去摘好了！看你吃粮食还是吃这！"

青枝吓傻了，她不知道爸爸为啥气成这样，盯着爸爸眼镜片后面那双瞪大的眼睛，她不知该怎么办才好。

"啪！"爸爸的巴掌一抡，青枝兜襟里的野枸杞撒了红红的一地，

37

"你玩也不看个时候,叫人担惊受怕,真是……"说着又扬起了长长的手臂。

"走开!"妈妈冲上前一推,爸爸趔趄了几步倒在地里,用手扶着眼镜怔住了。

"枝儿,别怕。"妈妈抚摸着青枝单瘦的脊背,安慰说,"天要下大雨,你跑到那么高的崖上,多悬哪!妈的心也提到嗓子眼里。傻孩子,你摘那没用的东西干啥呀!"

青枝的泪水"刷"地滚落下来,抽泣着说:"收购站要……要收野枸杞……杞哩!"

"哟,我当你摘那干啥哩。傻瓜,指望那能卖几个钱哩?"妈妈苦笑了。

"一斤要卖五角五……五分钱哩。"

"娃呀,咱家日子再紧巴,也不靠着你去摘枸杞卖钱呀!"

"不,碎毛团成毡哩,我攒多了,凑起来可以给奶奶买药治病!"

妈妈一把把青枝搂到怀里。

青枝的话像惊雷一样震动了爸爸,望着遍地红艳艳的野枸杞,他眼里闪动着泪花。

载甘肃少年儿童出版社《故事作文月刊》

获 1989 年度"好作品"奖

枣花

天真热,没有一丝风,火辣辣的阳光要把人烤焦似的。

麻黄沟的大坑洼成了绝美的避暑胜地。一帮脱得精光的男孩子在混浊的稀泥糊汤里尽情地扑腾。等他们嬉闹够了,便像一个个泥猴在岸边柳荫下斜躺睡卧地叫着:

　　烟筒烟,直冒天,

　　黄河沿上洗红毡。

　　红毡破,

　　大姑娘嘴儿噘,

　　红毡新,

　　大姑娘心里咯噔噔……

"哎呀,一个女生!"山娃眼尖,大喊一声,哧溜先钻到水里。来不及钻的,两腿紧夹住,脑袋抵在膝盖上,像一群鸡娃发觉了盘旋在空中的鹞鹰。

弯弯的山路上走来个小姑娘,窄窄的肩膀上斜挎着沉甸甸的小白箱,汗水浸透的黑发贴着脸颊。不知是热还是害羞,她脸儿通红,低垂的头偏向另一边,急匆匆想要尽快越过这块地方。

"啊,枣花!"

一见是她,小泥猴们顿时静了下来,山娃心里沉得像搁了块石板。枣花是他的同桌,她父亲前些天遭了难。看着她大热天背着沉重小白箱的吃力样,涌起一股说不清的滋味。

冰棍箱沉得像块石头疙瘩，系箱子的细麻绳勒进窄肩膀里，生疼生疼的。麻黄沟的崖坎边有眼小泉，又清又甜，枣花本想在那儿喝个够，谁知偏巧那帮小泥猴在洗澡。她只好把手抠进细麻绳里以减轻肩上的重量。她顾不得擦汗，向汽车站走去。

见枣花走远了，山娃钻出水面，摇摇秃棱棱的大脑袋，抖落水珠，默默地上了岸，失去了刚才大喊大叫的那股劲头，显得痴呆呆的。

"你怎么啦？"伙伴们不解地问。

山娃没吱声，嘴里嚼着一片苦涩的柳叶儿。

汽车站蓝砖红瓦的候车室在绿树的掩映中是那样绚丽，站台上的旅客挺多，枣花心里一阵狂喜，心想：今天总算没白跑。

"冰棍，冰棍……"

她循声望去，人缝中出现个男孩子的身影，穿件海魂衫，戴顶雪白的太阳帽，一边揭起箱盖忙着取冰棍，一边扯着嗓门高叫。

那声音真来劲儿，如同唱歌一样动听，不像她的声音那么哀伤、沉重、怯生生的。再看他油漆得白亮的木箱上，用红漆赫然写着"冰棍箱"几个字，漂亮极了；而她的冰棍箱是用装过肥皂的纸箱改做的，外边糊了层白纸，字也歪歪扭扭，十分难看。

踌躇了片刻，枣花畏畏缩缩向前挪了几步，把纸箱放在地上，用衣袖擦去汗水，揉搓着痛痒的肩膀，鼓起劲喊了一声"白糖冰棍……"

男孩转过身来。

啊，是他，王伟！

王伟一双虎视眈眈的大眼睛横扫过来，那样子好像在说：你胆敢跑来和我争买卖？

他是班上的小霸王，谁能缠得过他！小姑娘低着头，绞弄着箱子上的细麻绳，不知怎么办才好。

"你，到外边去！"王伟走过来，指着木栅栏命令似的说："不准你进来！"

"这不是你家院子。"枣花心里冲起一股气,硬邦邦地顶回去。

"什么?"王伟没想到枣花竟敢顶撞他,便作出和她不计较的样子朝候车室那边努努嘴:"也不看看,那上面写着啥?"

一块竖起的木板上写着一行大字:站内严禁买卖,违者罚款五元。

她半信半疑地背起纸箱,挪动脚步,躲到栅栏外的一棵大柳树背后,她觉得有无数双眼睛盯着她。

王伟又欢快地叫卖起来。

他爸爸在乡供销社当主任,爷爷在县上当个什么官儿,汽车三天两头往家里送木头、水泥、炭什么的。枣花纳闷儿,他啥都不缺,怎么也来卖冰棍儿?

等车的人不断去买王伟的冰棍,不一会儿一箱冰棍儿卖完,他骑着自行车走了。枣花慢慢转到栅栏外面的柳树前,把冰棍箱往前挪了挪,好让人们注意到。

站内走出个年轻漂亮的姑娘,无檐帽下露出蜷曲的黑发,向栅栏外踱了几步,扑闪着好看的大眼睛,朝公路拐弯的地方瞭望。

一会儿,姑娘又出现在站台上,换了件白上衣,在树荫下待了一阵儿,便靠在站房的窗口和里边的人一边说话,一边嗑着葵花子,瓜子壳儿像小虫子般飞舞着。忽然,她发现了枣花,喊了一声:

"喂,卖冰棍儿的,过来!"

枣花一惊,赶快背起冰棍箱,走了几步她又站住了,怀疑是不是自己弄错了。

"来,就是叫你。"姑娘向她招招手。

突如其来的幸福感强烈地冲击着枣花,她暗自为今天的好运气高兴。她快步走到站房前。枣花仰起脸,看着姑娘温柔的面孔,等她说什么。渐渐地,她看到她眼睛圆睁睁地瞪起来,嘴角拉开,露出齐排排的白牙,笑容消失了,那神情,像老师要训学生。

"去,把那些拾起来!"大眼睛姑娘指着满地的冰棍纸,说,"快点捡净。"

枣花脑子里"嗡"的一声，泥塑木雕般呆住了：她的冰棍箱还没打开呢。

她咬着嘴唇立在原地没挪窝。

"怎么，不想捡？"

枣花不情愿地东抓西捏，湿淋淋的烂纸紧紧攥在手里。

"你们发了财，让我们天天扫垃圾！"大眼睛姑娘不断嘀咕，"这样下去，这个优秀车站、文明单位不砸锅才怪呢！"

枣花心里一缩，眼泪扑簌簌滚落下来，她想扑上去道出她的满腔辛酸——

半月前的一个夜里，灾祸从天而降。爸爸去看麦垛，失脚掉到洪水里。妈妈因此忧郁成疾，整天躺在炕上，一副汤药要两块多钱；村长在喇叭上催促交水电费；一转眼，她要上初中了……

大眼睛姑娘依然和男人聊着天，不时望一眼枣花，唯恐她突然插上翅膀飞了似的。

一辆小丰田车戛然停在公路上，车窗里伸出个花白头发的脑袋，叫道："刘华！"

"王叔，是你，去哪？"大眼睛乐得直嚷。

"局里开会。"头发斑白的胖老头晃着旅行杯，"倒点开水，嗓子都冒烟了！"

刘华飞一般地跑进站房，转眼，满脸沮丧地出来了，"太不巧，暖壶底儿都朝天啦，等会儿。"

"没关系，下一站再说。"老头遗憾地咂巴着嘴，猛然，他发现了冰棍箱，"嘿，来几支。"

"那些专业户自个儿弄的，不卫生。"刘华朝专心捡冰棍纸的枣花瞟了一眼。

"没关系。"

"哎，小姑娘，快拿几支冰棍儿！"刘华急切地喊。

枣花什么也没听到，神情专注地捡着冰棍纸，直到刘华自个儿拿走几支冰棍儿时，她才目光痴痴地望了望和胖老头攀谈的这个姑娘。

"你那小孙子刚才也在这儿卖冰棍……"

"是吗？怎么让孩子从小干那事？"

"钱哪有多得扎手的！"

一辆大轿车停住了，旅客从窗口叫喊着：

"小姑娘，来几支冰棍儿！"

"快点，发车啦！"

"我有零钱。"

"叮……"一枚五分钱的硬币欢快地滚到枣花跟前。

她的心仿佛被铁锤猛击了一下，脸火烧火燎般烫，她觉得自己像是讨饭的叫花子被人捉弄，又像是傻子被人戏耍。几天来，为了卖掉一箱冰棍儿，她尝到了各种滋味：同情、怜悯、鄙夷、漠然……这时，妈妈的话清晰地响在她的耳畔：

"我娃，这营生咱干不成，咱气短，要看人的眼色哩……"

枣花眼里浮动着爸爸在洪涛里拼命挣扎的惨景。愤懑，屈辱，不被理解与遭受的凌辱攫住了那颗稚嫩的心，泪水模糊了她的眼睛。她毅然站起来，抹掉泪水，向栅栏外跑去。冰棍箱底儿滴答掉着水。

枣花的泪水也直往下流。她无精打采地不知该到哪儿去。

路边黄灿灿的金银花，紫溜溜的蒲公英在微风中朝她摇曳招手，往常，她会喜不自禁地采来插在自家的花瓶里，可今天，她一点儿心思都没有。

"丁零零"，王伟迎面从自行车上跳下来，双目圆睁，嘴角露出揶揄的笑："嘁，今天可找着好门道了吧？"

枣花咬着嘴唇，轻蔑地瞪了他一眼，没吱声。

"给你说……"王伟盛气凌人道，"再不许搅我的摊子！你要知道，我爷爷管他们，他们还白吃了我的冰棍儿，才让我到站台上的。"

泪水直往下流着。

冰棍水滴嗒掉着。

这时，一帮男孩子说说笑笑，从玉米地里钻出来。他们在麻黄沟的泥汤里玩够了，又溜进庄稼地咬噬没有结棒的甜杆儿。

"王伟，你欺负枣花？"山娃窜过来质问。

"谁欺负她啦！"王伟摘下太阳帽，"不信你问她。"

"那她咋哭啦？"

"嘿，眼泪多呗！"

"他真没惹你？"山娃上前问枣花。

枣花摇摇头，抹干眼泪走开了。

王伟满脸讥讽，模仿电视里学来的话，"嘀，你艳福真不浅呀，她又不是你老婆，何必打抱不平？"

"啪！"山娃甩开胳膊朝王伟抡去。

刹那间，王伟脸变得纸白，山娃一把捉住他胖乎乎的胳膊，抱作一团厮打起来。"弟兄们，上啊！"

五六个小伙伴涌上去，捉腿按胳膊，把王伟压倒在地。

山娃一跃，腾出身子，两手叉腰教训说："你仗着爷老子当官欺负人，早给你攒着哩……"

枣花见他们叠罗汉似的压住王伟，心里一阵猛跳，让这个称王称霸的小少爷尝尝滋味！她渐渐地看到极力反抗的王伟，被他们死死压住直喘气。

自行车蹬倒了，冰棍儿白花花撒了满地。王伟嘶哑着嗓子喊着，翻起身，雪白的太阳帽浸在泥水里，头发蓬乱，灰眉土眼，往日得意劲儿一扫而光。

山娃和他的伙伴们捡起地下的冰棍儿，盘腿坐在树荫下，喊着："今天可要美餐一顿啦！"

"不能这样！"枣花一把夺过山娃手里的冰棍儿，说："要吃，你们吃我的！"

她打开箱盖，让大家拿。

伙伴们你看我，我瞅他，一个个愣怔着谁也没动手。

"快吃吧，今天起，我再不卖冰棍啦！"枣花平静地说。

"那为啥？"山娃奇怪地问。

直到此刻，王伟才明白，枣花空跑了趟车站，冰棍儿还没卖掉。好一阵儿，他才吭哧着说道："明天你就去车站卖吧，我买电动火车的钱还差五块，我会向爷爷要……"

枣花心里猛地一惊，原来他是为了这个才去卖冰棍的。于是她说："不，还是你卖着凑钱吧。我……"她只觉鼻子一酸，说不下去了。

枣花背起冰棍箱，走进绿色的庄稼地，走上弯弯的山路……小姑娘心里盘算着，她要寻找一条走向生活的新路。

载北京《儿童文学》通讯 1988 年 2 期

《故事作文月刊》1991 年第 3 期

飘飞的蝴蝶

一

巧花被锁在一间低矮的屋子里。她的身边，簇拥着许多金灿灿的小山、银亮亮的玉斗、宫殿般的房屋、慈眉善目的童男童女……

这一切都出自巧花手中。

巧花生就一双灵巧的手，纤细的指头给爸爸妈妈帮了好多忙。她画鸡像鸡，画猫像猫，班主任赵老师说她长大一定是个女画家。因为她的手巧，爸爸才将她锁在这儿。那一朵朵红的、黄的花在她手中开放，青翠绿叶衬托着娇嫩的花瓣，金色的花蕊在轻轻颤动……

巧花有一双透着聪颖的眼睛，却满含着忧郁。她不时望望窗外，渴望着飞来一只燕子或者黄莺，在枝头叽叽喳喳，飘来一朵洁白的云彩，和她飘向湛蓝的天空……

远处传来一阵喧闹声，学校放学了。巧花想，同学们一定像往常一样唱着歌子，而低年级那些捣蛋鬼总是不规矩。听，他们又在高声大嗓地喊叫：

死爷爷、乐孙子，

媳妇儿吃成个肉墩子……

声音渐渐消失了，巧花心里更觉得空荡荡的。三天了，爸爸用一把古式铁锁将她与外面的世界隔绝开来。

拴柱的爷爷死了，他家发了财，人都去巴结，花圈摆了一院子。这下，可把巧花一家忙坏啦。爸爸晚上扎花圈，白天还得去帮忙，眼睛熬得红红的。爸爸跟妈妈嘀咕，这一次能挣三四百块钱，说时，乐得像捡了个金娃娃。

巧花却想哭：爸爸挣的钱越多，她就越不能回到学校去。

二

"咔嚓"一声，门开了，射进一缕暖融融的阳光。爸爸喜滋滋地冲进来，从口袋里掏出个塑料袋："乖娃娃，这是你的午饭，吃饱了好好干！"

是一袋油果儿，炸得黄亮。巧花拿出一块，那样儿像只小兔，她舍不得吃，又拿出一块，像朵梅花，她端详着，心想，多可爱的小兔和梅花！

"快吃了干活！"爸爸嘴唇油汪汪的，不断伸长脖子打嗝。忽然，他皱起了眉头："做得这么精致干吗？又不是去展览！"

"同学们当着我的面骂哩！"巧花噘起嘴。

"骂个啥呢？"

巧花歪了头，学着那帮调皮的男孩子："巧花爸，没心肠，哄得娃娃泪汪汪，扎的花圈筛子大，房子一捣就塌垮，童男童女掉了头……"

"好啦！"爸爸一声吼，"不都是哄鬼的！一根火柴全成了灰！"

"变成灰，死人怎么用？"巧花有些不解，她环视屋里花花绿绿、闪金烁银的一切。那庭堂里的摆设全是她粘出来的，火柴盒糊的电视机、冰箱，药盒拼的组合家具、沙发、席梦思，绿色毛毯和彩被上，她还勾上了牡丹和孔雀图案……但是，明天，这一切……

泪花在她眼眶里打转转。

爸爸胡乱剪了两个圆纸片，抹了点糨糊，示范说："看，这不也是一只花？"

看着那软塌塌像块干烧饼一样的花，巧花茫然了，花儿咋能是那个样儿？

三

"巧花！"门外传来一声唤。几天没去学校，听到这熟悉的声音，小姑娘心头一热，感到格外亲切……

没等巧花应声，爸爸已经捂住了她的嘴，悄声说："不准出声！"拉了门，闪身出去："啊，是赵老师！"

"巧花的蝴蝶风筝得了第一……"腼腆秀气的女教师显得有点兴奋。

"哦，好好，还有奖金？"爸爸接过风筝，顺手挂到柱子上。

"拾元钱……"

"嘿嘿，不如我开一次光——我只拿针在童男童女五官上扎个眼儿，"爸爸沾沾自喜，用手比画着，"大孝子得头顶香盘，少则二十，要是东家阔……"

"那意义可不一样啊！"赵老师嘴角掠过一丝冷笑，"巧花呢？她应该去上学了！"

"她去外婆家，明天保准回来。"爸爸对年轻的女教师说了谎。巧花脸上热辣辣的，想笑又想哭。

"多好的孩子，漂亮，聪明，没准以后上大学，当画家，你不怕亏了她？"

"实话实说哩，"爸爸振了振精神，说，"巧花念书我看也没意思了，上小学还是进大学，说来道去还不是为了几个钱？别看我九九歌都背不利索，这阵儿，你这个啃了十几年书的也难比！"

笑容从赵老师的脸上消失了，她嘴角抽动了一下，那双聪颖的大眼睛里罩上了一层晶莹的泪水，突然转身奔出了大门。

巧花一直趴在窗棂上，她多想喊一声"老师"！看到老师远去的背影，她的心像被扯走了一样难受。她真不明白，课堂上讲得那么生动有趣的老师，为什么不给爸爸讲讲道理，而转身去了呢？

四

"手脚放快些！"爸爸阴沉着脸走进来，瞪了巧花一眼，从花丛中用两根指头挑了那对童男女，像扯着一对泥娃娃，临走警告说，"再那么细磨细熬，小心我剁了你的手！"

"咔嚓"，门又上了锁。

院子里静悄悄的，挂在柱子上的蝴蝶风筝在轻风中飘悠，触角上一双风铃在飞旋，巧花多想像蝴蝶一样飞出去，和亲爱的赵老师在一起，和同学们在一起，可是她不能，她还要扎好多好多花。看样子，爸爸永远不让她进学校的大门了。她多想见到赵老师，让她救救她。她要和同学们一起读书、游戏，去画美好的春天，去参加风筝比赛……巧花越想越伤心，绝望的泪水洒在红莹莹的纸上，绽成两朵美丽的花……

五

春天的天是那么蓝，春天的风是那么暖，一只漂亮的蝴蝶在蓝天白云里轻盈地飘舞，一会儿像燕子俯冲下来，一会儿又像蜻蜓扶摇晴空。

飘飞的蝴蝶被一条看不见的线牵在高高的白杨树枝上，爸爸失神地望着，心里沉重得像放了块石头。巧花失踪了，只留下一张纸条：我要读书！他手中紧攥的纸条突然挣脱了出去，变成一只漂亮的蝴蝶风筝，轻捷地飘向了湛蓝的天空……

载1993年《故事作文月刊》"教师写的故事"特辑

欢乐的暑假

终于盼来了假期,小阳可以到乡下姥爷家去了,那儿有麦田、玉米林、菜地,成片的杏树、李树、苹果树……还有清清的小河,河湾里的泥滩,雪白的羊群,壮实的马驹。说不定姥爷一高兴,还带他去树林里采蘑菇……乡下,到处新鲜、有趣,给他带来无限的欢乐。

小蝌蚪

一场雨使得天格外蓝。早上,姥爷领了小阳和妹妹豆豆到大河边去玩,妹妹还提了个小塑料桶,里面装了一把小铲子。

这条河水不大,河滩里聚集了大大小小的水潭,水潭里游着成百上千的小蝌蚪。他们读过《小蝌蚪找妈妈》,可从来没见过这么多小蝌蚪呢。小蝌蚪有小指头蛋儿那么大,黑黝黝的,摇摆着小尾巴自由地游来游去,一会儿聚拢到一起,一会儿又分散开来。水下面半圆形的小窝连成一片,好像是它们给自己筑的巢——晚上,小蝌蚪会在那儿睡觉呢。

妹妹央求哥哥:"我们捉些蝌蚪吧,带回去可以和鱼一起养。"

小蝌蚪可精灵了,小阳手刚伸进水里,它们呼啦一下游走了,好一阵儿才捉了一条,它还在小阳手心里吧嗒吧嗒乱跳,一松手,它一下子蹦到了地上,那尾巴甩得更欢实了。

"快捉住它,不然它会渴死的!"妹妹紧张起来。

挣扎了一会儿，小蝌蚪没劲了，小阳一下子从尾巴上提起来扔到水桶里。有了水，小蝌蚪精神又来了，它摇着尾巴自由地游动起来。就这么着，小阳捉了整整十只小蝌蚪！

打完太极拳的爷爷踱着步子来了，一见两个孙子玩得起劲，就说："小蝌蚪要去找妈妈啦！"豆豆听姥爷的口气是要他们把小蝌蚪放到水里去，忙说："我们要带回家养起来呢！"姥爷说："蝌蚪没有妈妈，没有家，就像你们离开家和妈妈一样，那怎么生活呢？再说，蝌蚪在泥水里长大，还要去捉害虫，带到家里可怎么行？"

十个小蝌蚪又大摇大摆地游回水潭中了。

姥姥的普通话

姥姥一说话，小阳就笑，她老是"N、L"不分，把"奶奶"叫作"来来"，把"饭熟了"读成"饭负（熟）了"；她还老是读错声调，把"客厅"读成"客亭（厅）"。有一次，小阳忍不住笑出声来。"你一个人傻笑什么？"小阳正看着电视里播的《熊出没》，随口说："我在笑光头强呢！""不对吧，"姥姥怀疑地问，"我一说话你怎么就笑？"小阳只好老老实实说："你老是读错字音和声调！"姥姥笑了："还不是叫你们逼的？你说的是城里的普通话，我说的是乡下的普通话，人家叫'京兰腔'！"

"跟我学！"

姥姥诧异地问："这世事还真颠倒了，你还成我的老师啦？"小阳说："三人行，必有我师焉。"

弄错了的填空

双休日，妈妈到乡下来看小阳，首先是检查他的作业。翻着看着，妈妈大笑起来："你怎么这样胡填呢？"原来，暑假作业上有一道题要求把洒水车、消防车、轿车、冷藏车、公共汽车、救护车的图形和下面的文字用直线连接起来，接着的一道题是，要写出这些车各自的本领。

这太简单了，谁不清楚？洒水车有储水的大罐，在街道上喷洒着水；消防车是红色的，顶上还有梯子，一路鸣叫着，跑得飞快……可是轿车后面怎么填？二年级的学生小阳犯了难，轿车的本领是什么呢？妹妹小笛说："填轿车是坐人的不就得了？"可小阳总觉得不准确，坐什么人呢？什么人都可以坐吗？这道题真还不好填！忽地，他想起电视上领导们剪彩啊，讲话啊，来来往往，都是坐着小轿车。大机关的院子里，整整齐齐停着许多黑的、灰的、白的各色小轿车，爷爷说，那楼上办公的都是领导。这样，他不假思索就在"轿车是用来"的后面填了"坐领导的"。他想，这不会错的。

就这，可把妈妈笑坏了："咱老百姓就不能坐轿车？"

小阳反问妈妈："总不能填成'坐老百姓的'吧？"

天上的星星

爷爷给小阳买了只飞箭，用橡皮筋一弹，直飞天空，飞箭上的灯泡闪闪发光，旋转着掉落下来。广场上不少孩子都玩这个小玩具，那亮闪闪的灯好像无数个流星，在漫天的星空中划过。

忽然，小阳的飞箭被一阵风吹到高高的柳树上面，紧紧夹到柳梢的枝条里了。这可糟糕透了！小阳拿着橡皮筋无望地瞅着，飞箭上的灯一闪一闪，眨巴着眼睛，好似在戏弄他。爷爷却像没事人一样盯着，说："多好，它给天上又添了颗新星哩。"

其他小朋友依旧欢乐地弹着他们的飞箭，小阳一点心思都没有了，眼巴巴盯着他的飞箭。他想起了《淘气的泡泡》里面的办法，一个小

52

朋友站在另一个小朋友的肩上，这样，有四五个人，就可以够着他可爱的飞箭了，可是有谁能这样帮忙呢？那又多危险呢！他又想，如果有个能伸缩的长杆，也能把飞箭拨拉下来的……小阳想来想去，没有一个好办法。

　　夜深了，广场上跳舞的人渐渐散去了，玩儿的孩子们也被大人们带着蹦蹦跳跳地回家了。但那柳树梢依然轻轻地摆着，不紧不慢，没一点焦急的样子。小阳彻底绝望了，说不定它会永远挂在高高的树上呢。

　　爷爷拉着还不甘心的小阳说："就让它一直眨着眼睛，今天晚上它就不会睡觉了。"

　　不甘心的小阳一步一回头。

　　渐渐地，风大了起来，忽地，小阳挣脱爷爷的手，飞一般跑去，他看见了，一颗星星旋转着画出一个漂亮的弧形，飘落了下来。

载 2013 年 8 月 14 日《兰州日报》副刊·城事

那一声"哥……"

大学毕业后的表妹闲着没事干，突发奇想要到我教书的乡下学校来学习音乐、美术，长点本事。

表妹家姊妹仨，她是老小，大家都呼她"三儿"。一见面，她亲亲热热喊了我一声"哥"。这是一个久违了的称呼，因为母亲就生了我一个，从来没人把我叫过哥。

从此，表妹整天"哥"叫个不停，我们一起炒菜、做饭，甚至在田埂上散步的时候，她动不动就叫一声"哥"，好像怕以后再没机会叫这一称呼似的。我清楚，这是城里娃娃的特点——嘴甜，再说，她总是受了几年的高等教育。表妹那软绵绵、清脆的女声分外亲切动听，那一声"哥"似乎填补了我心灵里的一片空白，给我单调、乏味的生活里涂抹了一笔明亮的色彩，洒进了一缕灿烂的阳光。

我们闲聊时，表妹说，她小时候就盼望有一个哥。那时，班上的男孩子经常欺负又瘦又小的她，这帮捣蛋鬼还编了顺口溜编排她："三三子三，三哪里，三三子盼个小弟弟……"要是有个拳硬胳臂粗的哥哥，那些小家伙谁还敢难为她！再说，要是有个哥哥，上街买东西、采购，总有个帮她提包的人，她再也不怕那些龇牙咧嘴的大狗了。

母亲一直盼有个女孩，我盼望有个妹妹……表妹的到来，正好填补了这个空白，我们相处得还真像一对亲兄妹。我想，能有这么个妹妹，听一声"哥"的呼唤，也够惬意和幸福的了！

表妹还真行，学了不几天，素描水平提高不少，几何体的造型还算准确，五调子、明暗关系处理得也不错，线条也打得流畅自如。她的钢琴进步更快，基础训练的曲子弹得挺熟练，没想到，她还能叮叮咚咚弹起了《让世界充满爱》的曲子，"轻轻地捧着你的脸，为你把眼泪擦干。这颗心永远属于你，告诉我不再孤单……"那舒缓、婉约的曲调，总能唤起人埋藏在心底的美好情愫，拨撩起一种纯洁而伟大的感情——这个世界，真需要人与人之间相互的理解与关爱。

一天，我和表妹相约到镇子上去玩，没想到的是，前几天河里发过大水，洪水虽已退了许多，水中央还露出几块大石头，只要小心点，相扶相依，人完全可以踩着石头到达对岸，但河水依然湍急。望着湍急的流水，表妹有点胆怯，她十分为难地瞟了我一眼，低声征询："哥，你把我背过河去，行不？"看她那副怯生生的神情，我们好似是从未谋面的陌生人。

"踩着石头，我拉着你，保证不会掉到水里的！"我作出男子汉大丈夫的气派，掷地有声。其实，我是有顾虑，我从来没有背过女孩子，甚至连男孩子也没背过。

"不，我就要你背！"这一次，她态度坚决得不容商量。

我只好无奈地卷起裤子，脱了鞋。表妹毫不客气地伏到了我背上。

浑黄的水里，脚下是流动的细沙，使得人摇摇晃晃站立不稳；偶尔碰到一块大石头，垫得脚生疼；快到河中央时，一块有棱角的石块硌得我龇牙咧嘴，几乎叫出声——俩人加起来近乎三百斤的重量呢！不管怎么说，我得坚持，我要展示男子汉的风度和气派，担起兄长的责任！就这样，趔趄着摸索着继续前进。忽然，我觉得脖子里热乎乎湿漉漉的，是泪水！表妹哭了？我感到她在发抖，我以为她太恐惧了，怕一不小心俩人都翻到河里……

好不容易到了河对岸，一看，表妹满脸泪水，肩膀还轻轻抽搐，她哽咽着，是那样伤心，似乎遭到了莫名的委屈。

我大惑不解，问道："你这是怎么了？"

她抹了一把泪，断断续续地说，小时候上学，夏天动不动就碰到河里发大水，那些有哥哥背的女孩子，跳跳蹦蹦地回家了。一次，有个男孩背她过河，刚到河中间，几个调皮鬼齐声喊："猪八戒背媳妇过河喽！"那男孩又气又恼，一紧张，打个趔趄，和她一起滚到了水里……那些调皮鬼不帮他们倒罢了，还站在河对岸嘲笑她："三三子三，三哪里，一三三到水里头……"后来碰到发水，她只好一个人孤零零地站在河边掉眼泪，只能巴望着爸爸来接她。她做梦都想要一个哥哥，哥哥会把她背到河对岸，再大的水，她也不会害怕。

回忆起早已逝去的童年往事，表妹还那么伤感，那么惬惶，抹着不断流出的泪水。

我终于明白了表妹非要我背她过河的原因：是圆她一个童年的梦，补偿童年时心中的一段缺憾和创伤，填补她生活里的一隅空缺！

望着滚滚而去的河水，表妹又一声轻轻地呼唤"哥"，是那么甜，那么亲！

载 2015 年 12 月 2 日《兰州日报》副刊

趣忆"乓乓乓"

20世纪五六十年代，时兴一种玻璃制作的儿童小玩具，大人、小孩都依了声音,形象地叫它"乓乓乓"，这玩意儿还有个名字叫"娃哈哈"，可是似乎被人们淡忘了。

"乓乓乓"大体形状像葫芦，呈淡紫色，有个长长的把儿，把端的口儿便是吹奏的部位。声音靠的是底部薄薄的玻璃片振动，声量的大小和节奏，全凭吹奏者气息的运用和技巧。其实，无论水平多高，发出的声音都是比较单调的"乓乓、乓乓"声，只不过声音的高低频率随着"乓乓乓"的个头大小不同而已。

大一点儿的"乓乓乓"有小碗口那么大，把儿有一拃长，相对，底部的玻璃就比较薄。那些没经验的小伙伴气息太强，刚拿起来呼呼一吹，"乓"的一声，底儿立时碎成了渣，只好干瞪眼，或者垂头丧气，掉下几滴眼泪。心里过不去的大人只好再买一只小一点的，虽然看起来小家子气一点，声音也没有大的响亮，但是稍微厚一点的底儿没有那么娇嫩，嘴上的劲即使再大一点，也不会一吹就破。

别看这么个简单的玩具，有些人却吹奏得特别有情趣，他们能把握住嘴唇上的气息，像吹奏笛子一样。他们不是靠着一股蛮劲，只凭嘴上的劲大，而是用嘴唇之间的一点"巧"劲开张闭合，如此，既不损耗气力，"乓乓乓"发出的声音还显得特别丰富多彩，像奏出的一支支小曲。

"乓乓乓"最时兴的日子是春节期间或者节假日。五泉路边左公柳下的摊点、白塔山下铁桥人行道两侧，不少担儿客挑着一嘟噜一嘟噜的"乓乓乓"。经验丰富的卖家一阵拿着大号的，一阵又拿着小点的"乓乓乓"，吹得悦耳动听，特别欢实，诱惑着游览的大人和小孩去购买。

记得兰园是最热闹的地方，一进大门，一片高高低低"乓乓乓乓"的声音，抑扬顿挫，像夏日嘹亮的蝉鸣，似秋天叽叽啾啾的蟋蟀，交织成一支交响曲，给节日平添了一份欢乐气氛。

那时候我家住在黄河边城墙附近的北城壕，离兰园一步之遥，每次到那儿玩，总要买个"乓乓乓"吹。而和我同去的同院小朋友满子则只能望梅止渴。看他那馋样，我只好让给他吹吹过过瘾。他爸是挑黄河水卖的"水客"，日子过得不宽裕，哪有闲钱买那玩意儿？一次，他捡了别人扔在地上没底儿的"乓乓乓"玩，不小心被刀片一样锋利的玻璃片划破两手，晚上被他爸发现了，满子说谎不成，还挨了一顿巴掌。看他眼泪掉的可怜样，我再也不去买"乓乓乓"玩了。

小小的"乓乓乓"走进大街小巷，它的名声也进入了日常人们的语境，比如将那些身材单薄、弱不禁风的人称作"乓乓乓"；或将做工灵巧、易碎而不耐磕撞的家当也形容为"乓乓乓"。

"乓乓乓"精巧可爱，那抹紫色在灰色的生活环境中独特别致，十分抢眼，让人产生无限遐想，不少人家便用线绳拴挂在墙上或者摆在桌子上，营造温馨的家庭氛围。

随着时代的发展、进步，儿童玩具越来越丰富多彩，"乓乓乓"这种影响孩子安全的玩意儿渐行渐远，逐渐淡出儿童的娱乐生活，仅仅成了一个时代美好的回忆……

清风儿徐来

农历六月,农家已经进入了夏收大忙的时节,小麦田里套种的玉米要松土、追肥,冬小麦透了黄,有的人家已经上了场。这天,听说瓦窑子村晚上唱秦腔。我知道青城人好戏,但"麦子一黄,绣女下床"的时节,哪有闲工夫唱戏!

为了散热、散心,傍黑,我直奔瓦窑子,这里离青城镇的老街还有几里的路程。村道上静悄悄的,小学操场上有一座大戏台,黑洞洞连个人影都没有。却见路边一位老人坐在小板凳上,听说是来听戏,十分热情:"我也是等着听戏的,还早,还早,文化站那儿的灯一亮,我们就走。"说话之间,让出小板凳,给我这个客人坐,他却站着转转腰涮涮胯。哪有让老人站着我坐着的道理!我们互相推让起来。

"你坐,我们庄稼人,苦了一辈子,腰腿结实。"

看他气色好,一绺白须飘飘,面庞红扑扑的,我便夸赞他的好身体,又夸他的儿女一定孝顺。

老人高兴了,连连称是,打开了话匣子:"人老饭巴,一辈子受苦,就是胃口好,一天三顿,顿顿不差。"没几句话,老人又夸起了当地人爱吃的馓饭,"都是馓饭的后劲儿,从小到老,每天一顿馓饭是离不了的,耐实,吃了肠胃好。早先馓饭是糜子舂的小米和糜面,现在,自个儿种稻子,大米、白面加苞谷面,外加蒜、辣子、陈醋、酸菜一拌,那真叫香……"

正说间,电灯亮了,锣鼓家什响动起来。

原来是唱地摊戏。文武场面的条凳分列两边，主持者分发香烟，算是给辛苦者的犒劳，又在纸杯里撒上茶叶，给每位送上香茶。十几个观众围成半圆形，留开场子。他们大多四五十岁，杂有烫着卷发，穿着新鲜、时髦短袖和裙子的年轻媳妇。锣鼓敲了好一阵儿，就是不开戏。乐队只是一遍又一遍地拉秦腔曲牌。主持者老魏是村上小学的退休教师，急得团团转，拨着手机，大声吆喝："说好9点，都10点了，到底来不来？"打了几个电话，自言自语又像是给众人解释，"王家的媳妇才洗锅哩，李秋雁还有一笼馍就蒸出来了，这，这……要不，干脆这几个老婆子先上，开个场子！"

站在观众位子上的几个女人看来都是好家，推让了一会儿，一个叫李桂芳的总算站了出来。虽说上了年纪，但一看她那模样、身段，就知道是个唱戏的料。她抻了抻衣襟，捋了捋头发，给敲锤的递了个眼神，说："《断桥》的苦音二六那段。"前奏响过，脆生生一声"西湖山水还依旧，憔悴难对满眼秋"划破了宁静的夜空。一段唱毕，喝彩声和掌声是热烈的，观者要求"再来一段《鬼怨》"，那女人似乎有点受宠若惊，她忸怩着："那段太长，我怕唱不好，词也记得不牢。"众人又鼓动："这又不是让拍电视，怕个啥？"这一段委实长，是李慧娘被贾似道刺杀，慧娘鬼魂与相爱的裴生相会前的独唱。那叫李桂芳的拉出架势，凄厉一声叫板，锣鼓家什大作，伴和着顿挫的尖板，立马烘起了场子里的气氛，一句"怨气冲冲三千丈，冤死的冤魂怒满腔"就把大家的心攥住了，接着音腔一转，婉转哀怨的"红梅花下永难忘，西湖船边诉衷肠……"把在场的人带入李慧娘和裴生的爱情世界里。灯光下，只见李桂芳泪光闪闪，凄凄切切，对裴生满腔的爱，对权奸的憎恨和被杀的愤怒，在声腔的转折中表现得酣畅淋漓……

看戏的人渐渐多了起来，观众席静悄悄的，大家都陶醉在优美、精彩的唱腔里。一曲唱毕，掌声愈加热烈。不知是受了剧中情绪的感染还是被观众的激励所感动，李桂芳还站在那儿抹泪。

我凑过去问白胡子老人："这李桂芳自小就喜欢秦腔？"

"年轻那阵还拉架子车、搬苞谷哩，哪顾得上唱戏？如今她都是当奶奶的人了，孙娃娃们一上学，也心闲了，成天没事，对着VCD（影音光碟）唱。受了一辈子苦，现在日子富裕了，吃饱了总得有个事干。别看那敲锤的，也都是大好家，兰州城里拜了师傅学的，花了钱哪。"

一阵，场子里有些骚动，原来是那个叫李秋雁的来了，这小媳妇果然不同寻常，身材细条，一双大眼睛扑闪着，一对金耳环在灯光下摇曳闪烁着。要不是在这小村，准会觉得是坐办公室的干部或某个公司的公关人员。她上场双手抱拳，道一声歉："对不起，让哥爸爷爷太们久等了。"乐队看来也是默契，板头奏起，一句黄桂英的花音二倒板"清风儿徐来增凉爽，为遣情思赏秋芳"就搅热了氛围，掌声四起。这段《火焰驹》里"表花"的经典唱段，众人不知听了多少遍，还是百听不厌。板头一转，是小姐黄桂英和丫鬟的对唱，场子里又跳进一位年轻媳妇，与那李秋雁一唱一和，从正月里迎春花一直表到十二月腊梅花，其间，以花喻人，穿插着薛平贵与王宝钏、张生与崔莺莺、许仙与白娘子的爱情故事。两个年轻媳妇舞来扭去，轻挑兰花指，明眸顾盼，暗送秋波，就把个众人看得如痴如醉，驱散了一天的劳累……

繁星满天，夜已经深了，大家还不过瘾，看来如果唱到天亮，他们也会听到天亮。

老魏松了板胡的弦，喊了一声："散摊子！明晚再早些，9点半准时开演。"

回家的路上，男人女人、老的年轻的，有说有笑，打打闹闹，仿佛这个世界没有一点忧愁。月光下，黄河闪着鳞波，风儿吹来阵阵涛声，也送来丝丝凉意。有人又哼了起来："清风儿徐来……"一帮人跟着应和："增凉爽……"宁静的夜空里，一首激越的交响乐在大河之滨久久回响。

载2011年2月17日《兰州日报》天天副刊

雨中赏荷

虽然我生活在北方，对荷花倒还不太陌生。成县有个裴公湖，那成片的默无声息的荷塘足以让人领略荷花的风姿，而我的故乡青城镇东滩的百亩荷塘，则更让人对荷花没了陌生感。一个偶然的机会，小小的几朵荷花让我尽享了从未有过的意境。

那天，雨一直下个不停，我撑着伞到美术馆去看展览。哪知主办方因下雨而关了门，让我吃了个闭门羹。回身之间，却见精巧的办公楼后依稀露出几枝竹子来，在这北方的城市里，竹子还真是个稀物——看看竹子也不枉来此一趟。我顺着走廊转来转去，寻寻觅觅，总算找到了几丛竹子所在的地方。

这是"U"字形小楼中间的一块小院子，从它的三面可以浏览这里的景致。巧的是花丛中间还设计了一处小巧的石亭，中央陈列着六个石椅围着的圆石桌。我兴奋极了：好自在的去处，这是老天专为我安排的避雨、休憩的地方！

竹子很雅致，静静地挺立着，一任细雨浸淋，叶子上水积得多了，哗啦啦流下来，浇到周围的月季、牡丹、芍药、玉兰上，扰得她们摇摇晃晃，又无可奈何。忽然，我被一池席面大的荷塘吸引住了。说是荷塘，其实只开着那么三四朵花，以至于刚进小院时，我都没注意。这阵儿，也许是变换了视角，也许是方塘中墨绿的水的映衬，那几朵荷花分明鲜艳了许多，曙红中罩了层胭脂，花瓣的尖端更是浓重，花瓣儿高高翘起，倾向黄色的花蕊，那排列整齐、犹若小球的花蕊毛茸茸的，娇羞地藏匿在花瓣中……

　　历代文人墨客用尽了辞藻和诗文吟诵荷花，那不过是文字，不过借题发挥罢了。现在，嫩生生、水灵灵的荷花就近在咫尺。

　　一阵儿，雨似乎大了起来，屋檐的水槽一溜齐排排滴下水柱，敲击得水面泛起一圈圈涟漪。雨珠也滴出小小的涟漪——和水面碰撞的那一刹那，立时敲起个小气泡，气泡像小游艇似的游弋片刻，忽地一下爆灭，形成一个个小的涟漪，和那水槽下一圈圈向外扩展的涟漪交织，碰撞，大的、小的、深的、浅的，无数个涟漪造就的圆圈生生不息，无穷无尽，无尽无穷，在这小小的荷塘里飘游，挤兑，像一群顽皮的孩子在雨中戏耍，热闹极了。然而，此时的荷花似乎不愿去凑那个热闹，依然静若处子，不卑不亢，亭亭玉立，默默接受着上苍的淋浴。

　　忽地，我想起了宋人周敦颐"濯清涟而不妖"的句子。是的，世间的花那么多，而人们却格外喜欢荷花，大约正是欣赏她卓然独立，"中通外直，不枝不蔓"，儒雅庄重的君子之风吧！

载 2011 年 8 月 14 日《兰州日报》副刊

春节素描

　　今年的春节我想变个花样，不想再守着电视、餐桌，或提着牛奶、水果颠来颠去，对方"投桃送李"，换个品牌又颠去颠来，逗得大家满街跑。

　　谁说大年初一不能出门？我偏要在春来的第一天走一走。

　　和年三十相比，这个城市像变了个样，楼似乎高了，街道猛地宽了，人行道只有一两个和我一样踽踽独行的人；公交车上空空荡荡，想坐哪个位子就坐哪个位子，一路风行，再不用担心前方堵车或是刮擦。小轿车享受着春节带来的舒畅、愉悦，发挥着往日走走停停积累下来的能量，"兔"飞猛进！人的心境也宽敞、明亮了许多。

　　一家电商场开着门。嗬，好整齐、亮堂、宽阔。年轻而又打扮漂亮的女孩子见人进来，齐声问候"过年好"，争相介绍新款家电的性能、使用方法，如何节能，如何环保，如何……我问一个女孩："大年初一还上班，想家不？"

　　"咋能不想！"

　　"本地人还是外地人？"

　　"外地"，回答之间，眼睛闪着泪花，"为了挣加班工资，只好选择继续打工。"

　　商场里彩灯闪烁，音乐声悠扬欢快，有些女孩坐在一起嗑瓜子、吃糖果，看除夕夜的春节联欢晚会重播。看来，她们也顾不得商场的规矩和禁令了，享受着春节带给人们的福分，其乐融融。谁能说这不是过春节！

　　中心广场太平鼓和红灯笼组成的巨型彩灯附近，孩子们围着数百只鸽子。白的，灰的，黑的鸽子争相觅食，昂起头"咕咕"地吟唱，忽然，倏的一声，鸽子像是得到了紧急动员令，齐齐飞向天空，鸽哨响成一片，如同演奏着一首轻柔的交响乐，在天地间回响。

　　孩子们仰起头望着湛蓝天空飞翔的鸽群，有点失望。

　　"鸽子是通人性的，会让我们在过大年时欢乐的！"老爷爷这样安慰孙子。

　　"鸽子也过年吗？"孙子问。

　　鸽群穿越楼群，盘桓了几个来回，慢慢俯冲下来。孩子们高兴得鼓起了掌，脸上洋溢着激动和兴奋。

　　金城关文化风情园，传来一阵阵兰州鼓子的弹唱声。

　　这是个不大的演示厅，小小的舞台上，二胡、三弦、扬琴，简单几样乐器，却让人听到了久违的古腔古韵。

　　唱者是一位六十开外的老人，他正襟危坐在一只雕花的古式靠背椅上，正唱着"小平调"的《东方晓》一段，真正是字正腔圆、顿挫有致，情韵十足。唱到高潮处，台下不少观众也应和着唱了起来，犹如一支大合唱，煞是振奋人心。原来，观众里就有不少兰州鼓子"好家"。

　　一曲终了，有戴黑呢帽的老者高喊："下面请水阜的亲戚们唱一段。"立时，有位四十多岁的壮年汉子整顿衣冠，走上台去，清了清嗓子，唱了起来……

　　和黑呢帽老者攀谈之间，才知道他是皋兰什川的魏姓，来这里演唱的"好家"除皋兰什川、水阜的外，还有来自榆中、七里河、安宁等地的鼓子传人。据介绍，兰州鼓子的传承者在兰州市不过四百来人，年龄最大的有八十郎当岁，最小的也有四五十岁。这次春节演出从初二开始一直持续到元宵节。

　　我相信，兰州鼓子一定会传唱下去。

我被泥塑馆里那千姿百态、栩栩如生的泥人儿造型震撼了——

拉胡琴高吼秦腔，老人给孙子"压岁钱"，拉牛肉面……那些西果园河滩里的黄胶泥，经过岳云生老人灵巧的手，成了生动、有趣的生活画面和人物。

老人退休后操起了儿时玩过的游戏，但不是简单的笔架山、小车车、鸡啊狗啊什么的，而是艺术形象、人物造型。他不但和泥巴，还钻研雕塑和美术知识。他完全沉醉在泥塑的世界里。于是就有了如今泥塑馆里这数以千计的泥塑群。

说起泥塑，岳云生老人如数家珍，介绍说，外地几个考察团也来这里参观，有领导人还建议把他的泥塑作品当作礼品来打造。

一组组泥塑吸引了我，我仔细端详着这些充满兰州地方气息，或夸张，或幽默，或憨态可掬，或逗人捧腹的泥塑作品，不禁感叹，河滩里一分不值的泥巴也会变成别具特色的艺术品呢。

这些泥塑，勾起了我对童年的美好回忆。

有朋友约，哪天在哪家相聚。我说，初三，我想去捡黄河石，黄河边有挖掘机在清理河道，那里肯定有图案奇特的好石头。如果相聚，初四和初五带上板胡和家什到风情线上去吼秦腔，或带上笔墨丹青找个地方写字画画……我要感受春的温暖和抚慰。

真好，今年春节，我想就这么过了！

载 2011 年 2 月 17 日《兰州日报》天天副刊

走近黄河

看黄河是从小就开始的——黄河边的水车转动着巨大的轮子，木斗溢洒着水花送入长长的水槽。

那时，坐上火车穿越桑园峡，看黄河静静地向东流淌，不知她从哪儿来，又流到哪儿去。童年的我萌发了一个古怪的念头，有一天我要到黄河的源头去，看看这么大的水是从哪儿流出来的，再到黄河的出口，看看黄河究竟流到哪儿去了！

我的家乡离黄河不远，看惯了黄河的变幻，听惯了那些优美动人或骇人听闻的传说，将军柱、月亮石、骆驼石、仙人拜月、大照壁、天桥……多美；煮锅、棺材崖……多恐惧！一年四季，黄河不断改变着模样，夏天，水是浑黄的，汹涌澎湃、一泻千里。到了秋天，她完全变了，像受了老师训斥的小女孩，温顺，忸怩，不声不响，也变得清秀了，腼腆动人了。三九天，黄河结了冰，孩子们在洁白的冰面上溜滑车，那场面可是热闹极了，成群结伙的小朋友牵着各色的滑车在冰面上飞快地滑行，翻了车，愈加热闹，如果坐车的摔了屁股蹲儿，喊声，笑声就在河面上荡漾开来……

更有意思的是，黄河结成了冰桥，如玉石雕琢般精巧，一辆辆大车大摇大摆地来往于河两岸。生活在黄河边的人们在冰面上凿了打水的洞，像口水井，叫作"冰眼"，用绳子拴了水桶，如乡下人从井里吊水似的。我的祖父怕家乡的苦咸水冲淡了茶味，便吆喝了毛驴驮回黄河里的冰块，砸成核桃大的小块熬罐罐茶，那水甜啊，煮茶喝，正宗且味道香。

小时候的梦，后来在一步步地实现。

有年夏天，我骑了自行车顺着桑园峡崎岖的田间小道往东，往东，我要看看黄河再往东，究竟流向何方？穿过了鲁班石、将军柱，黄河在这里像胳膊肘般拐了个弯，滔滔直下北方。峡谷里成了绝路。这里的峡谷壁立千仞，直插苍穹，狭窄得如同一条甬道，咆哮、肆虐的浪涛被屈缩在这条逼仄的峡谷里，似乎有些不甘心，翻腾、跳跃，惊涛拍岸，浊浪排空，如笼中的雄狮在奋争，似赛场的斗牛在拼搏。我独立岸边，胸中如大河般波涛涌动，不由想起苏轼的《赤壁怀古》："大江东去，浪淘尽，千古风流人物……"

一个偶然的机会，我终于揭开了这条母亲河的面纱，看到了她的真正面容——那是在青海的贵德县。

车出西宁，过湟中，一路不是如茵的草原，便是丹霞地貌，在那草的碧绿和山的赤红交织中，瓦蓝的天和雪白的云如幕布映衬，简直就是一幅色彩清丽的油画。

到黄河边时，我诧异了：分明不是我见惯的那黄涛滚滚的黄河，这里，黄河水怎么是碧蓝的？站在河边可以清楚地看到河中的彩色石头和舞动的水藻，如果不是那宽阔的河面，你一定会觉得看到了九寨沟海子里的碧波！

据同行的朋友介绍，有道是"天下黄河贵德清"，自古以来，这里的河水就是清碧的！我才顿悟，得益于三江源的优美生态环境，黄河并不是生来就是那副黄模样。贵德的水流是平缓的，无声无息，只是静静地向东，不苟言笑，不事张扬，犹如成熟的少妇。她知道，是雪山给了她生命，是草原养育了她，她只有默默履行苍天赋予自己的使命。

那天，我们坐在河边的茶摊海阔天空，窗外，几茎芦苇摇曳，河风轻轻，河水触手可及。不经意间，那水悄悄涨了上来，涌进茶棚，我们和茶几、躺椅都融入了浅浅的水里，但谁都没有惊慌，没有埋怨，依然说笑，任凭河水抚摸我们，享受着黄河水给予我们的友好与礼遇。要知道，这种境遇是不容易得到的啊！

又一年初冬，在壶口，我又经历了黄河的惊心动魄。

傍黑，像什么牵着我们似的，没有在县城留驻，直奔壶口。那阵儿，夜影已经笼罩了整个大峡谷，只听到黄河的惊涛骇浪声，却看不见壶口究竟在何方。顺着公路往上游走，却看到一幅奇异无比的景象，这里没有了任何声息，黑黝黝的峡谷静得有点骇人，黄河似乎进入了胶着状态；但还是涌动着，极其缓慢，不仔细看，就觉得是一条静止的河床，那静，像千军万马战前的沉默，像争斗者暗自的摩拳擦掌。

啊，那是冰凌！是大大小小的冰凌，虽然无声，却像捣蛋的孩子悄悄地冲撞、挤压、重叠、携手。在前行的路上，她失去了夏日的激荡，但还保持着黄河的风姿与步伐，她疲惫了，她也需要一张一弛、阴阳消长，这才显得悄无声息。

第二天太阳刚冒花时，我们又赶到河边，这下可清楚了，原来，陕山大峡谷的这一段河床是沙砾石板层，在壶口又形成落差50多米的石壶状峡谷，上游250多米宽的水流在此处汇聚起来，从这狭窄的"壶口"陡然下跌，形成喷雪吐雾的奇观——名扬中外的我国第二大瀑布。

冬天的瀑布同样是壮观的，水流激起的水花是雾，是气，雾气在天空弥漫、飘逸。不断变幻的水流也变幻着瀑布的形状，如龙腾，似虎跃，看不够，看不厌。让人惊叹的是，冬给壶口予以严冬的装扮和造型：喷溅的水气不断在悬崖峭壁上凝结，雕塑出一根根巧夺天工的冰柱，有如霸王鞭，有如螺旋，从河面伸出的层层石岩上垂落下来。千姿百态、长短各异的冰柱又天造地设成巨大的穹庐，金色的阳光辉映着，真如玉石砌成的冰宫和琼楼玉宇，水雾吞吐其间，奇妙极了。

大自然的造化真是太神奇了！难怪古人形容此处是"源出昆仑衍大流，玉关九转一壶收"。我不由吼起了那首多少代人传唱的歌谣：

"人说道，天下黄河九十九道湾……"

没想到，歌声引来了一个当地的老农，他头系白羊肚手巾，扎着腰带，牵头毛驴。他问道："你也会唱这歌？"我幽默地回答："天下的人都会唱哩。"他自豪而憨厚地笑了。

这里还聚集着几个父老乡亲，男人做着赶毛驴接游客往返于河中央到河岸的营生，婆姨们在河滩上摆着她们绣的毛驴啊、老虎啊，狗啊一类的荷包和状如鸡蛋大小、色彩斑斓的黄河石。那么冷的天，他们围在一起，燃起几根木柴棍，火苗被凛冽的峡风吹得直扑闪，但他们似乎没感觉到冷。

应我的邀请，老农噙着旱烟锅，手拿鞭杆，摆出姿势，和我合影。我揽住他的肩头，紧紧站在悬崖边。大地在抖动，身后，浪涛翻涌，似在咆哮，似在狂吼，水雾弥漫着我们，浸染着我们……

那一刻，我分明感到黄河心脏搏动的声音，我终于明白，为什么人们离不开黄河，是那么热爱这条母亲河！

载 2012 年 2 月 16 日《兰州日报》天天副刊

心中的圣殿

那是20世纪70年代初，独自生活在乡下的外祖父被舅舅接到兰州去，住在兰石厂福利区。上中学的我过些日子就去看爷爷。一次，刚要坐公交车回乡下，却见省博物馆门前人头攒动，原来，这里正举办"全国中国画、连环画展览"。喜欢美术的我喜不自禁，立即买了张门票。

那次展览规格可是高，单是展馆门口和展厅里守卫士兵的威武就让人敬畏三分。一幅幅笔墨飞扬的中国画看得我目瞪口呆——那画幅的尺寸之大令我惊叹，我无法想象是如何创作的！而只有十六开大小的连环画原稿，我怎么都无法与我那些巴掌大的小人书联系起来。以前我总认为，小人书是"印"出来的，岂知原来也是画家画好底稿，然后通过拍照、制版、印刷这些工序做出来的。印象最深的是《列宁在十月》，好像画在毛边纸上，那么精细的线条，众多的人物，我猜想，画家一定具备一双常人没有的眼睛和灵巧的手！

那次画展给我这个对美术几乎混沌无知的乡下青年的启蒙是深远的，像是为我开启了一扇通向艺术殿堂的大门。将近四十年了，我还完好无损地保存着那次画展的蓝色门票。

自此，省博物馆成了我每次看望外祖父时必去光顾的一个地方。以后我当了农民，落寞无望的我在那里又参观了几次全省的美展，展览对我的启迪与影响是持久的，其中的一些精品一直深深印刻在我的脑海里。美术给我单调枯燥的生活涂上了一抹丰富的色彩，给我以强大的精神力量。

到了80年代，经历了蝶变的我成了一名教师。有一次我去兰州一个木器厂给单位购置桌椅，正好是下班时间，炎热天气中百无聊赖的我忽然想到了省博物馆，我急忙坐了公交赶过去，太好了，这里正在举办一次全省的美展！

我徜徉在凉爽的展览大厅里，欣赏一幅幅精美的画作。就是那次，我被雕塑家何鄂那不到一米的泥塑《黄河母亲》震撼了，母亲温柔慈祥，孩子天真可爱，依偎在母亲胸上，美轮美奂，我久久盘桓欣赏，不忍离去。记得还有一尊叫作《秋场》的泥塑，一位粗壮的庄稼汉在举重，弯弯的杠杆两头套着沉甸甸的碌碡，汉子半蹲着正在上举，显然这表现的是农民丰收的喜悦和农村生活的情趣。我惊叹艺术家的高妙：我们曾经成天玩过的黄胶泥巴，在他们手里，怎么就变成了如此感人的艺术品！

近些年，省博物馆免费开放，这为广大群众和青少年普及历史文化知识和爱国主义教育大开了方便之门。我不止一次地领着孙子走进博物馆的展览大厅，甘肃丝绸之路文明展、甘肃古生物化石展、新疆文物展、香港人士捐赠文物展……秦安大地湾出土的彩陶、仰韶文化彩陶、马家窑文化彩陶以及绿锈斑斑的青铜器、震惊世界的镇馆之宝铜奔马和铜车马仪仗队以及合水县出土的举世闻名的黄河古象、红古海石湾出土的马门溪龙恐龙化石……孙子被巨大的恐龙模型和微笑的菩萨雕塑以及三叶虫、王冠虫的化石所吸引；而数不清的宝物，仿佛带着我走进远古时代，走进苍茫的历史。这里，不单丰富了我的历史知识，还让我纵观了人类的伟大和个体的渺小！

博物馆举办的美术展览也一样，能使参观者提高艺术鉴赏力、提升审美情趣。近代杰出金石书画家吴昌硕、岭南派大师关山月、"画魂"潘玉良、著名现代画家齐白石，他们与命运抗争、不懈的努力，在艺术的天地里驰骋，取得了令世人瞩目的成就，他们的奋斗史给我心灵的震撼，给我前进的动力是无尽的，好比给飞驰中的机车不断注入了燃料。

2012年6月底至8月初，旅美华人李自健的"人性与爱——李自健油画祖国巡展"在省博物馆展出达一个月之久。每一幅作品给我的灵魂的洗礼和升华更是前所未有的。

无论是"红花被系列"、"乡土系列"、"母女系列"、"家书系列"、"肖像系列"还是"汶川系列"、"流浪汉系列"，都让人震撼。那红花被包裹着酣睡的婴儿、暖风中飘飞的红花被、背着弟弟的小姐姐，母亲怀中安睡的女孩、穿针引线的老奶奶、牵挂着在外打工丈夫的女人，地震致残但梦想新生活的少年……即使画中点缀的蜷卧的猫，那悠闲觅食的雏鸡，那静静的似乎懂得主人心境的狗……都浓烈地表现出家的温馨，亲情的宝贵，对人的关爱，对生命的珍视，对美好生活的向往，对人的尊严的正视。

我看到，博物馆门口排着长队等待进入和恭候画家为他们购得的油画集、图片、明信片签名的长长的队伍；我看到，展览厅里被画作感染的参观者在虔诚地拍照，美术专业的莘莘学子在教师的指导下认真地临摹，一群观众静静地凝视着介绍画家的视频，而不少被生动画面激荡得兴奋不已的观众在留言簿上挥洒着自己的观后感。面对如此盛况，我在思索，一个画展，为什么会有如此巨大的力量？

感谢《兰州日报》副刊编辑艳子，她带着女儿，我带着孙儿我们一起浏览。孩子们被一幅幅精彩的画作所吸引，艳子也被感动了，买了两套《李自健油画集》大型画册和画家写的自传《我是"犟骡子"》，并送我一套。灯下，我一遍遍翻阅，搜寻李自健油画温暖和熨帖观众心灵的内核和"高光"，扫描他周游世界所经历的波折和风险，解读他的精神世界，体味爱和人性的伟大。

省博物馆在画展落下帷幕前，又组织了两场李自健与观众的互动交流活动，气氛同样热烈。那天，我的儿女、孙子齐聚，一瞻画家的风采，聆听他的故事。他坦诚诉说了童年的辛酸,初到美国的困顿以及之后出现的转机,揭开了那些生动画面背后的感人故事。我终于明白了,个人经历,世间因缘,不懈的拼搏,是一个人走向理想彼岸的桥梁……后来,李自健被兰州观众写的四十多本留言所感动,决定延长展期。

  得益于博物馆的免费开放,就"人性与爱"画展,我进出博物馆十余次,同时又参观了西北师大建校110周年收藏展。我久久流连在洋溢着历史文化气息的博物馆不愿离去,心里升腾起一种圣洁的情感,我觉得,这里仿佛是我心中的圣殿,冬,给人以温暖,夏,给人以凉爽,更重要的是,在这里,我的心灵似乎得到了洗礼,灵魂找到了归宿,浮躁和烦恼一扫而光,我只是静静地走进历史,走进艺术!

载 2012 年 12 月 2 日《兰州日报》副刊·艺苑

山沟里吼大戏

时序进入深秋初冬，到处一片收获的喜悦，金灿灿的玉米棒子，又大又圆的洋芋堆满了农家院落……在这丰收的季节，甘草镇的瓦房川社迎来了第三届民俗文化节。一个小山村连着办节会，还真是新鲜事。通向瓦房川的山道上，矗立着一个个醒目的路牌，沿途彩旗随风招展，给山区增添了别样的色彩。从山道上往沟底看，节会活动中心的文化广场张灯结彩、彩球带着美好祝愿的条幅迎风舒展，人们从四面八方聚集而来。

当地的老百姓说，自盘古开天辟地以来，这山沟里就没有如此热闹红火过！

瓦房川，是个只有六百多口人的小村落，隶属蔡家沟村。说是川，其实是一条三十多里长的沟，直通到天池峡，最后汇入苑川河、黄河。别看这个散布在沟岔里的小小村落，近些年，推广全膜双垄沟播技术，收成一年比一年好，家家户户粮满仓；昔日靠吃涝坝水生活，如今家家有了集流窖；不久，引洮工程完工后，清清的洮河水也会送到这偏山野洼里来。

村里年轻人去城里闯世界，四十郎当岁的张海云就是其中的佼佼者，他的海韵集团建立了分支机构，民俗文化节的举办，全仰赖他的鼎力支持……

来到这里，只要看看山沟里一院院的青堂瓦舍，看看家家门前排列的农用机械，看看从山顶到山底下一溜红砖铺就的大道，便能看出

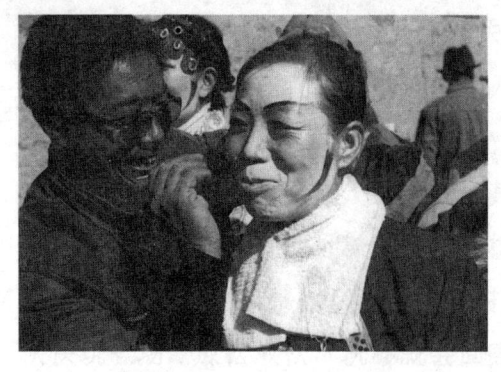

当地农民美满富足的生活。

民俗文化节的重头戏是秦腔演出。当下,虽说电视、网络走进了千家万户,老乡们还是觉得秦腔看着更过瘾,听着更舒坦。戏剧故事高台教化,惩恶扬善,弘扬传统美德,对大人、娃娃不无裨益。担当演出的是榆中县秦剧团,他们先是请来了"西北花脸王"张兰秦吼包公,又请来了中国戏剧"梅花奖"得主谭建勋和窦凤琴助阵。这更吸引了方圆几十里的乡亲们。

同行相亲。艺术家们围着火炉,有说有笑,亲切地与县剧团的演员们交流、磨合,力争给瓦房川的父老乡亲送上文化大餐。

丁述学曾任县秦剧团团长,和谭建勋、窦凤琴两位艺术家又是老交情,说起演戏,他们都甘苦自知。眼下,戏剧市场萎缩、不景气,县一级的秦腔团体大都散了伙,而榆中县秦剧团苦苦支撑着,冒酷暑、顶严寒,走乡串村,心系"草根"。丁述学现在虽然已经退休了,心却是没少操,他利用自己的人脉,开拓演出市场,筹措经费购置舞台设备。有了演出,为了营造气氛,激励演员,他还上台推介、讲戏情,他在甘肃秦腔界里可是享有盛誉,十里八乡的观众也没有不认识他的。

这天,窦凤琴的父亲也来了。年近八十的老艺人向观众介绍窦家三代从事秦腔事业,两个女儿传承戏剧艺术,他足迹遍布庆阳、平凉,也曾到过榆中的金崖、甘草等好多地方演出。老人对榆中观众的淳朴厚道有很深的印象,今天伴随女儿重走当年路,真是感慨万千。如今,这里高速公路、铁路纵横,高楼林立,工厂遍布,他要给女儿加油,以精彩的演出答谢榆中人民。

窦凤琴的拿手好戏是《斩秦英》,这里的秦腔好家都有她的光盘和磁带,今天有幸目睹,一饱眼福,享受经典盛宴,对于山区的百姓来说，真是千载难逢。不愧是名家，窦凤琴饰演的银屏公主，一招一式、一怒一蹙，点点到位。一声"骂一声小秦英该死的冤家"，一唱三叹，把对儿子秦英又爱又恨的细腻感情表现到了极致。县秦剧团青年演员艾三洲扮演秦英，这位花脸表演也非常到位，把一个依仗前辈功绩作威作福、为所欲为的纨绔子弟和"官二代"塑造得活灵活现、入木三分。

到结尾时，银屏公主给詹贵妃道歉、谢罪一节，窦凤琴战战兢兢、亦步亦趋，端着酒杯，几番欲前又止——放不下皇姑身份向贵妃求情，为免儿子死罪又不得不下跪求情，她把这种复杂矛盾的心理表现得细致入微，情景交融。

其实，这一次瓦房川民俗文化节上的演出，与其说是名家的展示，还不如说是名家与基层文艺工作者的一次交流与学习。秦剧团的演员们珍惜这难得的机会，他们趁吃饭、化妆的一切空当，联络感情，讨教、切磋。

谭建勋素有"活周仁"的美誉，这次他特地从西安赶来，为民俗文化节献上他的拿手戏《周仁回府》。而扮演杜文学的是他的弟子、县秦剧团的青年演员梁立广。小梁是剧团的台柱，又是负责人，他暗下决心，一定要和老师配合好，也趁此机会向老师汇报，当面聆听老师的指导。

《周仁回府》这场戏不但揭露了封建专制制度的丑恶，还贯穿着传统礼仪纲常、人伦道德。最精彩的两场是《悔路》《哭墓》，感情非常浓烈。

谭建勋显然是入了戏，遭杖责后他捶胸顿足，泪水长流，感叹于自己忠而被怨。此时，他身躯笔直向后倒下昏厥。这个动作，是戏剧行当的程式技巧，叫"僵尸"，是个难度非常大且具有危险性的表演。谭建勋在做这个动作时表现出了扎实的基本功和艺术功力。《哭墓》一折更是感天动地，周仁扶着墓碑哭诉，时而高亢，时而低回，字字血，声声泪，如泣如诉，撕心裂肺。感动之余，观众们不由得赞叹：不愧是"戏把式""活周仁"!

民俗文化节的收场戏是《五典坡》,另一个戏名是《大登殿》,此剧包含着祝愿、祥瑞以及善恶报应各自分明的主题,是老百姓百看不厌的传统剧目。

天刚擦黑,广场上彩灯齐放,辉映着周围的群山。气温降了下来,深秋的寒风是够冷的,老乡们却热情不减,女人家穿着羽绒服,裹着头巾,老人们穿起厚厚的棉袄老早就守候着。山道上十里八乡的年轻人骑着摩托车、坐着三马子、小轿车络绎而来。他们要再欣赏窦凤琴主演王宝钏的《五典坡》。

演出结束了。霎时,鞭炮齐鸣,焰火冲天而起,欢庆的锣鼓撼动着丰收后的大地。小山沟里一片欢腾,人们久久不愿离去。他们感谢秦腔艺术家们的精彩表演,他们期盼、祝愿、希望日子一年过得更比一年强……

载 2014 年《兰州日报》

心中的"蒲公英"

没想到,一幅画竟和我结下了近半个世纪的情缘!

一日,在阅览室翻杂志,偶然发现2013年第4期《美术》上有一篇介绍版画家吴凡的文章,并配有画家不同时期的代表作品。其中水印套色木刻《蒲公英》使我兴奋不已——这是几十年来让我魂牵梦绕的一幅画!

当年我看到这幅画,是夹在年终杂志里的一页月份牌上。

这幅画的构图十分简洁,一个翘着小辫子仰头吹蒲公英的小女孩,鼓起腮帮子,嘴唇微噘;身边一个草篮,一把镰刀,大片的空白背景下,飘飞着吹起来的几点小小的蒲绒。我觉得这幅画真是美极了,但到底美在哪,对美术一无所知的乡下中学生是说不清的,只是觉得情景交融,画面空灵,百看不厌。我把画贴在墙上,没事时,仔细地端详,一人,一筐,一镰,作者到底表现了什么主题,有什么深刻内涵?

画创作于1958年。这一年,大跃进、人民公社、三面红旗、大炼钢铁,"超英赶美""一天等于二十年",诗歌、小说、美术作品都带着浮夸与狂热。那时的画家大都是站在梯子上在墙头上作画。记得我去学校的路上、墙壁上满是"放卫星"的画,有老农扛着几米长的麦穗,有小孩抱着比身体大几倍的西瓜,有一节火车皮载一根玉米棒子……我印象最深的是,路边墙面画着一个顶天立地的大力士,胳臂、大腿的肌肉鼓着疙瘩,眼睛瞪得如铜铃,一手推着一座山。画面上的标语是:"喝令三山五岳开道,我来了!"

在大吹大擂的年代，画家吴凡不随波逐流赶风头，追时髦。这幅《蒲公英》如一缕清风，似一场甘霖，让我混沌无知的心里种下了"审美"这一概念，知道了小品、小情、小趣味所营造的意境，却是邈远深邃，气接寰宇。画面中浓、淡、无三重色调奠定了三层空间，而不着一笔的空白，正是借鉴了中国传统绘画的"留白"，是草，是云，是晨曦，是暮霭……只待观者去想象、发挥了。

这幅作品在1959年获波兰"第七届世界青年与学生和平友谊联欢节"二等奖，德国"莱比锡国际书籍艺术展览会"版画比赛金奖。

艺术的魅力就是这样，不分国界、民族、肤色、性别、年龄。自此，这幅画似乎不是贴在墙上，而是深深镌刻在了我的心里，小女孩吹蒲公英的形象一直感染着我。

后来看资料才得知，《蒲公英》的作者吴凡1923生于重庆，他的祖父是前清举人，曾任四川第二女子师范学校校长。吴凡从小就徜徉在家中丰富的字画、书籍里。1940年他报考了抗战时迁到重庆的国立艺专国画科，八大山人、吴昌硕、齐白石、黄宾虹、潘天寿、陈子庄的风格对他影响极大。1944年艺专迁到杭州后，为了打好速写、素描和色彩的基础，他又转学西洋画。正是在这种双重文化的沐浴熏陶下，吴凡在美术创作上形成了中西文化合璧的艺术风格。

难怪水印套色木刻《蒲公英》中人物形象准确、生动，整幅画又渗透了中国画水情墨韵和计白当黑的传统风格，宁静淡远中透出超脱，暗含玄机，意境幽远，使得画作的内涵游离而难以一语道尽。

这幅画创作近四十年后，于1996年又获得"鲁迅版画奖"。

如同久别重逢，这次意外看到这幅《蒲公英》我太激动了。我反复揣度，认真描摹，探索用国画的手法描绘出《蒲公英》。然而一张，两张……都不尽意，难以再现原作的形象与神韵，只好再重画一张……我想，总有一天，我要画出一张心中的"蒲公英"！

载2013年10月20日《兰州日报》副刊·艺苑

又是柿红叶落时

家乡的果园里有的是杏子、长把梨、柴皮一类的水果，却独没有柿子树。第一次见到柿子时，感到非常新奇，它的果实是极少见到的朱红色；果型不是圆球状，扁塌塌，憨敦敦，别一种样儿，看着也可爱。

那时，父亲赶马车，经常往返于徽县、汉中运回金徽酒、茶叶到镇子上的杂货铺，返回时顺便捎带的除了核桃、毛栗子外，最多也最让我们喜欢的就是柳条篓里装的柿子。柿子稀缺又软溜溜，甘甜如饴，都甜到心里去了，谁个不爱吃？

后来，铺子关门了，父亲也再不去赶车，我们从此再也吃不到甜甜的柿子。那种经过加工的柿子春节前后街上商铺有的是，可比起我们称作的"水柿子"，样子和味道，可差得太远了！

1966年深秋，"文革"开始，我们一伙去北京"串联"。哈，满大街卖柿子的！三五步就有一处，装柿子的大都是磨盘一样大的笸篮，红红的柿子堆得冒了尖，宛如红色的金字塔，这真使我们大饱眼福。价格也便宜，一毛钱可以买到四五个，柿子就成了我们填补肚子的佳品。我们几乎天天都吃几个柿子，好像要过瘾，怕以后吃不到那样甜美的"稀物"似的。返回老家时，我买了满满一提包，足足有六七斤。一路上，我忍不住吃去了几个。恰好，车到天水时，站台尽是叫卖柿子的，一两毛就能买到纸绳编的网兜里十多个红艳艳、半透明的柿子。我买了几网兜，填充了空间，提包又鼓了起来。

未曾想，回到家我就得了重感冒，而母亲又恰巧去了兰州，我只是整天包着被褥昏昏大睡。

　　这天，外祖父从兰州来乡下，没啥好吃的招待。忽然，我想到北京带来的柿子。打开橱柜门，一股甜丝丝的清香味四溢开来，瓷盆里盛着的柿子稍稍变了颜色，红里透紫，拿到手里软软的，薄薄的皮儿轻轻一撕，那味道，比刚买到时好吃多了。我和外祖父先尝了一个，甘甜爽口的诱惑让我们忍不住吃了一个又一个。让人意外的是，吃过柿子后，我恰如服了一服中药，浑身顿觉热气消散，胃里也舒服多了。要不是想着母亲，那几天，我和外祖父会把那一瓷盆柿子吃得一个不剩……

　　过了些年，我有事去天水，车过武山，柿子树渐渐多了起来，平地里、山坡上，层层叠叠都是。原来，霜降前后，秋风落叶，柿子树上的叶子在凛冽的寒风中脱落得一干二净，只露出虬枝盘桓光秃秃的树干。这时候，挂在树上的柿子分外耀眼，老远看去，树干上好似挂着千百个红灯笼。远山隐隐，若明若暗，衬托出高大的柿子树和一片片红色，俨如油画般淡雅中透出浓重柿子树的秋景图。

　　列车飞奔，柿子树在眼前掠过，搅得我心里泛起一层莫名的怅惘，也升起热烈的希冀与渴望，如果有一天，我的家乡也出现一片片柿子树，那该多好！

载 2015 年 11 月 9 日《兰州日报》副刊

巍巍潜夫山

潜夫山在镇原县城后面。我们驱车盘旋而上，到山顶时，才发现景象不同一般：那百年古柏间，隐隐露出亭台楼阁来。进得院内，正面是一座巍峨的大殿，大匾上书"通明宫"。未及上殿，只见院中立着几块石碑，其中一块是"修建潜夫山公园碑记"，另一块是"王符传"。一位历史上有名的人物和这黄土塬上的小县就这样连接了起来。

王符字节信，东汉末年临泾人，临泾正是现在的镇原县。他受东汉哲学家王充的影响很大，和当时的思想家、科学家张衡、马融、窦章友情深厚。因他耿介不同于俗，仕途不得意，便隐居在玉皇山著书立说。《后汉书·王符传》说他"以讥当时失得，不欲彰显其名"，他的《潜夫论》三十六篇，讥评时政得失，揭露豪强的贪婪残暴；他提出农桑为"富国之本"，肯定"气"为万物之本源；他反对"虚论"、"华饰"，主张"名理者必效于实"，是有影响的思想家、哲学家。

潜夫亭位居山崖边，茹河两岸及镇原县城尽收眼底，亭子虽小，但似一尊古塔雄踞此山，且居高临下，就显示出王符在当地人心目中非同寻常的地位来。

据介绍，潜夫山古名七松亭，俗称玉皇山，潜夫墓在后山二里许，这里还有潜夫祠、读书台、思潜亭等好些建筑。由于他和他的著作"千载流传，中外咸仰"，后人将山名改作潜夫山。镇原的老百姓并没有因为王符未做高官，或者没有给地方带来多少"好处"而小觑他，反倒以各种方式追思、怀念他，这是历史上不少读书人想得而得不到的。

可叹的是清末以来，此地屡遭兵燹，楼台亭阁焚毁殆尽，钟磬碑碣荡然无存，要不是当地的有识之士近年来集资修建，哪来眼前的这幅景象！

几年后去镇原搞书画联谊活动，这一次，我定要挤出时间再登潜夫山，弥补第一次走马观花的遗憾。

头晚下了点雨，清晨，我们出门时，街巷湿漉漉的，很清爽。一抬头，潜夫山却隐在茫茫白雾中。盘山而上时，哈，县城和茹河全罩在大雾中，这是我上次未见过的景象——我以为只有南方才会有大雾呢。白雾给潜夫山平添了神秘、幽静的色彩，潜夫高大的塑像、古柏、新修的飞檐卧阁的大殿都隐在雾里，若隐若现。和我同登的天水画友安文涛兴奋极了，他为我这位导游把他"导"到这么有意境的景点而称赞不已。

我们有点如临仙境的感觉。

大院的四周有回廊，壁上镶嵌有王潜夫论著的碑刻。仔细阅读之下，如同翻阅一部典籍，被一段段精彩的语句所吸引。摘其几段，道是："积上不止，必致嵩山之高；积下不已，必极黄泉之深"，"夫立法之大要，必令善人劝其德而乐其政，邪人痛其祸而悔其行"，"自古于今，上以天子，下至庶人，蔑有好利而不亡者，好义而不彰者也"，"法令行则国治，法令弛则国乱"……

"所谓贤人君子者，非必高位厚禄富贵荣华之谓也，此则君子之所宜有，而非其所以为君子者也。所谓小人者，非必贫贱冻馁辱阨穷之谓也，此则小人之所宜处，而非其所以为小人者也。奚以明之哉？夫桀、纣者，夏殷之君王也，崇侯、恶来，天子之三公也，而犹不免于小人者，以其心行恶也。伯夷、叔齐，饿夫也，傅说胥靡，而井伯虞虏也，然世犹以为君子者，以为志节美也。"

其中《相列》一节读来尤为有趣："人身体形貌，皆有象类……以著性命之期，显贵贱之表"，"人之有骨法也，犹万物之有种类，材木之有常宜。巧匠因象，各有所授。曲者宜为轮，直者宜为舆，檀宜作辐，榆宜作毂，此其正法通率也""或王公孙子，仕宦终老，不至于毂；或庶隶厮贱，无故腾跃，穷极爵位。此受天性命，当必然者也"。这和王充《论衡》中"骨相篇"一节所论是一个调子，现在琢磨起来，确有道理。

人们总是把那些大富大贵之人形容"天庭饱满，地角方圆"，将那些不逞之徒描写为"尖嘴猴腮""贼眉鼠眼"。戏剧表演中则更是将善恶两种人脸谱化了，如铁面无私的包拯，忠义千秋的关公、杨五郎，清官海瑞……

站在高高的亭内，仰望蓝天，俯瞰茹河，联想到头天晚上我们看到茹河大桥边宣传潜夫事迹的浮雕，还有全国道协会长任法融题写"潜夫故里"的大石牌坊，不由敬佩镇原人的远见卓识，他们至今还不忘近乎两千多年前仕途上并未显赫过的这样一个书生和隐士，让后人继承先贤，传承、学习潜夫的"风骨"，仰慕他的精神，读书做人。如此弘扬地方人物和历史文化，不能不说是一个明智之举。

载 1998 年 11 月 28 日《兰州日报》副刊

"花儿"唱翻了二郎山

骄阳如火，洮河岸边的岷县火辣辣的，麦田一片金黄，丰收在望。十里八乡的人们像麦浪一样涌向县城，参加每年农历五月十七日在二郎山举行的"花儿会"。这是一次情感的释放，是"花儿"的检阅，是丰收的盛典！

岷县古称岷州，地处甘、川交界，据史书记载，此地"孤悬绝塞，与氐羌杂处。南接西固、阶、文，为古阴平入蜀之要道。西连洮堡长城，直通海上祝囊，诚为陇右之屏障也"。这里经济发达，物阜民丰，人文荟萃，有深厚的民间文化底蕴。

被列为岷县八景的二郎山，"花儿会"历史悠久，据《岷州卫志》载：每年农历五月十七，百姓登二郎山，"长吏率属酹酒以祀：草野诸神，固不得而与也。是日万民赛会，山谷喧阗，巫人衣彩衣，以链穿胁，以刃刺臂，或自破其额，假神以报岁之丰啬，民皆跪应……"

节会前夕，全城就显出不同寻常的气氛来：街市整洁，鲜花怒放；巨大的彩球高高飘起，彩旗猎猎飘扬；店铺里堆满了新进的货物；大音箱里播出的"花儿"早将游人撩拨得心驰神荡。

农历五月十六日这天，岷县城里的大街小巷已是人头攒动，远自甘南、天水、陇西，近如成县、文县、漳县的"花儿"好家以及赶会的男女老少或已经住进宾馆、客栈，或投亲靠友，或露宿街头。他们穿着一新，如走亲访友一样，年轻的姑娘更是花枝招展。据说，旧时的唱家装束自有风采：女人穿各色布衣，腰系蓝布大带，足登大红鞋，发作高髻，耳际着繁花，髻下插油漆小木牌，如簪子；木牌两端垂丝络簪缨，少女为红，老年为蓝色。男唱家手撑蓝布大伞为主要标志，穿着则比较自由。如今，少女长发披肩，着各式衣裙，尽显时代气息，也有着传统服装者，杂于其中，更显得别致而色彩斑斓。不少七八十岁的老人挺直腰杆，老早就往二郎山上攀登，去占个好地形，男者头戴草帽，戴副墨镜，女者头顶手帕或白帽。那场面，那气氛，真如逢年过节一般。

至夜，大街小巷，绿茵茵的花坛旁、五彩缤纷的霓虹灯下，到处是一簇簇的人群。"花儿"手被围其间，大都是女歌手先引吭高歌，"麻楷照者亮来了，故意寻上者唱来了"，这时，积蓄已久的男歌手放开嗓子对唱："麻楷照者灯来了，故意寻上者听来了。"一经搭上腔，接下去，则开始互为对答，"蒌一条，两条蒌，唱个花儿解心焦"，或者为博女人欢心，男歌手极尽才华，纵情高歌："妹是卷心尕白菜，园里长到园子外，人又心疼脸又白，指头一弹水出来……"也有男女互怨，谴责冷漠、负心的："西大二寨野狐桥，你如蜜蜂采新巢，蜜蜂儿采了新巢了，你到我门上不来了……"

这里，是歌的海洋，是歌的波涛，喜怒哀乐、怨慕泣诉由你来；这种被称作"造文"的即兴创作方式，没人定框框、定调调，想唱啥就唱啥，想咋唱就咋唱。观者、听者只需洗耳恭听，用不着发评论、说长论短。听得起兴时，拍拍巴掌鼓鼓劲、助助兴。

有一位女歌手，嗓音嘹亮，抑扬婉转，直惹得青年小伙子们不断喝彩。唱了一曲又一曲，还是不肯罢休。歌手走到哪他们跟到哪，被逼无奈，女歌手又来一曲："红心柳的一张权，十八缠到一百八，缠者一口牙掉下，黑头发缠成白头发，拐棍儿拄上走不哈……"小伙子有脑瓜灵者即答："红心柳的四张权，三魂我连你缠下，死身子我连你埋下……"此时，掌声、欢呼声响成一片。谁也不曾想到，这些现代派的青年人、追星族，对传统的"花儿"竟如现代流行音乐、摇滚乐一样钟爱、痴迷！

　　这一夜的二郎山是青松明月不眠夜。玉兔高挂湛蓝的苍穹，一群群歌手、好家聚集在青松翠柏下，青年男女相依相偎，情意绵绵，他们选定在这心中的圣山上倾诉心声、表达无限的爱意，"无底洞里的老鼠，抓住个取经的唐僧。尕妹缝的个花兜兜，给阿哥拴的个牵心"，"八百里的火焰山，红孩儿半路上挡来。唯有阿哥是你可怜，尕妹家是不敢浪来"，"杆一根的一根杆，我俩缠了头遍缠二遍，缠了阳间缠阴间，阴魂耍叫缠动弹"，"尕褡裢里装米呢，来你要缠到底呢，缠到阎王勾魂到死呢！"……老人则一个个稳重、矜持，他们表现出饱经风霜后对生活的理解，所唱"花儿"内容非常深沉，"刀刀切了白菜了，好花她已开败了，嫩枝绿叶不在了，蜜蜂把他不爱了"，"野狐桥的桥塌了，好的好的霜杀了，丢下苦命的冤家了"，"杆一根两根杆，庄稼收了十分田，婆娘娃娃都喜欢，长面加的油炒面"……少年儿童傍着父母，耳濡目染，接受熏陶。虽然他们是跟着大人来凑热闹的，对眼前的一切无法完全理解，但在他们幼小的心灵里，已经承继着代代相传的文化沉淀。

　　这里所唱的"花儿"，其妙不在辞藻的华丽，感情的抒发，音调的抑扬顿挫，刺激之强烈，才是能否打动听众的要素。这里不需要忸忸怩怩的矫揉造作，要的是真情的抒发，淋漓的宣泄；旖旎情深、红袖掩涕；如怨如慕、哀婉欲绝……

　　这一夜，二郎山沸腾了，一片歌声一片情，歌手们似乎要把心中的喜怒哀怨宣泄得干干净净，把一年积蓄的情和意发挥到极致！夜深了，"花儿"并没有停歇，在越来越阒静的夜空显得更加嘹亮，更加撩拨人心。青松明月下的歌与灯火辉煌的街市里的歌遥相呼应，组成一首庞大的"花儿"交响乐，音韵是那样动人心魄，气势是那样撼山震岳。

载台湾甘肃同乡会《甘肃文献》五十八期

娲皇故里走笔

女娲炼石补天的神话是自小就听老人们说过的。中秋前几天，我们去秦安大地湾游玩，就在我们沉溺于陶罐和茅草泥屋华夏先民们生活的场景中时，当地的老乡不无自豪地给我们介绍说，离此地不远有个陇城镇，是传说中女娲娘娘的出生地。

当晚，我们就驱车赶到了那里。原来，陇城是个古老的地名，北魏时置陇城县，置所就在此地。

在一家画廊里，我们遇到此地的退休教师高仲德，他告诉我们："你们来得正巧，八月十五是女娲娘娘的生日哩，祖祖辈辈流传下来的，那场面红火呀，方圆几十里的大人娃娃都赶过来。"与他言谈之间，我们才知道，陇城真是人杰地灵，此地正是三国时候蜀将马谡失街亭的地方；据说，西汉那位让匈奴谈虎色变的"飞将军"李广就出生在这里。这些人物和故事，几乎是妇孺皆知的，我们只知李广祖籍在成纪，却不清楚和眼前这个镇子有千丝万缕的联系！

陇城，这个小地方，实在不能不让人刮目相看。

这里是黄河文明的源头，中华文明的发祥地！

据高仲德老师介绍，陇城有女娲出生和修炼过的风谷、风洞和风茔遗迹，镇子后边还有座女娲祠。洞、谷、茔为什么冠以"风"？高老师说，女娲姓"风"是有据可查的。原来，高老师一直致力于当地文化历史的研究，说话间从包里翻出他收藏的资料，《帝王世纪》上载："女娲氏，风姓，承庖羲制度，始作笙簧。"《唐乐志》上也说到女娲作簧的事："女娲作笙，列管于匏上，纳簧其中。"看来，女娲姓"风"是有根有据的。

女娲氏是中国神话中人类的始祖，传说人类是由她和伏羲兄妹相婚而产生，后来他们禁止兄妹通婚，建立婚姻制度。这样有眉有眼的记载，真使我们大开眼界。

关于女娲的神话故事，《太平御览》引《风俗通》的话："俗说天地开辟，未有人民。女娲抟黄土造人，剧务，力不暇供，乃引绳絙于泥中，举以为人。"《楚辞·天问》也说到此事："女娲有体，孰制匠之？"而《淮南子·说林训》说："黄帝生阴阳，上骈生耳目，桑林生臂手，此女娲所以七十化也。"化，是化育、化生之意。说的是女娲造人之际，诸神来助之：有助其生阴阳者，有助其生耳目者，有助其生手臂者。这里是说女娲与上骈、桑林诸神共同造人的事迹……

陇城镇一条主街横贯东西，不是太大，却很是繁华。一进街口，两边到处是成山成堆的苹果、香水梨、把梨、红枣、西瓜、白兰瓜、玉米棒子，农用车、三马子装满辣椒、菜花等各色新鲜蔬菜停在当街，逼得过往车辆只能小心翼翼地在果菜摊子中间弯来拐去。

街口有一个小亭子，木柱上的裂口和斑驳脱落的油漆道出了亭子的沧桑。亭前横陈着一膀长的大石槽，粗粝、古拙，磕撞得坑坑洼洼，正面刻着的"秦马饮槽"四个大字却是清晰可辨，一下把人带到了金戈铁马的战国七雄争霸时代。亭子建造在一块完整而巨大的石板底座上，石板中央凿钻出比水桶略粗的井洞，由于年代久远，已磨得没了棱角，洞口呈喇叭口状，光溜溜如打磨过一般。探头一望，黑洞洞的井底露出一面晶莹圆镜，随着水波荡漾。井约有六米深，投下一粒小石子，即能看到水面荡起层层涟漪。或许是水不深的缘故，井口并无辘轳，用一截不长的绳索就可以直接打水提水了。

稍远一点的地方，一条朝南的小街道上矗立着用裸露着粗皮的原木搭建的高大牌坊，粗粗的树干像披着一片鳞甲，久经风剥雨蚀，显出原始、古拙、苍凉，牌坊上镶嵌着四个金灿灿的篆书大字——娲皇故里，是德高望重的书画家、原甘肃省美协主席陈伯希先生的手笔。

顺着商铺林立的寻常巷陌，我终于看到了女娲祠！老远望去，祠前的广场入口处，刚用柏枝搭建的彩门矗立着，如绿色的翡翠镶就，门楣两边的楹联红得耀眼，五彩龙旗迎风飘扬。

女娲祠院子不太大，却很是肃穆、清净，当地老乡正忙着检查电灯线路、擦洗桌椅、清扫院落。几位白胡子老者坐在大殿旁的小房子里筹划祭祀女娲活动的诸多杂事，一位老者还拿着笔一项项认真记录，显示出将要进行的祭祀礼仪的庄严和隆重。听说我要借用纸笔抄写楹联和碑记，老者遗憾地说："我们正用着，你到大门对面的小卖部里问一下，有的是。"果然，守铺子的年轻人异常热情，他指着祠堂对面的大舞台说："那副对联意思深厚，可惜是篆字写的，好多来的人不认识，我就给他们解释，长年累月，背得滚瓜烂熟，刻到我脑子里去了。"

据碑记记载，这里的女娲祠汉唐兴盛，后几经水患"五建五毁"，现在的女娲祠是前些年又重新选址在镇子后边的一块高地上建造的。

一进巍峨的山门，迎面三间气势恢宏的大殿，飞檐斗拱，上有斑驳褪色的油彩。其中知名作家、原《兰州日报》总编李保亮先生题写的"天下一母"匾额，凝练了女娲抟土造人，在人类繁衍、发展中的历史地位，让人追根溯源。前柱上悬楹联是"炼彩石补苍天日月星辰照千古，造福泽裕后世炎黄子孙传万代"。悬于大殿正门上的是天水籍著名古典文学专家、诗人霍松林的一副楹联："毋轻抟土意选良师细塑精雕自有英才清玉宇；须重补天功任硕鼠明吞暗噬何来美政济苍生。"反复吟读，觉得老先生长联字字珠玑，意味深远，更是发人深思。

抬头仰望，女娲神像矗立于大殿正中，这是我们在影视、画册、邮票上经常见到的形象——长长的披肩发垂于腰际，树叶编织的头饰，兽皮缝制的皮甲，腰系树叶串成的裙裾，慈善的面庞上，一双穿天透地的明眸似乎正凝视着前来拜谒的子民。

瞻仰这尊庄严、巍峨的塑像，不禁让我想起我们家乡"七月官神"民俗活动时，师公唱的几句歌词"吃的松柏草籽，穿的柳叶桦皮"——这正概括了原始先民们筚路蓝缕、开天辟地的生存状态。

女娲神像被层层叠叠的泥娃娃包围着，这些泥娃娃一个个憨态可掬，喜笑颜开，或双手高举，或相互扶掖，或指天画地。他们赤裸着身子，慈眉善目，咧着嘴似乎在呐喊，使人仿佛听到他们不息的童声……

入夜，明月升起于东山之上，万籁俱寂，千沟万壑隐去了，群山黑黝黝一片连绵起伏，宛如巨屏的剪影。我独自徘徊在女娲祠堂前，天地悠悠，万千思绪飞越过时空。

载 2015 年 8 月 29 日《兰州日报》

暮色中的古韵

到平遥时,已经是下午四点。冬日的天阴沉沉的,又挟裹着凛冽的西北风,站在古城墙上,使人一阵倒噎气。要不是被那年代久远、古色古香的城楼和鳞次栉比的古老街巷所吸引,我们一定早就溜下城墙了。

忽然,寒风中传来阵阵丝竹和唢呐声。寻声望去,大街远处有一行队伍,还整整齐齐地排列着几十辆各色小轿车,如蚁行般缓缓而来。

待队伍到城门附近时我们才看清,原来这是一支送葬的人马,犹如电影《火烧圆明园》中咸丰皇帝灵柩由承德避暑山庄向北京进发的场景。灵车装扮得十分别致,周围用布幔罩着,灵柩安放在里面,有四根大抬杠,每根抬杠又有四根小抬杠,两人一根小杠,总共32人抬这副灵柩。大约是至亲和年轻些的孝子拥扶在灵柩四周,其他孝子和亲朋则乘着小轿车和面包车躲避风寒,作为后队。

我粗略数了数,小轿车、大小面包车前前后后约有50多辆,虽然无法与当年的皇帝相比,但声势也够浩大、气派的了。

听到我的感叹,城楼上卖旅游纪念品的老者带点炫耀的口吻说:"今天这还少了,你没碰上100多辆的呢,那才叫阵势!"

乐队是灵柩的前导。有板胡、唢呐、笙、笛子。板胡是固定在腰际的,如女子十二乐坊的演奏者那般,边行边拉,优哉游哉。别看这个小小的乐队,那演奏出的乐曲呜呜咽咽,荡气回肠,在黄昏的寒风中是够催人泪下的。那板胡似乎与秦腔板胡音色不同,单听板胡就觉得身处山西而不是在陕西，比秦音更有一种尖利与深沉，牵得人心颤。由于有笙和唢呐一类乐器伴和，有一阵，曲调显得非常和谐，抑扬顿挫，起伏跌宕，一忽儿哀伤，一忽儿高亢，似乎夹杂着小快板的旋律。这乐曲冲淡了丧葬的悲怨，掩盖了难掩的哀号，抚慰了亲友的心灵，转移了子孙的哀愁。

我简直陶醉在这如泣如诉的乐曲声里了。

山西的民歌，除了那首流行广泛、牵肠挂肚、撕心扯肺的《走西口》，《看秧歌》是我最喜欢的，就像下载到我脑子里一样："家住在太谷流沙儿河，北旺村搭起了台台唱秧歌，咱姊妹走一回，又怕老天爷不顶对……"十数个穿红着绿的小女子，欢快的舞姿，把农村女青年憧憬自由、追求精神生活的情感抒发得淋漓酣畅，让人久久难忘。还有一首《想亲亲》，那歌词是：想亲亲想得我手腕儿软，拿起个筷子端不起个碗……极力的夸张，哀婉的曲调，表现了男女之间的思恋与无奈。电视连续剧《乔家大院》片头的那段音乐也是，单单一曲前奏，就把观众牵引到汾河流域的三晋大地！

在平遥的那个寒风中的黄昏，山西的民间音乐又一次使我心醉。也许是彼时彼地的缘故吧，我承认，那是我至今听到的最美的乐曲之一。

看着渐渐远去的队伍，听着那动听的乐声随风而去，我竟然产生了一种莫名的遗憾，不为其他，只为那哀怨而动听的乐曲。如果不是我们还忙着赶路，真想随着送葬的队伍再听一程……

在平遥的县衙里，我们看到了另外的一幕，我被一副副古代的刑具震惊了！

有些刑具是戏剧舞台上的道具，比如武松、林冲、单童戴过的又厚又重的大木枷，次如苏三、窦娥戴的如鱼形的枷锁，颇为人性化——或是为了照顾女性，枷锁轻巧一点，上雕图案，加以装饰，有了审美企图，意在感化罪犯。为什么如鱼，没有其他鹅啊鸭啊狗啊猫啊的？后来看了一幅漫画才明白，鱼在水里是自由自在的，这刑枷如鱼状，是偏偏不让"犯人"像鱼一样怡然自得。

  暮色低垂，我们在高高的城墙上转了一圈准备下台阶时，西边天空忽然裂开一道缝，金色的太阳如舞台上的追光灯直射平遥古城，那青砖青瓦、井然有序的街巷历历展示在我们面前。忽地，寒风送来一阵歌声：

    隔山那个隔水哎亲亲那个不隔音，
    山曲曲串起了哎亲亲那个两颗颗心，
    大青山上卧呀卧白云，
    难活不过了那人呀人想人……

2012年春节再改

老人与井

这是位七十有六的老人，他整天骑着辆破旧的自行车穿行在田间阡陌上。硬朗的身板，红润的脸膛，我几乎不相信他已经是位四世同堂的古稀老人了。

从清明开始，小麦浇灌头水到霜降浇完冬水，他守着一眼井，一间小土屋——守着一份希望与期盼。他本该提着小板凳在墙角晒太阳回忆往事，或者和老头们天南地北扯闲；逗孙子、重孙玩，享受天伦之乐，但他却选择了另一条路。

他叫张光明，是榆中县清水驿乡东古城村樊家营社一个普普通通的村民。

去年初冬，在县秦剧团的小剧场，我们邂逅一起看秦腔，台上锣鼓家什叮当、丝竹管弦悠悠，老人品着三炮台，看似怡然自得地在欣赏悲欢离合的剧情。然而，随着剧情的发展，他心里翻卷着，也演绎着一段跌宕起伏的故事。他向我述说着……

2002年初，当兵的小儿子接他们老两口去四川、云南旅游。离开厮守了大半辈子的小村庄，他看到了另外一个大世界，让他震撼的不是奇特的石林、繁花似锦的世博园，而是——水。那江河里缓缓流动的水太诱人、太让他动心了。他从没见过这么清澈的河水。他想，村子后面的晒肚子山头上哪怕有那么一小股，山也不会是光秃秃的"和尚头"；苑川河如果是清水奔流，那就再也不怕天干，庄稼年年都会是大丰收。在景点儿孙给他拍照时，张光明只选那些有水的地方。家乡缺水缺急了，他梦里都在想水！

他所在的乡叫"清水"，也许只是寄托了人们的一种期盼罢了。他们的村子从他记事起就是个晒死蛤蟆的地方，人们要从十多里远的接驾嘴、大兴营、许家台挑水吃，而村里的一口大涝坝，大多时候底儿朝天。因此这里的一亩地，一茬庄稼也不过收上百多斤。

儿子要父母定居在成都好尽孝心，报答养育之恩。而张光明却琢磨着，河里没水，那就利用地下水，要打一口井，让东古城的地也浇上清凌凌的水。

人们听说他张罗打井，反对、嘲笑，亲朋好友挖苦他钱多得没处花，胡抖擞；有人劝他，七十多岁的人，放着清福不享，异想天开要在干坎子上打井，等于把票子往黄河里扔！

老人不为所动，他认定的事非要干出个子丑寅卯不可。第一口井出水了，可因井壁不正，无法安装水管。有人劝他别费心了。老人哪里肯，他说，扔了四万多块，就算缴了学费。既然东古城地下有水，那他就挪个地方再打。终于在新勘测的地方，又成功地打了一眼188米深的井。

水是出来了，可还有很多事得干：架设农电线路、采购变压器、水泵、电机，还得把管道铺设到许家台和樊家营，几里的水路要经过几十家的庄稼地……张明光求爷爷告奶奶，请吃、送礼，看白眼，费口舌，给人家求情下话。从头年收玉米到第二年春天，在他的努力下，第二口井总算打成了。看着从水管里冒出来的清水，他好似在做梦。

打井垫进去了他所有的积蓄，整整32万。对一个庄稼人来说，筹集这笔钱得费多大的劲！县水电局的领导被老人的精神所感动，给他支援了输水用的PVC管道。

开闸通水这天，乡亲们去恭喜他，张光明老人摆了八桌酒席，请领导讲话、剪彩、放炮。说实话，他从一打头还没认真想过。他一门心思只想的是：在东古城打一眼井，让乡亲们看看水，尝尝他们这块地底下流出来的水。

关键时刻，还是张光明。

老人独自守候的这个小院子，中央安装着连着水泵和电动机的水管；两间简陋的土屋里有操纵启动的补偿器，一张床和一台解闷儿的十四寸黑白电视机。为了水井，他放弃了舒适安逸的生活。他有三所院落——老祖先留下的"故居"，他们老两口现在住的院子和村里建设新农村建起的二层楼。他选择在这小土屋里"修炼"或者说"看戏"——听受益者对他浇水时间有误差或者水量不足之类的指责；请行家修理烧坏的电机、石子打碎的叶轮。

有了水，东古城村的不少村民调整了种植结构，种上了菜花、芹菜、娃娃菜、番瓜、辣椒……乡亲们再不担心没有水，浇灌小麦、玉米或者栽种菜蔬的时节，只要给张光明老人打个招呼，说个地名，水就时分不差地流到地头。蔬菜经济使村民的收入大增，不少人家盖起了一砖到底的新房，买了摩托车、小轿车。

张光明老人盼水的梦实现了，收获的时节，他吸着烟，静静地蹲在田埂上，看着乡亲们忙不迭地摘菜，装菜，一车车装载着菜蔬的大车顺着平展展的水泥路呼啸而去，他的心觉得像熨斗熨烫过一般舒服。这，正是他心里期盼的一天哪！他心里也清楚，他已经七十六岁的人啦，但为了让这股水一直流淌，他还得继续守在这个小土屋，守着这口不息的井！

载 2011 年 3 月 22 日《兰州日报》天天副刊

红山楂

那是个六月的正午,天够热的,我和青城镇的一个年轻干部正聊天,房子里香烟袅袅,我们品着茶,天南地北乱扯一气。忽然,院子里有人走动,门帘一掀,是个戴着遮阳帽的女人。

"找谁?"

"我买了个手机,领家电下乡补助款的在哪?"

"后边院子里,你找一个姓张的!"

……

"我认得你,在我们村讲过话的,你口才好,"女人并不走,斜倚在门框上,继续唠叨,"我是秧歌队的,镇上办民俗旅游节时,我们还表演过呢。你忘了?"

"那么多队,我哪能记得!"尕干部答话:"你哪个村?"

"东滩上坪,我叫魏明芳,娘家在瓦窑子。"

"上坪得了个三等奖,是吧?人们叫你'冰糖葫芦婆娘'!"

"啊,你还记得?那次就是服装不太一致,不新鲜,要不,我们村得第一没问题!"一提扭秧歌和获奖的事,女人打开了话匣子:"其实,那次我们秧歌扭得好,秦腔也演得好……"

"好啦,你街上转去,这是县长,我们有事商量,别搅和。"年轻干部不太耐烦,故意糊弄她。可女人一听有县上的领导,越发来了劲儿。

"县长?他没见过我们的秧歌,正规得很,请兰州城里的行家排的。

99

我念中学时，歌子唱得好，抽到宣传队老师正儿八经训练的，校长都表扬过我呢。不信，我唱一段叫县长听听。"

看这女人如此执着，我给小干部使了个眼色，对她说："你最拿手的唱一段我们听听。"

女人清了清嗓子，捋了草帽下散乱的头发，抻了抻衣襟，仿佛真的要上台似的唱起来："正月里闹元宵，金匾绣开了……"

"好啦好啦，你的水平我们知道啦，快去街上转，以后有机会让县长把你请到县上表演。"年轻干部忽悠她，让她别搅扰我们聊天。

听到这话，女人信以为真，脸上显出一片惊喜，千恩万谢地走了。

八月的一天，我正在县城街上溜达，忽听一声"县长"，一个白发满头的女人追了上来，她自我介绍道："县长，我叫魏明芳，你记不记得，在青城给你和书记唱《绣金匾》的那个？"

我正纳闷、踌躇间，她说出了赶了一百多里地到县城的目的："我听说县上组织歌咏比赛，可文化站长说，一个乡只让一个队参加。你是县长，权大，能不能给我们加一个？"她几乎是央求，"万一不好加，叫我唱个独唱也行。"

青城那天，我心里就有些遗憾，没能让她完整地唱完那首《绣金匾》，我想，不能挫伤一个满腔热情的民间歌唱爱好者的自尊。把她邀进附近一个牛肉面馆，我认真地告诉她，我不是什么县长，但有些事还了解，县上是在组织红歌比赛，要几十个队子，都是以单位参加，不设个人独唱。如果以后有个人比赛一类的机会，我会给她提供信息。

她听了似乎有些失望，说道："我听了，他们排练唱的都是广播电视里唱了多少遍的歌，我们的《十唱共产党》可是原创的，"她怕我不清楚，解释说，"就是说词曲都是我们庄稼人自己写的、作的。"

为了表示尊重，我和面馆老板要了张纸和笔，然后，我盯着魏明芳斑白的头发问："歌词你全部记得吗？"

"唱了几十年，词都刻到骨头上了。"接着，她一句一句说，我认认真真记着：

　　一唱共产党，好像红太阳，公社一片新气象，人人齐欢唱。
　　二唱共产党，村村扫文盲，看书读报杨柳旁，水笔别胸膛。
　　三唱共产党，绿化咱家乡，村前村后花果香，绿荫满山冈。
　　四唱共产党，引水上山冈，山顶水磨哗啦啦响，高山流水长。
　　五唱共产党，干部下了乡，同吃同住同劳动，社员们齐夸奖。
　　六唱共产党，牧民心欢畅，千里草原好风光，牛肥马儿壮。
　　七唱共产党，山庄变了样，树上喇叭哇哇响，电灯明晃晃。
　　八唱共产党，七害要灭光，身体健康气力壮，疾病一扫光。
　　九唱共产党，公路赛蛛网，乡乡社社汽车响，拖拉机进了庄。
　　十唱共产党，人人喜洋洋，家家米粮堆满仓，阵阵喷鼻香。

　　记完，我又让她订正一遍。魏明芳见我如此认真，高兴得又唱了起来。为了让她心满意足，我提议从头唱一遍他们的"原创"，也弥补上一次在青城时我心中的遗憾。她有点兴奋，喝了口茶，站在牛肉面馆稍微宽敞一点的地方，扫了一眼吃饭的顾客，唱了起来。唱完，几个顾客鼓起了掌，她越来了劲，还想唱一段《绣金匾》。我说还有事，千推万辞才算脱身。没走几步，她又追了上来，"县长，把你的手机号给我留一个。"我耐着性子只好又返回牛肉面馆，要了纸和笔，写之间，女人怕我忽悠她，说："你可别糊弄我们庄稼人。"为了让她放心，我让她拨了号，听我的手机响起了秦腔牌子曲的铃声，她露出了天真的笑容，夸赞道："你也爱秦腔，好官好官！"

　　红歌赛如火如荼地进行着，太阳火辣辣地炙烤着歌声嘹亮的人们。作为评委，我们在遮阳伞下也是热汗涔涔。这天，演出的空间，魏明芳不知从哪儿跑出来窜到我跟前，她换了顶白遮阳帽，满脸喜气，掏出一沓照片。原来这些天的比赛她次次来，这些照片，有合唱进行中她站在群众席上的，有和某个单位的领唱或者男女主持人的合影，有几张是她站在舞台上不同角度拍摄的。翻着这些照片，我心头一热，重新审视着眼前这个满头华发，满脸沟壑的庄稼人。是啊，原来我总觉得她喜欢唱歌喜欢得有些偏执，现在看来，不少人缺乏的正是她的这股热情和执着！

末了，女人掏出数码照相机提出要和我合张影，我毫不推辞，正正领带，在众目睽睽下，我们并肩站在了一起……

今年正月十六一大早，手机上一个陌生来电，接通，是魏明芳！

"县长，昨天晚上村上办了一场元宵晚会，月亮也亮啊，二龙山人可是多，我唱的《十唱共产党》台下掌鼓欢了，有不少人喊着'冰糖葫芦婆娘'给我搭红，一共十几条啊。没办法，我又唱了首《绣金匾》，她们不依不饶还鼓掌，我险些都下不来台子。我老汉给我拉着二胡伴奏呢，要是在县上大台子，效果才好呢。还是你给我鼓的劲，不然早就断了弦……"

电话那头似乎哽咽了，一阵她又说："我们塑料大棚里的山楂个儿大，那个红啊，红得透亮，像水晶。这阵儿我还忙着摘山楂，做冰糖葫芦，在金沟口卖冰糖葫芦哩。这些年我种山楂、卖冰糖葫芦，日子过得富裕，十里八乡都叫我'冰糖葫芦婆娘'呢！我先给你在班车上带过来一塑料袋鲜山楂尝尝，晒干的也给你装了些。山楂好啊，电视上说开胃，还降血压呢，你可以天天泡茶喝。县上如果再组织歌咏比赛，你就给我报个名，再打个电话。你记着啊！"

载 2013 年 3 月 12 日《兰州日报》副刊

会宁女孩

2012年八月十五，我和一帮朋友在会宁县搞书画联谊。那天下午，没完没了的应承搞得我疲惫不堪。

一抬头，不知什么时候，我的画案前站着一位中学生模样的女孩，她穿着宽大的校服，圆圆的脸蛋，一双亮汪汪的大眼睛，齐齐的刘海掩着眉梢。只是她的文静、沉稳和不那么白皙的皮肤显得出她是个来自农村的女孩。

"喜欢画画吗？"见女孩专注地盯着我作画，我问。

"小时候挺喜欢，鸡啊狗啊什么都画。上初中后，妈妈只让我写作业，不准再画。她说画画不顶饭吃，考大学又使不上。"女孩一口标准流利的普通话，让我刮目相看。不愧是状元县的学生！

我猛地记起这天是中秋节，恰好又是双休日，便问她："怎么没回家和爹妈团聚？"

"我妈不让我回家，说一来一去车费二十多块钱，不如在学校安心做功课。"

"家远吗？"

"在河畔，有五六十里吧。"

那地方我是知道的，会宁县城往靖远走时经过河畔。出县城过甘沟驿，一路上干山枯岭，沟沟岔岔，半道上有个小镇就是河畔，小镇的街面不小，商铺林立，车水马龙，一派繁华景象。

女孩听说我熟悉那个地方，还了解当地的西瓜坐瓜时天大旱，没收成,劳动力都去敦煌和新疆摘棉花的事……她一脸惊讶:"你有亲戚?咋这么清楚?"

那是我以前乘车去靖远的路上,恰同坐是位去河畔的农村妇女,和她聊天,我对当地的风俗、收成大体有了了解。

我问女孩:"你爸爸也去摘棉花了?"这一问,女孩沉默了。低着头半晌不说话,眼睛里扑闪着泪花,好一阵儿她才说:"我爸去县城打工,在架杆上掉下来伤了腰。为治伤东拼西凑,债欠了十几万……"

女孩挺勤快,一会儿帮我折纸,一会儿又端来清水淘洗我的画笔。我又问:"你们家几个孩子?"女孩低着头有点羞涩地说:"姐弟三个……"我笑了:"最小的是个弟弟?"女孩吃惊地问:"你怎么知道?"其实我是根据农村的情况判断,一般不生个儿子是不罢休的,我糊弄她:"你们村有我的亲戚。"小女孩让我忽悠得不知真假,也不好再刨根问底,继续看画。我近旁几个书画家听了小女孩的境况,又见她招人喜欢,都搭讪着鼓励她:"争口气,明年一定考个好大学,到时候我们大家摆一桌为你贺喜,再凑一笔钱赞助你阔阔气气上大学。"

女孩低着头莞尔一笑,继续认真地看书画家们挥洒笔墨。见谁的淘笔水浑了,便去换一盆清水;哪位的茶杯浅了,她端起暖壶加点儿开水……

傍晚,我们要小聚庆中秋,出发前,我邀请女孩和我们一起欢度佳节,可她说已经在学校吃了。一听,她显然是在推辞,她已经在这儿看我们写字画画都两三个钟头了,即便吃了,这阵也饿了。我问:"你吃的什么好东西?你妈带来的月饼?""学校灶上的饼子。"我笑着问:"是钢饼还是铁饼?"见我戳破了她的假话,女孩儿忸怩着笑了。

快到酒店门口了,女孩执意要回学校,我再次说服她:"今天恰巧是八月十五,也是缘分,大家在一起多好,何况你也喜欢画画,说不定哪天你又拿起画笔呢……"见我诚心诚意,女孩犹豫着跟我们进了灯火辉煌的酒店。

中秋之夜给人们带来了几多欢乐，大厅里欢声笑语，全家聚会，同学朋友猜拳……一见这阵势，小女孩踯躅不前，她好似没见过如此的场面，显得十分不自在，折转身要走，我急忙拦住她，指着屏幕里各类小吃和排档说："要不点一个小吃，你单个吃吧。"女孩举头望着眼花缭乱的菜单，不知如何是好，好一阵也说不出个名堂。无奈，我只好要了一份女孩子们喜欢吃的米线，选了一个清净的角落，借以减少她的局促与不安。

散场时，我扫了一眼女孩的砂锅。显然她是又饿又渴，砂锅露了底，汤汤水水喝得一干二净。她脸色透红，额头上沁着一层细细的汗珠。我问："吃好了？"她嘴角微翘，抬起眼睛瞧着我说："我没吃过这东西，味道真香！"

月亮刚从山顶上升起，分外皎洁，秋风格外凉爽。女孩站在酒店前的大槐树下，望着月亮，好像有什么话要说。我叮嘱她："快回学校做作业，路上小心点！"但她似乎没听到我的话，站着不动。

猛地，我脑子里闪过一个念头，再能给女孩一点鼓励、一点念想和思索才好，随手掏出一百元钱塞给她。女孩说什么也不肯要，推辞了一阵，她迅速地塞到我的口袋里。月光下，我发现她眼睛里扑闪着晶莹的泪花。

"姑娘，我只是希望你刻苦学习，明年一定考个好大学，让你爸妈在人前挺起腰杆。"我抓起她的手，寄寓着一个邂逅相逢者的希望："你考上学如果有困难，我们还会帮助你的！"

我又把那张轻飘飘的票子郑重地放到她的手心："再别推辞，这只是一点希望！"女孩再没说什么，猛地一转身，渐渐消失在树荫花丛中。

后来的几天，再没有见到过那个女孩。我们离开了会宁，我总是想起她，一直默默祝福着这个山沟里走出来的女孩。

今年高考结束后，我想起了会宁女孩，想知道她的考试结果，我没忘记我的承诺。可糊涂的我只知道她在会宁四中读书，竟没有她的任何联系地址或者电话、手机号码，甚至连她的姓名也不清楚！

这天，手机上显示出一个陌生号码，接起来一听，一口流利的普通话："我是会宁的一个中学生，去年八月十五你还招待过我米线呢。没有让你失望，我的成绩上了一本……"

"你怎么知道我的手机号呢？"

"网上查的！你画上落款、盖印，我记住了你的名字。"

"录取结束后告诉我，我们一定会帮助你的。"

"你不知道，去年我碰到你们的那些日子，我正想辍学去打工，我爸妈太辛苦了！上大学、打工，反正都是挣钱……我心里天天想着，在我迷失、徘徊的时候，你给了我动力，我明白世界还是美好的，这就够了。"话筒里传来了女孩轻轻的抽泣声，沉默了一阵儿，她又说，"现在我爸的腰康复了，他又去工地打工了。今年的雨水好，老人们说是几十年来的好年景，地里的西瓜又圆又大，瓜贩子们开着车到地头上收瓜，我帮着妈妈摘瓜、过秤、记账，忙懵了……"

载 2013 年 7 月 26 日《兰州日报》副刊·城事

舟曲老人

早晨的黄河风情线是热闹而多彩的，轻轻摇曳的垂柳下，有伴着古乐舒缓韵律练太极拳、舞剑的老者；而跳舞的女人们则激越、昂扬又时尚；空竹鸣响，羽毛球飞舞……这一切，给掀开新一天的城市平添了无限的朝气与活力。

水泥护栏边坐着一位满头白发的老人，静静望着水中疾驰的快艇和水上巴士，他旁边有一个两岁多的孩子在爬水泥栏杆玩，路过的行人都善意地提醒老者照顾好孩子：栏杆的外边，就是滚滚的黄河哩。老人感激地点点头，表示领情。一阵儿，孩子又趴在水泥地上，好似睡着了。几个匆匆行走的女性提醒他别把孩子给弄病了。老人笑嘻嘻地点头，说："和我闹着玩呢，不会睡着的。"果然，孩子翻身又在花坛边玩起来，看来是一刻也不会闲着的。

恰好我口袋里装了两块水果糖，掏出来给孩子，这孩子也不怯生，剥了糖纸就往嘴里喂。老人对我这个陌生人的举动并不婉拒、提防，微笑着友好地向我点点头。就这样，我和他搭讪起来，望着他满头的银发，我尊称他一声"老哥"，问："哪里的客人？"

他回答了一句，外地口音我听得不十分清楚。也许见我愣愣的，他又重复了一遍，这次，我听得一清二楚：舟曲！

啊，舟曲！2010年8月7日，谁都不会忘记这个日子，谁都不会忘记这个让人心灵战栗的地名！提起这个地名，脑海中就出现三个字：泥石流！我的眼前出现了东倒西歪的楼房，泥沙淤积的房间，沙石堆积的街巷，呼喊着孩子名字的母亲，失去亲人的儿童……

我重新打量坐在我眼前的这位老人，企图在他那布满皱纹的脸上找到一点灾难的痕迹和阴影。

"世上的事就那么怪，那天晚上其实县城里没下一点雨，暴雨是下在白龙江上游，舟曲县城和平常一样。小儿子刚大学毕业回家，一个同学约了去过生日。我等着不来，打了电话过去，他说他们要痛痛快快玩一场，放松放松，玩够就会回家的。谁知道，没到半夜就连个影子都没有了……"

提起伤心的往事，老人显然又回到了那个让人心惊肉跳的晚上，浑浊的眼里闪着泪花，望着滚滚东去的黄河，喃喃自语："老天杀人不眨眼啊！那晚，泥石流漫上了四五层楼高，山摇地动。人们都吓呆了，那么大的水，那么窄的峡谷，往哪跑啊？除非是孙悟空！小女儿结婚才几个月，小两口正活人呢，都没了。小女婿家更惨，八口人遭了难。那些天，活着的人眼泪都哭干了！"

说完他家遭的灾难，老人沉默着。

小孙子大着胆儿摸小狗的头逗着玩，看着无忧无虑玩耍着的孩子，老人说："这女娃才一岁八个月，也是个可怜娃。"说到这，老人直摇头，"世上的事说不成，她妈开出租车，谁知出了车祸。麻绳细处断哩。孩子爸好赌博，把补偿的几十万都赌了，还欠了一屁股债。债主要卸他的腿，这家伙跑得没了影儿。这娃才几个月，太可怜，我就抱养过来，为的是行个善积点德。算到我小女儿名下，也留个念想，得留条根啊。别看她这么小，乡下的娃皮实，泥里来水里去；她精着哪，站高爬低她也防着，不会摔了。你看她跑那么远，她会折回来，风筝的线在我手里扽着呢。"

太阳越升越高，越来越热。我和老人挪到一株雪松的阴凉处。这小女孩浓眉大眼，圆圆的脸蛋，挺招人疼。我逗着她玩，和老人继续着话题——

算来他也是个老舟曲人了，到他这一代，他们张氏已经是十七代了。老先人们说，他们的先祖来自山西的大槐树，一路做生意，辗转到这儿扎了根。说到生活了几十年的舟曲，他一脸自豪："那地方好啊，白龙江一年四季水清清的，两岸泡稻子哩，那大米香啊，别的地方没那个味儿；山坡上种小麦、青稞、玉米、大豆，吃烧不缺。灾后重建，白龙江、三眼峪、罗家峪的拦河大坝都是钢筋水泥修的，沿江的堤坝又高又结实。现在的县城又大又红火，不少都是四川人过来开酒店、饭馆、缝纫店、擦鞋，做生意。咱那儿啥都不缺，兰州城有的咱舟曲都有。"

听说我喜欢书画，老人来了劲，说他们家族虽说是种田为主，但世世代代都有读书人，留下了不少字画。他热情地邀请我有机会到舟曲玩一圈，给他鉴定字画。他家里用救灾补偿款盖了两层楼，开了家"实惠"旅店。他今年正好是"古稀"之年，老婆比他小十岁，人厚道、诚实、勤快，小旅店打理得井井有条。

"今天见面就是缘分。你来，吃住咱老张给你全包。好好在咱舟曲玩上些日子，看看灾难后的舟曲建设得多好，老百姓日子过得多滋润！"老人一脸诚恳，拨了我的手机号，他怕我弄混了，提醒我顺便输上他的姓名："如果打不通，你就拨旅店里的座机。"

"日子是越过越好啦！"老人叹息着又陷入了沉思，大约是又想起了遭难的儿女，眼圈也红了，他抹去眼角上溢出的泪水，声音有点哽咽："看着眼前的好日子，晚上睡不着。就想不通，老天爷就怎么偏偏跟我们过不去，让我们遭灾、遭难？"

说到来兰州的原因，老人说是来把小孙女领回去。舟曲遭灾后，大女儿和女婿来兰州打工，在七里河的吴家园附近买了套二手房。女儿学了个修理门锁的小手艺，小孙女就寄养在她家。

"想啊，这个肉疙瘩！领到舟曲我们天天见着她，心上实落些，我们老两口干啥也有劲头,有个盼头！"言语之间，老人又有些伤感，"大女儿让我在兰州多住几天，不习惯。白龙江的水是清的，流到了嘉陵江、长江；洮河的源头离白龙江不远，流到黄河却成了浑的。一辈子在江边过活，到了这个年岁，每天早上我在江边跑步锻炼，天宽地阔，那见惯了的山，见惯了的水，不一样啊，想头也就不一样。"

　　老人面色红润，身体硬朗，很健谈。见我夸赞他精神头好，他越来了劲，指着花丛中、柳荫下的人群，说："看你们城里人，天没亮就起来锻炼身体，谁不想健健康康享幸福？你不知道，我每天跑过十里店桥，一直到安宁的培黎广场。你信不信，我老汉都登到皋兰山顶了呢，不是五泉山，是三台阁的那个顶……"

　　老人要领着小孙女回家，我们一起跨上新修的人行天桥。回身望，黄河东流，两岸高楼层层叠叠、鳞次栉比，滨河路真是个车水马龙；对面山坡的树丛里，喷洒出道道水雾，迎着早晨的阳光，闪着银光，滋润着蓊蓊郁郁的草木。老人停下脚步，认真又带点神秘地对我说："走的走了，活着的还得好好活！以后的日子会越来越好，我要争取活个120岁，享受以后的幸福日子。"

载 2014 年 8 月 27 日《兰州日报》

清清洮河水

夏初去九寨沟,在碌曲一望无际的草原上,流淌着一条静静的河流,那水面平静极了,清澈得能看见水底的水藻。那不太宽的河流,弯来绕去,一直流到绿绒般的草原深处……

坐在河边桥头的我突发奇想,我的家乡如果有这条河的十分之一水量,那将是一幅什么样的景象!

导游介绍,这是洮河的上游。

我有点不相信,洮河怎么跑到这儿来了呢?

孤陋寡闻的我一查旅行图,果然是洮河,她的源头正是在碌曲县和青海东南交界地带,流经甘肃的卓尼、临潭、岷县、临洮,注入永靖县境内的刘家峡水库。

曾经去过岷县、临洮的我见到的洮河完全是另一副模样,那里河水滔滔,巨浪翻滚,一往无前。而碌曲草原的黄河水没有一点浪花,平静得像一面锦缎,映着蓝天白云,无声无息,娴静得宛如一个羞涩安闲的小女孩。

洮河,勾起了尘封已久的片段——

那是1958年,在"超英赶美""一天等于二十年"的狂热中,一个被称为"山上运河"的工程——引洮上山开工建设,计划在岷县梅川的古城修一座水库提高水位,把洮河水引到定西地区的干旱山地和庆阳地区的董志塬。

各村一批批军事化编制的农民出发到远离家乡的工地,在技术落后、物质匮乏的条件下，当年的民工硬是靠着钢钎和铁锤在石崖上凿进炮眼，用小木轮推车运送巨石。

引洮工程的消息和捷报不时见诸报端，我们县工区的喜讯也不断出现在县报上。后来，令全县人自豪和鼓舞的是，榆中工区出了一个"三上喇嘛崖"的英雄人物——周占龙，连省报上都介绍了这位爆破手登上飞鸟难至的悬崖绝壁，打洞放炸药的事迹。

现在说起这件事，年届八十的周占龙还是兴奋不已。他回忆，喇嘛崖高度2000多米，民谣说"看到喇嘛崖，神鬼不敢来"。要在半崖开一条路，不然就无法施工。凭着年轻人的朝气，他和另一位同伴几次冒险登到半崖，炸平了通道。经过三个多月的艰辛奋战，一个可装19吨半炸药的药池终于凿成了。一声炮响，惊天动地，榆中工区率先放了一颗"卫星"。周占龙被评为甘肃省劳动模范。1959年庆祝中华人民共和国成立十周年，他参加了国庆招待会，登上天安门观礼台，目睹了浩浩荡荡的游行队伍。第二年他又一次去北京，参加全国民兵代表大会，接受了国家领导人的接见，得到了一支半自动步枪的奖品……

高歌猛进的故事并没有持续多久，天灾、饥馑接踵而来，有民工逃了回来，据说是有些人在深山老林里转悠了一夜，结果还是在原地打转，被抓了回去。不久，引洮工程"下马"，去洮河的民兵们背着包返回家乡，他们如战场上惨败的乏兵败将，偷偷向父老乡亲讲述修洮河的艰辛故事。

新时期，引洮工程又一次开工，据介绍，蓄水库建在了九甸峡。我想，如今的工程设计、技术力量、工程进度绝非五十年前能比，心里总默默祝愿这一惠民工程早日完工，造福于百姓。

从九寨沟回来不久，我随一位朋友去他老家定西的宁远乡玩。这儿是典型的黄土地，山山洼洼还是千百年来的那个样儿，倒是山顶到山脚一层层梯田呈着嫩绿，高压线铁塔和耸立的信号塔昭示着时代的变迁。朋友家还保留着几十年前的老宅院，墙皮斑驳，瞭望土匪的"高房"摇摇欲坠。尽管前院青堂瓦舍，窗明几净，主人还是宁愿住在老宅，颇有点"忆苦思甜"的味道。说到山区以前吃窖水、涝坝水到集流窖的历史，主人有点兴奋，粗糙的手拧开了水龙头，顿时，清凌凌的水喷涌而出："这是洮河水哩！"

我无法把水龙头冒出的水与碌曲草原那清清的洮河水联系起来，可又一想，我家乡榆中北部山区的山梁上不也通上了网络般的水管吗？

主人没有关上水龙头的意思，任其尽情地喷射到承接在下面的大水缸里，哗啦啦的声响似乎在宣告，在昭示，洮河水终于引到了干旱的黄土大地上……

那一刻，我被深深地震撼和感动了。几乎半个世纪，甘肃几代人的梦想终于实现了，可以自豪地告慰那些曾经为引洮上山谋划、流汗甚至献出生命的人，定西人总算喝上了清清的洮河水，他们昔日的理想和努力已经变为现实！

炎炎夏日里，家乡的兴隆山下，呈现出一片烟波浩渺的人工湖，人们奔走相告：洮河水来了！一时，群情振奋，纷纷涌向如天降甘霖的地方，他们望着碧波荡漾的湖面，久久徘徊，不愿离去。这是一片圣湖，宽阔的水面碧蓝碧蓝，平静得像一面硕大的镜子，倒映着巍巍青山和蓝天白云。

当年三上喇嘛崖的周占龙老人听到消息，觉得好像听到神话一般不可想象。他说，引洮工程"下马"的一个原因是，经过北京来的专家的估算，这个工程得几代人几十年的努力才能完工。恰恰开工不久，就遇上了困难时期，不得不停了工。前些年他也看到引洮工程又一次开工的新闻，没想到才几年，洮河水竟奇迹般地出现在自家门口。将近五十年，半个世纪，几代人的希望，几代人的梦想，梦幻般呈现在眼前，清清的洮河通过像血管一样的水网，输送到了干涸的山区。这怎能不让他感动，怎能不让他感谢这个时代？

载 2017 年 9 月 27 日《兰州日报》副刊

杏树湾

第一次听到这个地名时觉得美妙而浪漫——一棵棵高大的杏树，连绵在一湾又一湾的山湾里，织成绿荫一片；树上，一嘟噜一嘟噜的杏儿，如苑川河畔我家乡的大杏树，缀满黄澄澄的令人百吃不厌的大接杏……

二十多年前的一个夏天，我在朋友的邀约下来到这个朝思暮想的地方。未曾想到，原来这幻想中描画的美景杏树湾却在干涸、荒凉的北部山区，湾是湾，杏树却无法和家乡高大的杏树相媲美：树没有一人高，矮矮的，叶儿也小；杏儿如拇指蛋般大，酸味重而甜味不足，涩涩的。真是看景不如听景！

林场里的老刘介绍，偌大的北山，再也找不出比这更高的树，比这更甜的杏儿来！北山干旱缺水呀，要不是集流窖蓄水，遇上个年成，老天不下雨，人畜吃的水都没有，还能长树？

老刘是北山人，在林场干了几十年，跑遍了北山的沟沟岔岔，他那饱经北山风霜的黝黑的脸，就是最好的证明。

2017年秋末，我们一行又来到杏树湾，车刚拐过山湾，眼前的景象让我震撼了：瓦蓝的天空下，道道山岭上，杏树丛中夹杂着侧柏、白杨、榆树，它们色彩各异——碧绿，嫣红，橘黄；陡山野洼里，一丛丛红柳、柠条密密实实，远处蜂窝状的树窝里，新栽的小树成排成行……

林场的小院子几人高的侧柏挺拔屹立，在山崖边排成一行，俨然一道树墙，几株枸杞、龙爪槐虬枝盘桓，树丛中，坐北向南的两层小楼环抱在山湾里，一字排开；几只梅花鹿被车声和陌生的客人惊动，三跳两跳跑到树丛深处……

接待我们的还是老刘，他似乎变得年轻了些。言谈中，说起第一次来这里的事，总和"老刘"对不上茬儿，说来道去，阴差阳错，原来他是老刘的儿子！二十年前小刘接了老刘的班，如今，小刘又变成了老刘。

"他去年春天走了，安葬在那个岭岗上！"老刘指着远处的山峦："他病重时念叨他的后事，要把他安葬在高山顶上，天天都要看着他踏遍的这片土地！"

老刘似乎有点动情，我们都沉默着。

"几代人啊，年轻娃娃都变成了老人，不少老职工都到另一个世界去了，只留下了满山的绿！"老刘感慨万千，摇着头说，"五十年代林场刚组建时，挤破头都进不来哩，公家发工资，林场还养猪、养羊，种着地，吃喝不缺，谁不眼馋？可就是没想到，这碗饭不好端，在干山梁上植树，和搭着梯子上天一样难呀！"

老刘带着我们转了附近的几个山头，看着一片片茂密的林木，我不由心潮翻卷，这些经年累月、寒冬酷暑把汗水洒在黄土地上的人，不正是当代的愚公吗？

我们边走边聊，看得出，老刘还是雄心勃勃，他如数家珍地道出了他以后的打算："前些年只是想着法儿绿化，一个劲儿种树，种树，脱开了发展经济这条思路。以后我们要大量种植适合干旱地区生长的林果、药材，因为有适合的土质、日照，这里种植的黄芪、甘草、柴胡、枸杞，质量好、含量高，可以在平坦的林木地里套种，这是一大笔收入；还要用我们北山特有的的洋芋和美味羊肉吸引城里人到我们这儿休闲度假……这样，林场才能活下去，才能发展！"

热情的老刘一再挽留我们在这儿吃晚饭，品尝北山的羊肉。那可真香！单喝那刚出锅的羊汤，尽管烫得直吸溜，可味儿直透心扉，让人浑身冒汗。北山招呼客人，除了吃羊肉再没有别的，就如城里人吃牛肉面。我问他们用了什么别样的调料配方，老刘笑了："还不是几颗花椒、生姜，有什么配方？只要干山上能生长的草，生命力就强，后劲就大，羊的肉质、味儿就大不一样。就像北山的人，吃苦耐劳，饱一天过去了，饥也一天过去了；也像那杏树，天旱也罢，下雨也罢，就那么慢慢地生，慢慢地长。"

这个老刘，还真说出了一番道理。

晚饭后，太阳还未落山，我们又沿着小路爬到山顶。这儿盖了两间房子，算是"瞭望塔"，一年四季有人值班，随时观察有无火情。从山顶放眼望去，视野开阔，北山莽莽苍苍的黄土高坡一望无际，伸展到天际，西斜的落日下，山的褶皱清晰地显出大沟和小支流的地理特征。山野里静极了，偶或传来一两声犬吠和鸡鸣……

老刘像一尊泥雕坐在山头。望着他满脸如同北山沟壑般的皱纹，我明白，他生于此，长于此，深深眷恋着这片土地，不然，也许他早就和许多北山人一样去投奔繁华热闹的世界了。

老刘回忆说，他的邻居家有棵杏树，从青杏到黄杏，村里的孩子们老是想法儿摘着吃。父亲从小幻想着在自家院子里种棵杏树。春天把收集的杏核种到院子里，不断地浇水，希望有一天长成大树，能吃到甜甜的杏儿。后来，他果然去了杏树湾的林场，不几年育起了一片杏林。

老刘小时候最巴望的就是父亲回家带着一袋杏儿，尽管那味儿酸涩，又硬生生的，可山里的孩子还有什么更好的吃的呢？有次，他将甜核儿偷偷砸着吃了——杏仁儿嚼起来滋味太香，苦焦生活中的娃娃嘴馋呐。没想到父亲生气了，狠狠地给了他一巴掌："给你说了，一颗杏核就是一棵树苗苗呢，你糟蹋了多少棵，你算算！"

到林场工作后，他才理解了父亲，当年的父亲就是靠着那些杏核儿，在荒山上播撒了一茬茬希望的种子，才有了今天的杏树湾。

初中没毕业，父亲就让他到林场来上班，说是为了承继他的梦想，也给儿子寻个牢靠的饭碗。从此，他重复父亲走过的路，春天满山满洼地植树；夏天有了雨，要把山沟沟里的雨水聚集到树窝里，让干渴的林木得到甘霖的滋养；秋冬季节，要发动周边的农民平整梯田和水沟，挖好树窝，作好第二年退耕还林、植树造林的准备。晚上下工，煨烟打火，还得自己做饭吃。哪有什么假日！即或有，也得赶回家帮着老婆到田里收割、打碾……

他这才体验到，父亲当年走过了一条多么艰辛的路！

"我永远忘不了父亲给我的那一巴掌，他是那么热爱家乡的一草一木，他梦想着让北山荒山野岭都披上绿装，让北山的娃娃都吃上又甜又香的大杏子！"老刘望着远山，继续说，"每年清明节上坟，我总要剪上几段杏树枝，摘几颗青杏儿，献在父亲的坟头……"说着，五十多岁的汉子哽咽了，抹了一把滚出的热泪，"让他老人家也尝尝儿子嫁接出的新品种！"

夜幕早已拉起，群山隐隐，万籁俱寂，杏树湾茂密的林木中透出点点灯光；天空显得格外高远，星星眨着晶莹的眼，俯视着北山的大地，至今，那是我见过的最明亮的星星。

载 2017 年 11 月 1 日《兰州日报》副刊

贡马井的天

深秋时节,我们一行去北部山区的贡井镇。老一代人把这里叫"贡马井",大约是为了念着简练上口,行政划分中,却一直称之为"贡井"。历史上,贡井虽说在一条山沟里,却是四通八达,物阜民丰,算得上是北山地区经济、商贸、交通、文化的中心。20世纪70年代初,兰州到陕西宜川的"兰宜"309国道开通,从山梁上"牛吃水"的下坡路,到川区的金崖、定远,直达兰州。贡井老街的单位、部门、商铺、中学便趁势搬到了山顶的吕家岘,依国道一字排开,这儿成了全新的具有现代气息的集镇——贡井的"新区",整齐的街道,鳞次栉比的店铺,卫生院,第四中学的教学楼,直插蓝天的高压线铁塔、电视塔、信号塔……"中心"地位日益突出,这儿由乡升格为"镇"。

贡井离县城一百多里,由于顺着山路越盘越高,车渐渐爬上如北部山区"珠穆朗玛峰"的鸡冠子梁,极目眺望,四野完全是另一个世界:黄土高原莽莽苍苍,直接无边的天际,道道沟壑在晚秋的阳光下,阴阳分明,大山的褶皱、层层的梯田、蜂房似的树窝历历在目——"峦山列戟",古人早就将其列为榆中的八景之一。最是那天,瓦蓝,蔚蓝,靛蓝,湖蓝……找不出恰当的词语来形容,蓝得透亮,如一块巨大的蓝色穹窿镶嵌在无际的黄土地上……

镇上的两位年轻领导如数家珍般地介绍,街道两旁和满沟满岔的太阳能路灯,驱走了黑夜,太阳能教学楼给莘莘学子送来了温暖;近些年,最大的变化是农民彻底改变了传统的思维模式,调整了祖祖辈辈传下的种植结构，利用北山的日照、海拔、土质的优势，家家户户都种植起了百合、药材，有的人家年收入几十万、上百万。这里的百合个头大，白白胖胖，面足味长，清香可口；黄芪、党参、甘草、柴胡、板蓝根更是主打产品，每到收获季节，外地的药材商便蜂拥而至，蹲在地头收购药材。种植大户魏长明还和金佑康药业公司联营，进行深加工，产品出口到韩国、日本。生态自然条件决定了这里药材优良的品质，据检验，这里的甘草，其甘草酸、甘草苷含量远远高于国家制定的标准。

在药材陈列室里，我们见识了此地生长出的"甘草王"：长，足足有一膀子；粗，堪比铁锹把儿。如果不是亲眼见到，我们怎么也不会相信这就是"甘草"。老乡们说，北山的崖坎上到处是甘草，谁都没意识到这正是老天赐予的宝贝，如今，凭着这宝贝，农民过得一天比一天富足。

当地人讲，过去的贡井水草丰盛，只是后来生态退化，成了如今的荒山野岭。传说中将贡井的缺水说得分外夸张，说是过路的人要块馍馍、要碗炒面，当地人毫不吝啬，但要口水喝却是没门儿，即使亲戚朋友来，招待也是只吃不喝。还有类似的笑话说，那儿的人几天不洗脸，洗脸时大人娃娃站成一排排，长者噙口水，顺着脸儿喷过去——为的是惜水。听起来是笑话，可是20世纪70年代北山连续干旱，兰州市动员各机关团体往贡井送水，以解决人畜用水之急却是真事儿。后来兴起的"121集雨工程"，家家户户、田间地头建起的集流窖，才使北山彻底告别了吃水难的窘境。

令人不解的是，既然贡井如此缺水，为什么地名却叫"贡马井"，是一辈辈人的期盼起了这么个名，还是哪个浪漫文人别出心裁的构思和"创意"？

这是有巨大收获的一天，我们终于弄清了——

从吕家岘梁上顺着红砖铺的村道，到沟底一块平坦的地方，就来到了贡井的老街。一座二层小楼矗立在戏台一侧的广场上，村委会办公楼的牌子依然保留着"贡马井村"的字样。周边还留有老街的遗迹，风剥雨蚀的供销社，兽医站，农技站……一溜四五间铺面的老式店铺，是川区金姓人几十年前经营的"购物中心"。不远处的山脚下，是露出亭台楼阁的三大菩萨殿和断墙残垣的古堡——文昌宫……从中可以体会出浓浓的古风。贡马井老街，正是历史变迁的见证地！

随同我们的村书记道出了此地地名的由来。代代相传的说法是，这一带自古就是牧马的草场，北山的草木繁茂，马儿漫山撒欢，一匹匹膘肥体壮，体力非常，成千上万的骏马进贡给皇家当战马。可以想象，马是离不开水的，这一带的山沟里在古代肯定有不少水源。现今，村子不太远的沟底就残留了一眼终年不涸的山泉。这就是叫"井"的说头和来由！可喜的是，世代干旱的北山农民发明了储水的土窖，遇上好年景，收获的小麦、扁豆、豌豆和储存的窖水可用一二年。如此一来，"井"渐渐被世人遗忘，到现在，洮河水引到了山梁上，水龙头一拧，就有清清的水，年青一代嘴里叫着"贡马井"，但几乎不清楚"贡马"和"井"的来龙去脉。

在逼仄的沟底，我们见到了贡马井的"井"。

靠东南的山坡旁有一汪清清的泉眼，笸篮大小，水并不浑，沉淀得蓝莹莹的，只是水的碱分大了点，周围随着水的升降凝结起层层白色的碱花，奇形怪状又玲珑剔透的碱花，装点着这一数百里村落中遗存的生命之源。

看似土山，实际是"石山土盖头"，从近旁裸露出的巨石可以判断，这"井"是石缝中的水，沿着石穴罅聚集，在地层薄弱的地方涌了出来，而致终年长流不断。如今，半山的两家养猪场安装了水泵，将水抽到山上的蓄水池，供养殖使用，也算是"古为今用"了！

守候养猪场的老徐是本地人，五十多岁，见我们对几乎被人们遗忘的"井"如此感兴趣，来了劲头，他坐在土坎上，抽着烟历数他记事以来的事。以前遇到连续几年的旱情，这井可是救急了，连几十里外会宁、定西的老乡都驴驮车拉，真是挤破了头！修筑兰宜公路，全凭了这口"井"，不然，水泥搅拌、施工用水得从川区几十里外往这儿拉，成本就大了！

这次的贡马井之行实在是有收获！我了解的是，北山一代是黄河文明的发源地，这里有先民生活的踪迹，不少地方曾经发现过数千年前的陶罐和古墓群，属于县级地面保护文物；几处制高点有烽燧、古堡的遗迹，都是省级保护文物。有意思的是，贡马井北边的园子乡再北行，就是滚滚的黄河，当年的少数民族也曾渡河在这里生活，现在，北山还有保留的地名如鞑靼窑、撒拉沟、哈巴岘、满都沟、卓尔沟……这些具有少数民族特点的地名一直沿用着，当代人谁都不清楚其来由。

说起贡马井，村书记一脸自豪，刚才参观村办公室时，他为能保存1985年兰州市颁发他们贡马井村"文明单位"的奖状而喜不自胜，这位六十岁的庄稼汉子已经当了二十多年的村支书，这里的变迁他心里都有一本账，这位"贡井通"总结了此地的新"三羊（阳）开泰"——羊肉、洋芋、阳光。

他说，没有那蓝莹莹的天，哪来那么和煦的太阳？黄土高坡借助太阳的温煦，满山的草后劲大，草好肉质就不一样，加上窖水烹煮，羊肉那个绵香，羊汤那个滋润，远近闻名，吃了一回想二回！北山的洋芋那更是不消说，土质松软的黄土生长的洋芋，个头、味道就是不一样，市场上的贩子打着"北山洋芋"的牌子诱惑顾客，为啥？北山洋芋面饱，酥沙，皮薄，烧、烤、煮，咋吃咋香。旧说里"三羊开泰"中的"羊皮袄"现在为"阳光"所替代。年轻人都穿皮夹克、羽绒衫，新潮，时尚，谁个还稀罕羊皮袄？

一整天的转悠，我们才明白，大自然曾经给这里的人带来无尽的贫穷和灾难，回忆起来让人心碎，心痛；如今，这一切和贡马井的"井"随着历史的发展已经渐行渐远，这里的人们彻底抛除了传统的思维和观念，跨上了一条持续发展的新路子。皇天后土给贡马井以及北山人以特殊的恩赐，无论是百合、苜蓿，还是黄芪、甘草，洋芋、羊肉……都受惠于这暖暖的太阳，这蓝蓝的天！

载 2016 年《兰州日报》副刊

外祖父

人总是这样，常常带着留恋的心情去缅怀自己的童年、少年时光，尽管其中也有痛苦和辛酸。

每当这时候，我就想起了外祖父。他实在太平常了，就像建筑房屋时扔到一边的半块砖瓦，然而，有这么一幕，使我难以忘怀，激励我不断前进、探求……

这年放了寒假，妈妈照例打发我去城里看望外祖父。她给我收拾行装，往黄帆布包里装葱花油饼、熟鸡蛋、烟渣什么的，嘴里不停地念叨着："娃呀，你爷爷七十几的人啦，是高山上的灯啦，说灭就灭……"说着，撩起衣襟揩眼泪。外祖父也真是可怜，整年穿着舅舅不穿了的口袋上印着"化工厂"几个字的工作服，头上却戴顶古式的瓜皮帽。由于年轻时劳苦，满脸的皱纹像山坡上的道道沟壑，腰弯成了一张弓，像是随时要从地上捡什么似的。

每当看到爷爷蹒跚行走的吃力样，我的泪就悄悄往心里流：爷爷呀，你为了拉扯舅舅和我妈，吃了多大苦呀！

小时候，外祖父可疼我了。每次我到他家去，他总给我准备好多玩具，诸如黄胶泥捏的火车啦、能翻筋斗的孙悟空啦、乒乓球拍啦……有时候，他还抱着我教我读《三字经》：

人之初，性本善。

性相近，习相远。

上学后才明白，外祖父是听音念经，其实他一个大字也不识。

外祖父家有条小黑驴，毛色黑亮，力气可大啦。有次，我嚷着要骑小黑驴去玩，黑驴见是生人，乱蹦乱跳，舅舅没扶好，我摔下来跌得直哭。这下可气坏了外祖父，他夺过鞭子，先把舅舅揍了两鞭子，然后把黑驴拴到一棵沙枣树上，直打得黑驴四蹄乱弹，绒毛直飞。那次我才知道，外祖父原来也挺厉害呢！

傍黑，我到了外祖父住的小屋前。

这是一排土坯房，共有三间，紧靠着高高的家属楼，是厂里专供单身汉家属探亲时相聚的地方，爷爷住在后边的一间，门锁着。门前堆着收集来的大字报，用铁丝、塑料绳紧紧地扎着。天这么黑，他到哪里去了呢？我站在门口，想在来往的人里发现他那弓形的身影。可是，我失望了。附近大楼的窗户里发出了幽蓝的或是橙黄的光亮，有的人家收音机里传出了样板戏的高亢音乐，寒风不时刮来一股股饭菜香，马路上行人稀少，楼前打闹的孩子们不见了。

我拖着沉重的步子，爬到了五层楼上。

"你爷爷当清洁工了，"舅母一见我，放下手中编织的毛衣，倒了一杯开水，眉飞色舞地说着，"每月三十元，比那些学徒工还高几块哩，反正待在家里没事干。你不看，那些过雪山、爬草地的老革命都不能吃老本，要立新功哩，现在，不继续'革命'还行？"

一听这话，我心里明白，舅舅家的孩子，外祖父一个个抱养大了，老人家这阵没用了，他要"自给自足"。

我再也坐不住了，跑到阳台上俯视楼下。我看到在不远处两幢大楼中间的空场里，有一个佝偻的身影，正在吃力地抡着大扫帚……

我一口气跑下五楼，越过马路，飞奔到外祖父跟前，扑到他的怀里，辛酸的泪水止不住涌了出来，我央求道：

"爷爷，到我们乡下去吧，我们少吃一点，也要养活你！"

爷爷丢下扫把，像我小时候那样亲昵地抚摸着我的头，一句话也没说，沉默着，两眼凝视着无际的星星。他脱下烂棉手套，用那干枯的指头抹去我的泪水,说:"回去吧!"

到了爷爷的小屋里,我觉得好像才到了归宿地。爷爷赶快捅开火炉,问:"你还没吃吧?"

"吃啦。"其实,这阵我心头像什么哽塞着,哪里还想吃东西?我只是想着快些长大,养活外祖父,不让他去受那份罪。爷爷从一个大纸箱上取下炒勺,从罐头瓶里舀出几片咸肉,很快熬了一碗香气四溢的肉汤,他又端出一个小红漆盘,里面有几块不白不黑的干馍馍。

爷爷看我吃饱了,弯下身子在床下摸索了一阵,拿出一捆书来,他拍打着上面的尘土,说:"现在这些人发疯了,把那么多书堆起来点着,让我给拨拉着烧。我拣了几本厚的,当卷烟纸,一思量,兴许里面还有用得着的,你看看。"

啊,好极了!有好几本小说:《青春之歌》《钢铁是怎样炼成的》,还有残破不全的几本《红楼梦》……

"这些都有处使?"

我点点头。爷爷脸上露出欣慰的笑,掉了牙的嘴笑得像个刚换牙的孩子,他为自己替孙儿做了一件好事而满足。

这一夜,爷爷的话特别多,他嘱咐我说:"古人说'不读书,不知义',你要好好念书呢,念书识字的人,心地也大了,眼睛也亮了……"

不知什么时候,我迷迷糊糊地睡着了。我梦见爷爷拿着扒垃圾的铁耙,在楼上教训舅母,舅母披头散发,一头把爷爷抵到了阳台上,推了下去……

我被噩梦惊醒了,一摸,爷爷不在。我拉开电灯,扫帚、手套没有了,他又去扫垃圾了!

我拿了把小扫帚,就往外跑。

爷爷见我来帮他扫垃圾,也没说什么,吩咐道:"既然来了,你就去扫十三栋和十四栋的楼道吧,我腿脚痛,实在吃力。"说着,脱下棉手套说:"戴着这个,不然冷得受不住。"

125

"那你……"

"我老筋老骨的，怕什么？"

我扭头就往那黑黝黝的大楼跑去，身后传来爷爷嘶哑的声音："要往净里扫哇！"

天还早，有的过道里没有灯，黑漆漆一片，人们正在酣睡。我真恨那些在睡大觉的人们，他们扔不完的果核、烂纸、烟头，吐不完的瓜子壳、大豆皮，不是他们，哪来扫不完的垃圾，我爷爷怎么会受这份苦！

一个单元的楼梯没扫完，我已经冻得呵了好几次手，我想点着那些烂纸来烤烤手，又没有火柴，只得在袖筒里捂一阵，扫一阵。

好不容易扫到一楼，我将垃圾弄成堆，装到铁簸箕里向垃圾坑里去倒。出了楼门，外面好冷！凛冽的西北风直往脖子里钻，浑身觉得像没穿衣服似的，牙齿也不由"嗒嗒嗒"地磕响起来，脸上觉得木木的，好像皮肉收缩了一样。

我再看外祖父，风卷着的尘土里，他依然弯曲着身子，挥动着大扫帚，"刷，刷"的声音在阒静的夜里格外响亮。

当我扫完楼梯，帮着爷爷倒完垃圾时，街灯也不显得那么亮了，路上开始有人走动。爷爷拖着疲惫不堪的步伐，厚重的棉鞋擦着柏油路，沙——沙——沙，这声音是那样沉重，使人听了心痛……

我要走了，爷爷给我打点行装，除了那一包书，爷爷又揭开纸箱，取出为他准备的一摞寿衣，摸摸索索取出个罐头盒，从罐头盒里取出个小布包，一层层打开，拿出一张十元的钞票给我递来。我下意识地往后退缩着。我不能拿！

"拿上！"爷爷严厉地吼着。

我依然没动，想提起东西就走，没想到爷爷一把抓住了我，硬把十元钱塞到我兜里。我拼命挣扎，掰着爷爷的手，"哧拉"一声，口袋破了，泪水顺着我的脸颊横流。屈辱？伤心？说不清。我跺着脚，不论怎样，这钱我一分也不能要，这是爷爷的血汗钱，我怎么忍心去花？

爷爷捉住了我的双手，我看清了，他那布满皱纹的脸上滚下了一串泪水，他哽咽着说："这几元钱你拿去买书，好好念书识字，将来当个明白人。说不定哪天我腿一蹬就完了，你有了出息，我死也就合眼了。听话，好好把钱拿着。"我只好强忍着心中的悲痛，把那十元钱收下了。

走远了，我回头一瞧，高楼下那间小土屋门口，外祖父弯曲着腰背站着，我默默地说："爷爷，我一定记着你的话。"

外祖父去世时，我正在外地上大学，没能见上他老人家最后一面，这成了我终生的遗憾。这两年，每到清明节，我总要到他的墓地去，我总能准确地在那千千万万个坟堆中找到外祖父那没有墓碑的小坟冢，久久地站立，没有语言，没有眼泪，没有告慰。外祖父所希望的这个明媚的春光到来了，他却没有看到。

载 1983 年《文学青年》·函授版
入选《兰州当代文学选粹（散文卷）》

农耕笔耘童心在

结识吉泰是 20 世纪 60 年代初的事，那时我还是个初中二年级的学生。因为我小学时在《甘肃青年报》上发表了一首"大跃进"式的"七言绝句"，被和他一起参加过"引洮上山"工程的同村人推荐给他。他那时已经发表了几篇小说，参加过省上第一次文代会。几乎每个星期天，我带了胡编乱凑的"小说"让他过目、提意见。北边山脚下的土窑里，一张小炕桌，我这个混沌未开的少年和已经小有名气的作家一起探讨、切磋。窑门外，他的几个孩子趁着假日推碾面粉，石磨的声音一直伴随着我们；窑洞里，洋溢着淡淡的羊粪味儿——那一阵柴草也少啊，幸好他家的附近有条大道，进巴什沟的羊群从那条路经过，作家的小脚母亲早晚便扫来取之不尽的羊粪煨热炕。

不久，他的短篇小说《修渠记》在《甘肃文艺》发表了，小说塑造的父子两个人物为修渠产生的"针尖对麦芒"的矛盾和冲突，揭示了农村新旧思想的博弈。这篇作品超越了金吉泰以前的创作水平，受到了评论界的关注和好评。善良的杂志总编杨文林特意给贫病交加中的吉泰多支了点儿稿酬，以救助这位身居农村的文学痴迷者。

金吉泰也是幸运的，他遇到了一位好生产队长——陈兴隆。这位文化不高的小当权派尊重文化人，同情他手下这位家庭背景不太"光鲜"而自强不息读书、写作的青年。省上要抽调作家金吉泰去参加一个月的创作学习班，陈队长一看会议通知，准假，自己的队里出了人才，队长高兴啊；为了金吉泰养病、写作，陈队长派他去照看果园、玉米地，有几年还固定让作家去后山务弄西瓜地。砂地里虽然也辛苦，太阳晒得砂地滚烫，掐瓜秧、施肥，得流一身汗。但也自由，窝棚架下，有荫凉可乘，可读书、写作，西瓜成熟季节，先尝为快。我也是在瓜田里享受了吉泰独有的这份专利——静静的瓜地里，四野没一个人影，蓝天白云，我们在窝棚里乘凉，品尝早熟的西瓜，谈文学信息。整版发表于《甘肃日报》"百花"副刊的《醉瓜王》就是那个时期的产物。守果园时，他也不闲着，沿田埂用枯枝编了篱笆，不仅起到防护作用又增加了田园风光景色和"采菊东篱"的情趣。可以想见，如果没有生活体验和全身心的投入，怎么会构思出那么有情趣的作品？

为了团结农民作者，提高他们的思想境界和创作水平，1986年秋天，金吉泰所工作的金崖镇三圣庙里，挂起了"苑川文学社"的牌子，他动用了自己的人脉，省作协，《飞天》《驼铃》杂志，市文联，《金城》杂志的作家，编辑赵燕翼、杨文林、清波、李禾、冉丹、吴季康、匡氏姊妹和热心地方文学事业的副县长张昭平数次来到这所百年古庙里，宣讲文学常识，推敲作品。在作家、编辑的帮助下，一大批文学爱好者的作品被省内外刊物采用。在苑川河两岸掀起的文学热，引得周边县区的小说、诗歌作者也纷纷加入到文学创作的团队里来，一时，三圣殿成了文学的圣殿。

八十年代，金吉泰先生的文学创作由农村题材逐步转轨到儿童文学，童话《莫高窟的纤夫》等一批作品被北京《儿童文学》、上海《少年文艺》杂志发表后，他的创作热情越来越高，《小毛驴出国》《尕羊羔登山》等一批童话作品问世。

1986年8月，省作协、《飞天》杂志、少儿出版社几家单位联合举办了甘肃省首届少儿文学讲习班，邀请了《神笔马良》的作者洪汛涛、著名儿童文学作家、北京大学教授曹文轩讲课，两位中国儿童文学的扛鼎人物站在世界儿童文学的高度，真使我们这些西部的"好家"耳目一新，眼界大开。金吉泰和我有幸参加了这次讲习班，因为吉泰的作品被洪先生主编的《中国童话界·新时期童话选》收入。听讲之余，吉泰拜访了洪讯涛先生，又当面请教了自己创作中存在的差距和不足。临别时，吉泰还特意给洪先生送了些新疆带来的葡萄干作为给远道而来客人的答谢。

此后，金吉泰创作激情越来越高，他的童话作品如井喷般涌现，《戴金戒指的小猴子》《小牦牛赛马》《天生童话》发表，2007年出版了《田园童话》，2010年出版了《金吉泰儿童文学精品集》……

令文学圈子没有想到的是，度过了八十大寿的金吉泰先生，2014年由敦煌文艺出版社推出了他的长篇小说《农耕图》。真使我们这些舞文弄墨者瞠目结舌！这部被作者自喻为"历史流水账，度化人心篇"40多万言的巨著可以说是金吉泰先生一生的经历和心血结晶。小说不仅塑造了一批活灵活现的农村人物，让读者思考的是，亲历几十年农村变革的金吉泰提出了一系列存在于这块大地上的问题，更有价值的是，也给研究农村的社会学家提供了一份真实的调查报告。我想，这才是《农耕图》这部小说的现实意义。

金吉泰的创作道路感动过无数文学爱好者，就在他病重期间，他的童话集《快乐的小公鸡》出版，一篇童话在《甘肃日报》副刊发表。他真是为文学而生，为文学而逝……

斯人已去，风范长存。金吉泰先生在文学上的成就功不可没，甘肃省敦煌文艺奖、黄河文艺奖、金城文艺奖、甘肃省终身艺术成就奖就是社会对他的肯定。他塑造的一个个人物和可爱的童话形象将不断感染和激励着读者，无数年轻的文学爱好者缅怀先生的教诲，在他精神的鼓动下，会不断为这个美好的世界增光添彩！

秋天的谜语

世界上的事就这么怪,和她相处仅短短一个星期,却使我至今难忘。

那是1965年秋季,省上召开第二次学生代表会,也许是会务组一个小小的疏忽,学校没有接到通知。待团书记雷老师告诉我时,已经是开幕的当天晚上了。次日一早,我坐了火车直奔兰州和平饭店。报到处工作人员都去用早餐了。我心急火燎不知去找谁,急得在大厅里乱转。这时,急匆匆过来一个女老师,她叫着我的姓名问:"我等你一会儿了,差点去火车站接你。"她略一想,便带了我直奔餐厅。女老师取过筷子,夹包子,盛稀饭:"快点儿吃,八点钟就要开会。"她一直守在我身边,使得我这个农村来的孩子十分不自在。

女老师又带我去报到处领了文件袋,将红绸带出席证佩在我胸前,安排好住处,又唤了其他几个学生,一起去会场。

我才知道,她姓苟,是邻县二中的教师,她是我们地区的带队老师。苟老师高挑个儿,大约三十郎当岁,黑油油的秀发托得鹅卵形的脸愈加白皙,她眼睛不大,让人一见就觉得和善、温馨,会难以忘怀。

早上会议开始前省上领导要接见合影。我站在梯架的最高一层。队列高高低低、犬牙交错如锯齿状。摄影师觉得不太整齐好看,便将我们最后一排按个头大小重新排列。这一来就热闹啦,几十号人站一长溜,再一二报数,站为两队,两队的大个儿排头相接,排尾向两端分开去,就形成中间高两头低的效果。

当我和一个个高个子往前走的时候,全场掌声、欢呼声不断,众人都在关注到底是哪一位"夺魁",能创出本次会议的新"高"。在一片热烈欢快的气氛中,结果出来了:我位居之首。

此时的苟老师兴奋得很,仿佛本地区出了一位了不起的明星或者什么人物,她向左右的代表们介绍着我的名字和学校。一个乡下来的中学生,没有经历过这种场面,我不知该害羞,还是引以为荣!中午往餐厅走的路上,苟老师走在我的旁边,似乎是我的保护人。有她在,面对众人的目光,我也不感到忸怩和羞怯了。从此,苟老师把我直呼为"大个子",她那具有洮岷方言的阴柔口音,听起来特别好,我真喜欢她那样呼唤我。

这晚的招待演出是陇剧《旌表记》,又叫《团圆之后》。

那出戏是我至今看到的最悲戚的一出悲剧。特别是最后一场,音乐高扬,悲声连连,字字血,声声泪。散场乘车时,我发现苟老师不在,带队的怎么能先离开队伍?有个同学用胳膊碰了一下我说,苟老师看到书生向表妹诉说衷肠时,一直擦着眼泪,抽泣着,以至难以自己,提前退场了……

第二天,苟老师眼睛有些肿,吃早点时,她只喝了点稀饭,似乎病了。我们谁都没提看戏的事儿。

往会场走时,她好像发现了什么不对劲儿,反倒直直盯着我问:"你是不是病了,没有精神,脸色怪怪的?"我点点头。她拉了我直奔医疗室。医生量了体温是39.5℃,决定要注射当时非常紧俏的青霉素。"世上的事儿总是这么巧,偏偏就是开会这两天?"她一脸幽怨。中午,我一点不想吃饭。"你闹肚子,要吃点素的,合口些。乡下娃,平时粗米淡饭,猛的鸡鸭鱼肉一起来,接受不了。"她领我到她一个亲戚家去,自己动手做了一顿鸡蛋面片儿。那面柔韧而绵软,汤酸酸辣辣,两大碗吃得我满头大汗,一发汗,浑身顿时轻快多了。她看我呼呼吃饭的样子,笑了:"狗肚子盛不住酥油,咱乡下人还是吃清淡点儿好。"那顿饭是我终生难忘的美食,胜过了山珍海味。自此,苟老师对我倍加关心。她又不知道在哪儿买来几个苹果，那清香的味儿就足以让我沁脾开胃。每天回房间，淡淡的清香扑面而来，以至在会场，仿佛还能感觉到苹果味儿。我存了两个，给母亲尝，让她见识见识，世上还有这么大、这么香的果子！

会议结束了，我还没痊愈，苟老师忧心忡忡，领我又去医疗室，她向医生解释："这娃还没好彻底，乡下又找不到青霉素，再开点儿。"她把针剂和药片包好，再三叮咛我要按时吃药，打针。听着她的话语，想起从此也许难以再见，我心里一阵难受，要是她在我们学校该有多好，我会天天见到她！

她像看穿了我的心思，拍拍我的肩膀，再三嘱咐："刻苦学，一定要考上名牌大学。要知道，愚昧和罪恶都是从无知开始的。"一股暖流沁润着我的心田，我不知该说什么好，含着泪点点头。

回到学校后，苟老师的影子不时出现在我的眼前，她那俊俏的面容和亲切的洮岷方言一直萦绕在我脑海中。每逢我在操场漫步时，望着黛青色的马衔山，总要想：她在干什么？……

时间过去四十多年了，但不知为什么，我总是忘不了苟老师。一想起她，我总是记起她那软绵亲切的洮岷方言，那酸酸辣辣的面片儿，那苹果淡淡的清香……

一个偶然的机会，邻县的几位画友来我们这儿交流联谊，其中一位姓苟的书法家猛地打开了我尘封的记忆。同姓，同一地方，他能否知道一点苟老师的音讯？我婉转地和他打问起苟老师。书法家非常熟悉，叹息着，摇了摇头说："那女人真古怪，好好一个人，却一辈子没有结婚，现在快七十岁了吧。"

这样的消息和结局与其听到，还不如不知道更好。多少日子里我苦苦寻思，莫非她也如《旌表记》中的表妹一样，经历了凄切悲壮的爱情悲剧？抑或是遇到了无法解脱的难题，竟至于终生无爱而孤苦伶仃？

　　我似乎遇到了一个深奥而无解的难题或无法猜透的谜语。一个强烈的念头催促着我，去拜望苟老师，探询压抑在她心头几十年的凄婉故事和心结！

2000年10月5日

羊倌生涯

至今，难忘那洁白的羊群，难忘那位"大户长"。

一场"文化大革命"将梦想上大学的我抛到了深山沟里去放羊。带我的"大户长"是放了几十年羊的中年汉子，人唤他"长毛哥"。

长毛哥家有一百多只羊，他从小放羊，终年一头长发蓬着，"长毛哥"因此得来。

每天早晨，他自己炒一锅面疙瘩吃完，便背起毛线织的袋子出发。他从不带水，有时我壶里剩了他也不喝，简直无法想象他是怎样咽下那干炒面的！他爱羊如子，春天羔羊走不动，他便搭在肩上或抱在怀里，拣块好草滩放下；母羊生了羔，他喜得合不拢嘴。他对生活没有更高的奢求，没有埋怨和慨叹，心里只有大山、青草、羊群。

本来，给长毛哥当"捎子"的是父亲，那时，父亲已经是将近六十岁的人，每天跟着一群羊，上山爬洼，来来去去几十里的山路，风里雨里，那份辛苦一般人却难以承受；特别是冬天，大雪纷飞，西北风刮着，哪怕是穿了老羊皮袄，也难以抵挡凌厉的寒冷。

有人传言，父亲走不动路时，接班的人就是我。

最终，"黑五类"的我去为父亲"顶缺"，也有点提前进入角色"实习""预热"的意思。

那条黑毛跟羊狗见来了个陌生人，逮空子就向我这个新"副手"发起攻击，好在我手里有放羊鞭，挥舞起来，也前进着向它反击。见此，长毛哥大喝一声，那狗夹着尾巴像做错了事的小孩，跟着羊群灰溜溜地跑了。走了一阵,这家伙似乎想不通了,突然又向我袭来,这一次,我捡起河坝里一块拳头大的石块,等它到了有效射击距离,瞄准飞出去,接着我弯腰又捡起一块,连续不断发射。石子落到它的身上,狗也许感到了分量,这才跑得远远的,不甘心地瞟我一眼走开了。

我愤愤地想,人,是可怕的;狗,怎么我也不会怕它!

对于我和狗的冲突,长毛哥不十分乐意,因为狗是他的忠实伙伴。他提醒说:"狗见了生人叫几声,你别管它。老人们常说,'人不惹狗,狗不咬人'。记住。"

连绵不断的大山,是丰厚的草场。夏天,野花色彩缤纷,绿色装扮了山山洼洼。羊儿悠闲地埋头于绿草中,狗离我远远地打盹儿。我却没有放松警惕,捡了几块石头时刻准备着,唯恐这家伙偷袭。长毛哥提了绳索去沟底挖草药或是砍冬天用的柴火。

没事可干的我便有充裕的时间,抽出炒面袋里的书,选一块背阴处,铺好毡夹斜躺下。头顶着蓝天白云,身后是绵绵大山,清风徐徐吹来,山间没一点声响,天人合一,仿佛到了另外一个世界。

《唐诗三百首》是我的首选,先挑短一点的五言诗,好比"打起黄莺儿,莫教枝上啼。啼时惊妾梦,不得到辽西",好懂,好记。再如七言"杨柳青青江水平""天下谁人不识君"……

那阵,我最喜欢的当代小说是柳青的《创业史》,浓厚的生活气息,其中的人和我眼前的这些父老乡亲一个模样,或忠厚老实,或奸诈算计。

还有郭沫若发表在《人民文学》杂志的剧本《武则天》,武则天平息了叛乱,审判骆宾王那一段写得精彩极了……

陶醉在诗词歌赋的美妙意境里,陶醉于书中描绘的历史和勾画的情节,我忘掉了世间的一切烦恼。冬去春来,是书伴我度过了漫长的时光,使我淡化了内心的屈辱和痛苦,充实了心灵,感悟到生活的多彩与艰辛,也看到了一线希望与光明。

每天晚归时,我就和长毛哥会合了。他背负一捆铲来的猫儿刺和铁蒿或者柴胡、远志一类的草药，我则背着炒面袋里的书。

　　长毛哥有个绝招，只要他将两根手指头捏起来，放在嘴里，就能发出各种哨音：或尖啸，或长吼，或弹舌，羊群便乖乖地前进、后退、休息或集合，训练有素的羊只那么顺从他的"遥控"指挥。太阳西斜，各沟各岔的羊儿听到晚归的号令，沿着羊肠小道冲到沟底，涌动着前进。山道上，尘土滚滚，恰如凯旋的大军。此情此景，使我心里充满了喜悦，便也如一位得胜的将军，挥动鞭儿，放声大吼几声，空荡荡的石崖间，响起连绵不断的回音。

　　1977年恢复高考，我圆了十年前的大学梦，不能不感谢我这一段的羊倌生涯！

　　　　　　　　　　　　　　载1995年7月17日《兰州日报》3版

十年一觉大学梦

1977年严冬的一个早上,我正在暖烘烘的被窝里听收音机,忽然,一条新闻使我兴奋不已:国务院决定要恢复高考!

这,不啻惊蛰的一声春雷!

1966年夏天,正当我们高照明灯,夜以继日复习,准备高考的关头,传来了令人沮丧的消息,高校招生推迟半年进行,参加"文化大革命"。如今,已经过去了整整十年!

后来,招生进行改革,采取一种叫作推荐与选拔相结合的办法,即看谁出身苦大仇深、根正苗红。

我彻底绝望了,因为家庭的政治问题,我梦寐以求的大学梦化为了泡影!

沉重的劳动,精神的摧残,并未泯灭我求知的欲望。我要读书,我要上大学,我要当作家、画家!修石坝、放羊、使驴,无论到哪,我的干粮、炒面袋里,总装着《唐诗三百首》《唐宋传奇选》《鲁迅传》。阴雨天,我和同伴们弹三弦、拉二胡,奏起了《二泉映月》《旱天雷》,手掌大的再生纸上,画满了父老乡亲们困惑的眼睛。我用妻子的压箱钱买了磁棒、三极管、电容器,动手装起了四管收音机,小喇叭里响起了"听罢奶奶说红灯"……

有人说,人倒霉时连好梦都没有,我想,哪怕梦中在大学的校园的林荫道上走一走,在图书馆的书架前浏览一阵也好!

恢复高考的消息来得太突然,总使我有点不敢相信,尽管刊有这条新闻的报纸就在我的眼前。我骑着自行车奔走相告，同学有的在刺骨的寒风中浇地，有的在尘土蔽日的大会战工地战天斗地，有的在深山沟里盯着羊群啃吃干草。听了我的鼓动，他们都以为我说梦话，说我想上大学想得走火入魔了，以致看到那白纸黑字的报纸时，他们仍心有余悸：怕是考上，队长都不让去呢！

别离十年，昔日的同窗再聚母校，我们的容颜已变，风霜过早地侵蚀了我们的青春。但，我们的壮志未泯，尽管是寒冬，尽管我们是满面胡须，却跳动着一颗火热的心。说不完满腹的话，诉说十年各自的遭际和不幸。当一位同学说到他终于找到被老鼠啃啮去的毕业证书，含着热泪万般解释，恳求公社文教干事给他报名的动人情景时，我们为他感到庆幸，泪水也溢出我们的眼眶。

整整十年，如同大梦一场，本该十年前就上演的动人的一幕，如今才姗姗而来，青春的火花，敏捷的思维，在无休止的口号和庸人自扰的争斗中几乎消失殆尽。

但毕竟，这一天来到了。当我把大女儿送进小学，背着行李，跳过那熟悉的小渠，沿着那渗有我汗水的石坝走向火车站时，禁不住悲愤满腔，十年一觉大学梦，这代价实在是太重了！

写于1997年冬高考恢复20年纪念日

将军学者陆文虎

知道陆文虎是在20世纪90年代。那阵，正热播电视连续剧《围城》，全国掀起一股钱钟书热，文虎的论文频频见诸报端，有专家称他是当代钱钟书研究"第一人"。相传他是榆中人。于是，我走访了陆氏比较集中的陆家崖村，"文"字辈里没有听说有这么个人，我只好去陆氏五房头生活的尚古城村，一个我熟悉的中学教师正是陆文虎的本家，他说："没错，文虎子嘛！"

陆文虎出生于1950年4月，他的童年是在苑川河畔的金崖镇尚古城村度过的，稍长，随北京工作的父亲去了远离故乡的首都。1973年9月考入厦门大学中文系汉语言文学专业，其间担任《厦门大学学报》编委。1976年毕业后，曾担任《解放军文艺》编辑，总政文化部文艺处副处长、文艺局副局长、局长。

2002年春，文虎为选节目来兰州军区，曾给我打电话咨询他们陆氏家族的渊源。恰好我手头有一本《陆氏家谱》，记载了兰州的陆氏源自江苏省昆山市，明初随肃王来甘肃，后葬于离兰州60多里地的陆家崖附近的历史。当时《兰州晚报》正启动一个兰州人"寻根问祖"的活动，我正搜集资料准备写篇稿子，两人在电话上就这事聊了一阵。

2002年12月，我借在北京参加中国民主同盟第九次代表大会的机会，拜访了他。

因为临行前有约，文虎怕我联系不到他，便给我几个电话号码。那一阵他太忙，到北京后我几次打通电话，但工作人员都说在开会。

每年春节，全国双拥工作领导小组、民政部、广电总局、总政治部都会联合举办一台军民迎新春文艺晚会，总政还要策划一台中央军委慰问驻京部队老干部迎新春文艺演出。这两台晚会中央领导人都会出席，规格高，节目质量要求非同一般。作为总策划之一的陆文虎责任重大，其繁忙是可以想见的。

15日夜，文虎打来电话告诉我，第二天他抽时间和我见面。那几天北京正下着大雪。中午一点多，他如约来到北京西郊友谊宾馆。因为文虎的叔叔陆润林是与我同室的兰大中文系教授张文轩的老领导，三人便有一见如故之感。

原来，总政治部参与的这两台晚会从10月份便开始筹划。从剧本的创作、修改到节目的编排，作为负责人和总策划之一的文虎自始至终是离不开的，越到后期越是严格，往往为了一句台词、一个动作，和编导、演员讨论到深更半夜。等到整个晚会彩排、春节前正式上演，他才能歇一口气。那时，他身心俱疲。

为了争取时间，我把话题引向他对钱钟书的研究上来。

他和厦门大学有着不解之缘。1979年9月陆文虎又考入母校厦门大学中文系文艺理论专业攻硕士研究生。那阵儿，经过十年浩劫的思想学术界冲破了一切禁锢，十分活跃。劫后健存的文学巨擘、学贯中西的大学者钱钟书始被世人所知。陆文虎的导师郑朝宗先生早在钱先生《围城》初版时就以"林海"的笔名发表了评论《〈围城〉与"Tom Jones"》（《观察》1948年11月）。此时，钱钟书先生的学术专著《管锥编》由中华书局出版，郑朝宗先生当即决定把陆文虎他们这一届研究生的研究方向改为"钱学"。1980年，郑朝宗先生率先把给学生讲授《管锥编》的绪论以《研究古代文艺批评方法论上的一种范例》为题发表在1980年第6期的《文学评论》上。陆文虎感激钱钟书先生创造的这笔巨大财富，又感激郑朝宗先生引导他们走上了研究"钱学"之路。

学习期间，陆文虎写出了《应当重视〈管锥编〉》《关于〈围城〉的主题》以及《管锥编》一书的比较方法、比较文学、与若干学科、《管锥编》的文体和逻辑基础等一系列论文。这些论文结集为《论〈管锥编〉的比较艺术》（福建人民出版社），与此同时，陆文虎还出版了《钱钟书的文学世界》（台北书林出版社）、《管锥编谈艺录索引》（中华书局）、《〈围城〉内外》（解放军文艺出版社）。1982年陆文虎以优异的成绩毕业并取得文学硕士学位。

1989年，在海内外学术界对钱钟书先生创作、学术成就普遍好评，长篇小说《围城》绝版30年后再度出版，国内部分高校重视"钱学"研究，队伍不断壮大的形势下，陆文虎创办了学术丛刊《钱钟书研究》（文化艺术出版社）、《钱钟书研究采辑》（三联书店），作为"钱学"成果的发表园地和有关信息、资料的集散地。

1990年，在钱钟书先生80寿诞之际，《钱钟书作品集》在台湾出版，《钱钟书论学文选》由花城出版社出版，根据同名小说改编的十集电视连续剧《围城》上映……一时间，全国学术界、知识界和不少高等院校掀起了钱钟书热，《围城》成了普通老百姓街谈巷议的话题。

就在这前后，陆文虎研究钱钟书的心血结晶和成果《风格与魅力——陆文虎文学评论选》由解放军文艺出版社出版，《管锥编谈艺录索引》由中华书局出版。这两本书的出版，不仅给广大读者系统地介绍了钱钟书这位文化昆仑博大精深的学术和文学成就，更为国内外的钱钟书热起到了推波助澜的作用，同时使"钱学"研究在学术界确立了应有的地位，并逐步形成高潮。

陆文虎从1982年在厦门大学研究生毕业并取得文学硕士学位到20世纪90年代初，他放弃节假日和各种文娱活动，完成有关钱学的专著、编著、译著100多万字。编有钱钟书《谈艺录》（三联书店）、钱钟书《写在人生边上的边上》（三联书店）、《中国当代军事文学选》（英文版，中外文化出版公司）等。译有《〈围城〉英译本导言》……

听着文虎京腔京味的娓娓叙述，我不光为他取得的成就感到由衷的高兴，还陷入深深的思索：一个人的成长需要优越的社会和家庭环境，需要导师的引导，但是如果没有个人的艰苦努力，一味怨天尤人，空怀壮志，成功的希望也是不会太大的。

文虎任职的文艺局主管全军文学、戏剧、电影、电视剧、音乐、舞蹈、曲艺、杂技、美术、书法及文学出版、艺术教育工作。而局里仅有十多个部下，每人独当一面，都是业务上的强手，统领着全军文艺工作的方方面面。他还担任不少社会职务：中国文学艺术界联合会全国委员会委员，中国作家协会全国委员会委员，中宣部"五个一工程"奖、文化部文华奖、中国作家协会茅盾文学奖及鲁迅文学奖、中国戏剧家协会曹禺戏剧奖评委。可以想见，他时间的宝贵和生活节奏的紧张。但是，他还继续他钱钟书研究的事业，主持钱钟书网站，团结海内外的专家、学者，交流信息、收集情况，巩固发展"钱学"的研究成果，为弘扬民族文化奋斗不息。

临别，我给文虎送了一本《榆中县志》和载有我所写《金城陆氏，根在昆山》文章的《兰州晚报》，他也送了他的几本著作和他策划的几台节目的光盘给我。

2005年夏天，我收看中央台播出的首都艺术院校汇报演出，意外看到文虎作为解放军艺术学院院长发表感言。我才知道，他又在做军队艺术教学的领导工作。

他劲头不小，一上任就着手构建新型教学模式，改革规范学历教育，提出正规化方向前进目标——"艺术家军人"、"军人艺术家"，制定了2005年—2010年学院全面建设发展规划，专门向山东大学老校长曾繁仁请教高校管理和教育经验。他不但组织教师向地方艺术院校学习，还在经费紧张的情况下，安排教师出国考察。

作为教育家，他注意发挥学员的主动性、参与性，重视第二课堂的作用，特别让表演、音乐等专业的学员创作演出，自己组织设计、实施，转被动为主动。文虎利用他在文学、电影、演艺界积累的人脉，请作家贾平凹、王安忆、张平给文学系的学员介绍创作经验，指导阅读经典著作；请丁荫楠、濮存昕带着电影《鲁迅》与学员交流。

在这种学风中，文学系大二学员创作的《别拿豆包不当干粮》在中央台热播；许多学员参与全国性艺术大赛，崭露头角并得奖；2004年茅盾奖5位得主中的柳建伟、徐贵祥就出自军艺；2006年文学系和戏剧系学员就获得了"五个一工程奖"。

他卓著的成绩得到了社会的肯定。与清华大学新闻与传播学院院长范敬宜、中国人民大学国学院院长冯其庸等大儒被评为"2005年十大中国教育英才"。那年冯院长81岁，范院长74岁，而陆文虎刚刚55岁，正是人生的黄金期。2008年他又与何振梁、沙祖康、厉以宁、沈鹏等被评为"中国魅力英才"。

这期间，陆文虎没有停止他的学术研究。2005年，他写出了《听西点校长说西点精神》，在《文艺研究》上发表了《美国学术界读到了怎样的〈管锥编〉——评艾朗诺的英文选译本》《〈管锥编〉英文选译本导言》。

陆文虎还对全球化语境中的新生事物——"文化创造性产业"产生了强烈的兴趣，认为其不仅可以创造财富，还能极大地提升中国的国际地位，使灿烂的中华文化更具活力，使之真正成为更具创造品格的文化，为人类的发展作出更大贡献。

作为军人、将军，他懂得军事的力量；作为教育家、研究生导师、学者，他知道文化的作用。他有一句经典的话：历史证明，军事力量打不垮中华民族，经济遏制也无济于事，这是因为有伟大的文化和民族凝聚力。

载 2010 年 8 月 3 日《兰州日报》副刊

草原的歌和童话的世界

——我所认识的作家赵燕翼

还是上高一的时候,俄语教师张尔进把一本《草原新传奇》的短篇小说集推荐给我。充满魅力的草原之美把我吸引住了:忸怩羞涩的新娘子桑金兰错、幽默诙谐的流浪汉老官布、机智可爱的小红花曼豆玛热……那如画的草原,清清的溪流,遍地的羊群、牦牛,毡房边袅袅升起的炊烟……情节的离奇巧合,语言的优美,让我爱不释手,无疑,这是我看过的短篇小说里真正的精品。

书的作者叫赵燕翼,由上海人民出版社出版。兰州书店恰巧有,我如获至宝。从此,我向往草原,向往格桑花以及那牛粪燃起的牛皮袋吹旺的火焰。

没想到,十多年后,我在张掖上学时,偶然在学校的传达室发现一封收件人名为赵海翼的信,那是我熟悉的毛笔字。我拿着这封地名不准确的信打听到师专美术科。从此,我和海翼成了好朋友,从而更多了解到他父亲当年创作《草原新传奇》的艰苦经历。海翼是那种沉默寡言而脚踏实地的人。毕业前,他挺为难的,好像有话要说,再三斟酌,才吞吞吐吐地告诉我,他父亲想要推荐我毕业后到省作协机关去工作。起因是1980年酒泉《飞天》杂志上有我一篇小说——《破镜重圆》,同时,也载有他父亲那篇童话《夏毛寻宝记》,加上以前在我们家乡采访时对我的印象,身为作协副主席的赵燕翼才有了这个想法。

说实话,这并未引起我多大的兴趣。家里上有老下有小,妻子眼巴巴盼我回到附近中学教书，好帮她掰苞谷、拉架子车呢！作协那个圣殿我想都不敢想。

分配方案下来之前，我回了一趟家。路过兰州时，我顺便到省歌剧团找到海翼家，向赵燕翼先生说了海翼很难分配回兰州的消息。对这一点，他似乎不太介意。谈话中，我才发现，这位才华横溢（他起先搞过木刻、绘画）、文笔老到的作家，说话慢条斯理，不紧不慢，声调也极低，很难与他的《草原新传奇》里那些活灵活现的人物联系到一起。临告别时，他硬是将我放在桌子上的一包糕点装进我的帆布书包里，一再说"让孩子们吃去"。他笑着，我们两个个头一般大小，我说，我一米八五，他说，我还比你高些。

1986年将近暑假，我接到一份省作协的通知，要我参加省上举办的全省首届儿童文学讲习班，回到家又有一份同样的通知，不过，信封上的地址是"寺背后"。这，只有赵燕翼先生知道，前几年他曾经在我们金崖一带采风，我们在一起聊过，他知道我的家在寺背后。我被感动了，这分明是怕我放假回了"寺背后"，寄到学校的通知收不到才为之。

讲习班的规格前所未有，主办单位有省文化厅、出版社、作协、《飞天》《小白杨》杂志，参加者有王家达、张弛、黄英、金吉泰、冉丹、郭晓霞等一批在儿童文学领域卓有成就者。

讲学者有著名儿童文学作家——《神笔马良》的作者洪汛涛，北大中文系的曹文轩，上海复旦大学文学院的张锦江。讲课结束后集中改稿。我带着一篇"旅游"了几家杂志的小说《戈壁的儿子》，具体负责帮我修改作品的是出版社的一位编辑。赵燕翼先生牵头全盘事务，我不好打扰他。好在住所离黄河、中山铁桥、白塔山、黄河母亲雕像近在咫尺，我们几个年轻朋友好不自在，高谈阔论，看黄河滔滔东去，登白塔山览胜金城……过了几天，稿子还是改不上去。我估计家里好多农活等着我干，只好向赵先生告辞，怅然若失打道回府。临行，他还谆谆嘱咐，稿子抽空改好后寄来，学习班的作品要结集出版，书名都定了：《丝路新童话新故事》。

过了几个月，我收到了厚厚一个包裹，一本讲习班的作品集。我捧着散发着油墨香的书，其中夹着我的那篇原稿，编辑在附信中说，我那篇东西赵先生一开始就没选上！我对赵燕翼先生毫无怨言，他是那样希望我成功，希望我走向儿童文学创作的道路，但他又不能让我去滥竽充数！他是一位有责任感的作家和领导。

1993年11月3日，我又被通知在兰州参加了一次规模颇大的儿童文学座谈会。主办方是甘肃少年儿童出版社、甘肃省文学院、甘肃省作协儿童创作委员会等几家单位，主要是传达中央领导对文艺工作的几点指示，其中一点是有关儿童文学的。文联办公楼上，聚集了省内文艺创作、评论界的新老几代人，其中有全国优秀短篇小说获奖作品《麦客》的作者邵振国、白发苍苍的老作家曹杰，还有评论家、报纸编辑、主办方负责人共三十多位……当主持会议的赵燕翼先生介绍到我这个陌生面孔时，我真有点无地自容的感觉。从首届讲习班以来，我是发表了几篇"小儿科"的东西，但我自知，我还站在儿童文学的门边上打转。赵燕翼先生竭力扶持我的一片心意我是理解的，天赋的不足和懒惰自弃总使我在文学的边缘徘徊。

之后，我参加了甘肃省民盟第11次代表大会。赵燕翼先生在省民盟担任职务。会议期间，他特别忙碌，只能见缝插针约见参会的儿童文学爱好者，我想和他聊聊，但坐在他的房间里又局促不安，觉得无话可说，因为文学没有诀窍，也不会遗传，只有默默耕耘，要不，他的儿子海翼不会去学美术。

有位河西的作者发过几篇文章，他们也挺熟，一次在我们的房间里，他向赵先生探询加入作协的事，赵先生当场反问他："不好好写作品，入那干什么？"问得那位老弟无言以对。当时，我还无法理解。那位老弟大约认为加入作协，水平就会突飞猛进，发表作品也会容易得多。

他没认识到，面前站着的是一位阅尽人世沧桑的哲人，一位几十年在文学沃土上的辛勤耕耘者，一位引领人们进入美好童话世界的智者！

也是那次我开悟了，要想当作家，只有埋头读书写作。从此我打消了摘个"作家"名头的念想。

2002年，我在媒体上得知赵燕翼先生出版了一套五卷本儿童文学集，前三集包括脍炙人口的《金瓜和银豆》在内的童话，后两集是小说集，这可以说是赵先生毕生心血的结晶。让我意外的是，2003年春节过后，赵先生给我捎来其中的《天山少年传奇》，他认真地签名题字，并呼我为"老弟"。这让我的心热乎了半天，这分明是在鼓励、督促一个摸索者。我不断在媒体上获悉，赵先生在古稀之年仍不断地跋涉着，他的作品频频获奖，有的篇章还被选入了大学教材⋯⋯

2010年4月20日于春雨中
载2011年4月26日《兰州日报》

难舍这片沃土

——作家杨显惠和甘肃的故土情结

我是2014年才和作家杨显惠见面的，原来约定时间是5月，直到7月中旬，他风尘仆仆返回了从小生活的兰州，我们才见了面。

知道显惠，是三十多年前的事儿了。

20世纪80年代初，酒泉地区的《飞天》杂志上发表了我的小说《破镜重圆》，同期杂志上的小说、散文、童话栏目里还有赵燕翼、金吉泰、田瞳、何生祖几个熟人的作品，唯独《他看见了春天》的作者杨显惠，是陌生的。

几年后，甘肃省文联主办的《飞天》杂志发了他的一篇小说《妈妈告诉我》。那篇短短三千多字的小说，讲述了忠厚笃实的小壮丁的遭遇和悲惨结局。黄河边的感人故事，大车店女主人的纯朴善良，鲜明的人物个性，语言的朴实简练，令我很是难忘。

再见到这个名字，是他的短篇小说《这一片大海滩》《爷爷·孙子·海》等几个短篇小说相继在上海《萌芽》杂志发表，引起文学界的重视。我是在上海出版的《文学报》上看到这些消息的。我为杨显惠这个甘肃老乡能在大海边开拓、发展而庆幸。

这次约会我才知道，他和我同龄，1965年由兰州二中去甘肃省生产建设兵团的小宛农场当知青。20世纪70年代初，他被推荐到甘肃师范大学数学系读书，毕业后又返回河西，在省农垦局下属的酒泉农垦中学当教师。他和一位天津支边青年相恋、成家。"文革"后知青返城高潮中，他随妻子调到天津，定居在渤海边的塘沽。

大海成就了他，《这一片大海滩》1986年获全国短篇小说奖。我想，杨显惠也许从此扎根海边，拥抱大海，大海会给他带来无尽的创作源泉。

21世纪初的几年，《上海文学》陆续发表了杨显惠以《上海女人》为代表的"夹边沟系列"。

这一次聚会上，杨显惠告诉我，《他看见了春天》算是他发表的第一篇小说。他的《黑戈壁》一类知青作品的写作积累和对夹边沟右派生活的了解，是在河西的农场，而真正开始动手写"夹边沟系列"是他调到天津后的事。

在河西建设兵团上山下乡时，他结识了不少农场移交过来的右派和劳教人员，他才知道离酒泉不远有个叫夹边沟的劳改农场。

这是一段尘封了四十几年的历史。

杨显惠连续几年利用假期进行调查，访问，查阅资料。为了继续这项在当时来说没有任何效益可言的工程，揭开那段尘封的历史，到天津后，他每年返回甘肃，历尽千辛万苦，走访了近百位死里逃生的老人和知情者，夜以继日地奋笔疾书。

描写右派妻子顾晓云几千里去劳改农场探望丈夫，却背回一具骸骨的《上海女人》一发表，凄惨的人间悲剧拨动了千万读者感情的琴弦，不仅引起上海读者的反响，在甘肃读者群中引起了更大的震动。

2003年，这篇小说获得第一届中国小说学会短篇小说奖。《文学报》发了消息，奖品是一辆天津产的夏利轿车。

人们都赞美蔚蓝色的大海，跑到海边观赏翻滚的海浪，体味大海的宽广和海天一色的雄浑。而在大海边的杨显惠写了几篇海边生活的小说后，又折返甘肃，踏上了陇中那块广袤的黄土地。2007年，杨显惠的另一本书《定西孤儿院纪事》出版。读着读着，我的心战栗了，三年困难时期带给人们的灾难是如此深重！看了一半，经历过那段岁月的我难受得无法读下去了，把这本书放到书架的最高一层，再也不忍去翻看。

兰州聚会后，我想不受干扰地单独与他聊聊，打电话一约，谁知他还在定西。

后来和杨显惠的一位大学同学闲聊时得知，他又去甘南采访了。直到此时我才知道，杨显惠和我还有同乡之谊呢。他的祖籍在永靖县，祖辈迁到皋兰山背后的兰山乡马家山，后来划归榆中。筚路蓝缕，勤恳的祖辈在高山旱坪上开荒种地，不断扩展，成了拥有几十垧土地的"地主"。外乡人从此在俯瞰兰州城的山顶上扎下了根。后来父亲进城打工，他有幸在城里读完小学和中学。"文革"中，兰州二中的城里娃全都发配到数千里之外的河西农场插队劳动锻炼。

我真有些不解，对于在兰州城和风沙戈壁滩生活了多少年的杨显惠，海边的生活该是多么新鲜，多么诱人！那里有取之不尽的源泉。

捧读了《甘南纪事》，我明白我误解了显惠。

本来，他是应藏族作家扎西达娃之邀去西藏的，却由于种种原因改道去了青藏高原东部边缘——甘南。

甘肃南部，那里有世界草原研究专家公认的亚洲第一牧场——玛曲草原，有天下黄河第一弯，人称"六大神山"之一的阿尼玛沁雪山，迷人的尕海，青碧的白龙江，堪比云南石林的则岔，规模恢宏的藏传佛教六大寺院之一拉卜楞寺……

杨显惠人在天津，但甘肃这片沃土却让他魂牵梦绕。继《定西孤儿院纪事》之后，他多次深入甘南草原、峡谷，走进藏族人民的牛毛毡房和沓板房，三年多的时间，终于捧出了丰厚的成果——《甘南纪事》。我读着一篇篇小说——扎尕那白蘑菇似的措美峰，尼欠沟的尕干果村，燃烧着复仇火焰的恩贝，追求自由爱情但命运多舛的白玛，闯荡世界最终又回归草原的图美，为传统习俗所囿的达娃阿婆，新潮青年桑杰次力……我看到了藏族人民独特的生活和习性，看到了他们的友善侠义和疾恶如仇。尤其是作品所反映出从传统走向现代化进程中他们的喜怒哀乐、五彩生活和前进的脚步。

杨显惠并不就此罢休，他太喜欢那些质朴、忠厚的藏族朋友，他还要继续挖掘。他要用笔记录藏族人民奋斗的身影和他们跳动的脉搏。这一次去甘南，他本是陪朋友参加寺院的一个法会，一去就走不了，那山，那水，那些可亲的面孔，让他流连忘返，不知不觉一个月就过去了……

2015年，我盼望着还能够和显惠在兰州相聚，他的老朋友柏敬塘打电话告诉我，老杨一直在甘南待着。眼看到了秋天，一场秋雨使得气温骤降，我瑟缩在家里直接给杨显惠拨了个电话，他告诉我，他刚返回甘南。我关心地问，甘南海拔高，比兰州更冷。他回答，不怕，我走时带了毛衣的。这使我无言以对。我百思不得其解，难道说这就是一个作家的使命？以古稀之年已不太健康的身体，依然数月奔走在甘肃这块土地上，是挚爱，还是不舍？

兰州、河西走廊、定西、甘南，有他的梦想，有他的爱情，有他的友谊，有掘不完挖不尽的宝藏。年近古稀，思乡情愈浓，他难舍这片沃土啊！

载 2014 年 10 月 23 日《兰州日报》"读书"副刊

三代人的音乐追求

春节前，收到远在张掖的丁师勤老师的微信，言说他的外孙女生了孩子，算是四世同堂了；儿子丁毅正在甘肃省电视台录制春节联欢晚会，没有特别任务，要回张掖全家团聚。丁老师嘱咐我以此写一首诗，他要写张条幅装裱起来助兴。

丁老师是我的榆中老乡，他于兰州师范艺术科毕业后一直辗转张掖地区教授音乐。1977年恢复高考，我被张掖师专录取，意外结识了这位在音乐领域颇有造诣的同乡。

我当时上的是"大专"，在城南端；他教学的是"师范"，属"中专"，在城北端一片芦苇丛中。两个学校中间还有尚未完工的一段疙里疙瘩的石子路，是文学和音乐把我们两个老乡紧紧地联系在了一起。每逢星期天，我不是去文化馆拜访作家田瞳，就一定是去丁老师家切磋歌词、曲谱。

他要我写诗自然是有缘由的。我苦思冥想凑了几句打油诗发了过去：

  梦幻甘州六十年
  南来北去一祁连
  雪峰皑皑奏春曲
  芦花飘飘歌秋晚
  骄子悉尼扬国粹
  小女黑河扮孝男

四世同堂振家声

重孙咿呀承膝欢

毕业好多年以后,一个偶然的机会,我和丁老师竟然在我所在单位的楼道里相遇了。

那份惊喜是难以言表的!

他去悉尼看望儿子丁毅,路过西安探望了本家兄长,这又顺路回故乡榆中看望年迈的姐姐。

言谈之间,我才得知,他儿子丁毅是悉尼歌剧院的签约男高音。他拿出一沓资料,有各种演唱会后当地媒体对丁毅的报道以及各种评价,如《澳洲华人》报道中国驻悉尼领事馆总领事廖志洪会见丁毅的消息,将丁毅称为"中国首位国际歌剧界光芒毕露的新巨星",还有"中国歌剧的瑰宝""英雄的意大利式的男高音""国际歌剧界一颗光芒闪耀的新巨星"……让我刮目相看的是,丁师勤老师文采飞扬,还写了不少去澳大利亚各地参观、旅游的散文辑成《澳洲漫笔》,异域的风光,独特的自然环境,令我心驰神往。

记得我上学时,有次参加张掖地区的音乐会,不到二十岁的丁毅在舞台上唱歌,其父为他伴奏手风琴,这曾让我羡慕至极。显然,丁毅的成功与丁老师家浓厚的音乐氛围和他们夫妻俩悉心栽培是分不开的。而令我没想到的是,当年在张掖舞台上演唱的年轻娃娃,二十几年后,唱到了世界一流的悉尼歌剧院,在国际舞台上被誉为"东方之星""著名男高音"!

丁毅20世纪60年代初出生在肃南裕固族自治县的红湾寺,呱呱坠地时,声音清脆洪亮,丁老师开玩笑,给同是音乐老师的妻子说:"第一声啼哭就是高音C,未来男高音的苗子。"那阵儿,到处是饥馑,肃南却好,有牛羊肉,有牛奶,一家人倒是没挨饿,在这山清水秀的福地徜徉了十几年。

后来,十六岁的丁毅被选进了张掖地区文工团。但作为音乐老师的父亲深知，艺术没有止境，儿子虽然跨进了艺术之门，声音是他最大的优势，他还得不断深造。费了一番周折后，丁毅独闯西安，师从陕西省歌舞剧院从事嗓音医学的莫西和声乐教练张金叶老师。不久，他考取了西安音乐学院。

1986年，学业成绩卓然的丁毅毕业留校任教。但他永远是不满足的好胜者，他的追求在歌剧艺术，自称"歌剧是我的第一夫人"。于是，他又去中央音乐学院进修，有幸得到大名鼎鼎的声乐教育家沈湘的肯定，听丁毅唱完莫扎特的歌剧《唐·璜》里的咏叹调，沈老师鼓励他把歌剧《茶花女》《弄臣》里所有的唱段背下来，作为今后的艺术追求。

自1995年起，丁毅在印度尼西亚、马来西亚、日本、法国马赛、澳大利亚堪培拉举办过个人演唱会并参加了多次声乐大赛，受到外国朋友的肯定和赞扬，他借机学习和借鉴国外歌剧界的优秀成果，不断扩展自己的艺术视野，提高和完善自己。

2001年2月的一个早上，正在悉尼的丁毅突然接到澳洲歌剧院通知，因扮演《茶花女》中阿尔弗莱德的演员的父亲突发急症病危，须立即返回美国，要丁毅接替来演这一角色。彩排只有一天，丁毅欣然应允，他正想借此试试自己的实力。

开演前，院方向观众解释了男主角因故不能出演的消息。观众和演职人员都为名不见经传的丁毅捏了一把汗。但当丁毅以独有的优美音色和细腻的舞台表演将阿尔弗莱德尽善尽美地呈现出来时，导演感动了，观众沸腾了，他们把拥抱和鲜花献给了这位来自中国的青年歌唱家。之后澳洲多家媒体以"青年歌唱家丁毅震惊澳洲"发表评论："丁毅金子般美妙的音色，是有着磁性的、稳定的男高音，他的表演和演唱堪称世界一流。"

此后，丁毅受邀赴墨尔本饰演《弄臣》中的男主角；6月初，他又在悉尼歌剧院演出普契尼的歌剧《外套》。观众称赞他是"国际歌剧界的一颗新巨星""中国人的骄傲""真正的意大利美声"……

把丁毅推向艺术高峰的是2016年1月29日。他应邀在悉尼市政厅大剧院举办了"漂洋过海来看你"个人演唱会。这是丁毅继2003年12月20日晚"圣诞新年音乐会"后又一次登上这个舞台。他的众多学生以及儿子丁源上台为他助阵,妻子王琳也从北京赶来客串《烛光里的妈妈》中的母亲。演唱会的亮点是,丁毅扮演杨白劳,国外歌唱家凯特琳扮演喜儿,一曲"北风吹""扎红头绳"使音乐会达到高潮。丁毅的梦想是把中国的《白毛女》《小二黑结婚》《红珊瑚》等一批经典歌剧介绍给外国朋友,让他们了解和接受中国的民族音乐和歌剧艺术,让中国歌剧走向世界,实现中西方文化的融合。

歌剧艺术是丁毅的追求,他喜欢祖国的舞台,北京的新年音乐会、中央电视台的春节联欢晚会以及国内各地举办的宣传活动、音乐会都少不了他的身影。

但他也没有忘记度过童年时光的肃南和故土兰州。

2008年1月18日,丁毅在兰州金城剧院举办了《乡音·乡情》个人演唱会,一首施特劳斯的《蝙蝠》拉开了序幕,接着他饱含深情地演唱了《乡音·乡情》送给家乡的父老乡亲,又奉献了《母亲》《怀念战友》几首经典歌曲。丁毅的儿子丁源还专程从澳大利亚赶来和父亲同台演唱了《我的太阳》助兴。兰州的歌迷们被丁毅那极具磁性的男高音和他对祖国的热烈情感所感动。他们才知道,荧幕上常常见到的驰骋国际舞台的著名男高音歌唱家丁毅,原来故乡在甘肃。

2011年7月,全国祁连玉博览会在肃南县举办,会议活动项目之一便是丁师勤老师《山歌越唱羊越多》的个人演唱会,肃南县民族歌舞团、萨尔组合和裕固族的歌唱家们都要来助兴。组委会和众多歌手觉得,如果丁毅能来肃南助阵,那更会是锦上添花。丁老师给儿子婉转表达了大家的愿望后,丁毅说,肃南的山水养育了我,再忙,我也得去。为此,父亲又为儿子量身赶写了《祖国啊,我为你歌唱》。丁毅的歌声将演唱会推向了高潮,到会的嘉宾对他赞不绝口。

2016年9月8日,丁毅又一次回到张掖,和殷秀梅、李双江、杨洪基、吕继宏等十几位在歌坛有影响力的歌唱家一起,为一带一路万里行大型公益演出"金张掖·绿嘉禾"助阵。那是张掖有史以来规格最高、大腕最多的一次演唱会。观众人山人海,祁连山下的老百姓聆听了歌唱家们饱含激情的演唱,歌唱家们也认识了解了古丝绸之路的美景、风物。

节会前后,丁师勤老师没有闲着,尽管组委会把一切都安排得井井有条,但他还是跑前跑后,以一个老音乐家的眼光对灯光、音响以及背景逐个检查,对歌唱家们的饮食起居也都一一过问,他要让张掖给歌唱家们留下最佳的印象。

儿子丁毅一步步走向了艺术的殿堂,父亲丁师勤继续散发着自己的光和热。这位"音乐在我的生命中没有休止符"的音乐教育工作者,退休以后,不止一次来到曾经度过13年美好时光的肃南采风,收集整理裕固族的民歌,并参与完成《甘肃省少数民族民歌集成》肃南卷的编纂。而参加和指导群众性的"七彩明花歌"一类的文化活动,更是他的常规工作。

祁连山的雪峰,广阔的草原,清清的溪流,涌动的羊群给了丁师勤无尽的创作灵感,他谱写出了《祁连山黑河水》《裕固族姑娘就是我》《山歌越唱羊越多》《我爱家乡的红枣林》等一百多首具有浓郁民族风格的歌曲,在帐篷里、在千里草原上被经久不息地传唱。其中《祁连山黑河水》在第14届"江山之春·中国民族歌曲演创大奖赛"中获得中国民歌精品金奖,还被中国市长协会推荐为张掖城市形象歌曲。

2013年春节过后不久,丁师勤老师发过来一条微信,是正在意大利米兰威尔第音乐学院读研的孙子丁源获奖的消息。意外、吃惊之余,我不禁在沉思,三代人都是音乐的追求者,是基因的传承,家庭的影响,还是个人的努力?但有一点我深信不疑,如果没有丁师勤老师不懈的努力,肯定不会有今天。

几十年的音乐教育生涯,丁师勤培育出了一批又一批学生,让他欣慰的是,儿子、孙子都走上了音乐之路。兴奋之余,他深深祝愿:让音乐的种子,一代一代发芽,生根……

2017 年 3 月 31 日毕

载 2017 年 10 月 15 日 《兰州日报》"艺苑"

沧桑历尽肃王墓

出兰州东岗不远的榆中县来紫堡乡平顶峰一带,有一处被当地人称作王井骨堆、井泉,后来又被专家、学者誉为"甘肃十三陵"的墓葬群。这里,安葬着明朝就藩甘肃的十代肃王,他们是:肃庄王朱楧、肃康王朱瞻焰、肃简王朱禄埤、肃恭王朱贡錝、肃靖王朱真淤、肃定王朱弼桄、肃昭王朱缙炯、肃怀王朱绅堵、肃懿王朱缙贵、末代肃王朱识鋐,以及薛夫人共十一个墓,陵墓"次第排列,望若山陵",绵延达两三公里。

王府迁金城 四处寻吉地

据《明史》记载,明朝开国皇帝明太祖朱元璋为了巩固江山社稷,"控要害,以分制海内",于洪武二年(1369年)定"诸王之制",将二十三个儿子分封到全国各地。在甘肃的便叫肃王。

肃庄王朱楧是朱元璋的第十四子,系妾妃所生,初封为汉王,洪武二十五年(1392年)改封为肃王,肃王府起初设于甘州(今张掖市),建文元年(1399年)移至兰州。庄王随即大兴土木,建造王府宫室、寺观园林,颇具规模。王府北临滚滚黄河,与白塔山近在咫尺,南与皋兰山遥遥相望。清康熙年间的巡抚署、陕甘总督署、辛亥革命后的督署以至现在的甘肃省人民政府,都设在当年的肃王府中。

最初,朱楧将王圹选择在离兰州70多公里的金县(今榆中)新营。此地背靠马衔山,草木葱郁,溪水长流。肃王不但在此建造王圹,还设立贡马营,并"筑城修仓,易藏料豆,喂养贡马",扩充集市。据传说,在陵地建设中,朱楧亲往察看,但一听王圹上方有个地名叫温家岔,即因"猪(朱)瘟"之忌而停建。又选新址在离兰州较近的定远镇水岔沟温泉山,同属马衔山脉。朱楧去世后便安葬在这里,此处又建造了一座寺院叫龙泉寺。后来,发现有地下煤层,老百姓开挖煤炭,即疑水火相克而迁至来紫堡乡黄家庄一带的平顶峰。这里距城中心的肃王府不过二十多公里路程,背靠连绵不断的黄土高原,前有四季常青的苑川河,在桑园峡与黄河交汇北下;溯苑川河而上,是十六国时西秦乞伏国仁建都苑川时的勇士城。

据流传下来的故事说,肃康王朱瞻焰为了这块墓地,将这里的一户蔡姓地主认为义子。为此,当地老百姓将这里地名——质孤堡改名"买子堡"。后又因这个名字到底不太雅气,遂取"紫气东来"之祥瑞且又谐音的"来紫堡"并沿用至今。

气势恢宏的一号墓

这是一座规模宏大、结构严密的砖室地宫,全用长38厘米,宽18厘米,厚8厘米的青砖砌成,坚固整齐。地宫的形制结构和已经开挖的北京十三陵的定陵大致相同,由前殿、中殿、后殿及左右配殿组成,只不过定陵用的是石头条而这儿是大砖衬砌的罢了。墓道口离地面约10米左右,顺斜坡进入地宫有三道大门三间墓室。第一道门是用整块陕西富平青条石凿成,每扇门高2.5米,宽2.2米,门轴直径24厘米,门楣是44×19厘米的整块石条制成。第一墓室长6米,宽6米,顶高10米,呈拱形。第二道门为木制,高2.5米,宽2米;第二墓室长6.3米,宽3.3米,高约10米,此墓室左右各有一配殿,按明制规定,这儿应该是安放妃子的地方。通过宽约1.14米,高约1.9米,深约1.9米的券道,便进入长6米,宽3米,高6米的配殿。第三墓室的石门与第一道门相仿，根据北京十三陵定陵发掘的情况看，这里才是安放灵寝的地方。墓室宽6.7米，长5.8米，顶高约12米，顶呈拱形，墓室三面壁上各有一圆拱形用来供放祭物的神龛。夏日炎炎，地宫里寒气砭骨，令人不寒而栗；冬天则暖意融融，温度恒定。

末代肃王与《肃本淳化阁帖》

《淳化阁帖》历来被称作"法帖之祖"，而"肃本"所以流传至今，末代肃王朱识𨮁说起来还有些功劳。明初，朱元璋赐给其十四子朱楧一部宋拓本的《淳化阁帖》。万历四十三年（1615年），朱识𨮁的父亲宪王朱绅尧从内库取出临摹，后觉得"各王府不遍及且无以公海内"，延请姑苏人温如玉、南康人张应召二人双钩临摹精刻于富平石上。肃宪王曾为此写了一篇跋，道出这项工程的初衷："雨粟泄秘，代传厥神。镌惟宋擅，允为世珍。建国获授，永保虑湮。殚精重勒，大明万寿。"据记载，"温张两生功苦劖坚一片石，朝暮作对，若面壁达摩，雪没胫而弗退也"，二人以至于"闭目梦寐，无非阁贴"。不巧的是，功未成而绅尧撒手人寰，朱识𨮁嗣立后继承父亲未竟事业，继续进行这项浩大工程。最后历时7年之久，用石144块，刻成了现在人们看到的《肃本淳化阁帖》碑。碑帖刻成后，朱识𨮁追思先祖遗命得以完成，"不肖之罪庶几免矣"，竟"泫然涕泗"，写跋称赞碑帖"新旧不爽，毫发俱在"。起初，碑刻藏于肃王府承运门东书堂，1937年镶嵌于文庙尊经阁，1949年后由甘肃省博物馆收藏。清顺治三年（1646年），陕西人费甲铸曾将"肃本"再刻于西安，藏于西安碑林，称为"关中本"或"陕西本"。可以想见，如果不是朱绅尧、朱识𨮁父子二人的努力，《淳化阁帖》的命运不知道会如何。

崇祯十六年（1627年）农历十二月，李自成农民起义军攻取长安后，西进甘肃，末代肃王被执，王妃颜氏、赵氏等200人仓皇出逃，走投无路之下，颜氏撞死在石碑上。后人将她葬于碑下，为褒奖她的气节，将此碑称为"碧血碑"，还专修烈妃庙以祭祀。而被李自成部下贺锦处死的末代藩王朱识𬭚也算幸运，被安葬于平顶峰的"老坟"，和列祖列宗安卧在一起。清政府对亡明的皇家陵园并未掘墓鞭尸，还派兵守卫。民国时期，战乱不断，但甘肃并未出现"东陵大盗"，平顶峰的肃王墓地就安然保护下来。

历尽沧桑肃王墓

据20世纪60年代曾在来紫堡农业中学任教的施玉仑老师介绍，肃王墓群也曾遭到过不同程度的破坏。肃庄王朱楧的坟冢被盗挖后，地宫的陶俑遭到毁损，大部分失散。70年代，"深挖洞"备战，人们记起附近的"骨堆"，就这样，庄王及妃子的地宫又被挖开，作为备战用的"防空洞"，开挖后才发现里面可容纳二三百人，后来被当作生产队林场贮藏果品的理想"保鲜库"用。这是唯一一座被打开的墓室，被榆中县博物馆编为一号墓。幸运的是，这里先后有守果园的老人谈应凤、黄应生兼任"护陵人"，地宫上锁并且里面装了电灯，没再遭到人为破坏。

肃王墓在历史沧桑中不断衰败，明肃王墓群有些早已被偷掘盗挖，有的则因灌溉而淤泥数尺。昔日遍布墓地的碑碣被当地乡民当作过桥板、电动机底座，高大的坟冢被夷为平地变作麦田。1977年，甘肃省文物工作队对7号墓进行了发掘，清理出了肃怀王及妃子王氏的墓碑，后因种种原因中止而回填。其中出土的铜炉由兰州市博物馆收藏，墓碑同两口高1米、直径1米的作长明灯的大缸以及陶罐、陶马由榆中县博物馆收藏外，其余的陶俑等文物均散落于民间。1983年，肃王墓被列为县级文物保护单位，1993年被甘肃省政府列为省级文物保护单位，榆中县政府划定墓群保护范围和建设控制地带，并对周边45万平方米进行二级保护。1999年,《兰州晚报》记者就肃王墓的保护、开发和利用进行连续报道,兰州电视台等媒体也相继向观众作了介绍,一时,游览者络绎不绝,兰州近郊的这块风水宝地始为世人所知。为了让肃王墓为旅游和经济建设服务,当地政府和附近的村社积极争取早日开发,他们加大周边山头的绿化和保护,整修了通往墓区的道路,力争早日向世人揭开它的神秘面纱。

载 2005 年 4 月 13 日《兰州日报》"城市记忆"

人杰地灵话榆中

榆中县被称为兰州的东大门。《水经注》载:"河水经榆中县北,昔蒙恬逐戎开榆中之地。"早在明末,李自成金县(即榆中)发难,杀县令,聚众起义而名声远播。由于黄河流经县境,祁连山余脉马衔山横亘县南,加之举步即到省城,交通发达,物阜民丰,历史文化遗存丰厚,自然景色秀美,这里成了兰州市民旅游避暑的好去处。

"陇右明珠"兴隆山

兴隆山位于榆中县城西 7 公里处,距兰州 40 多公里,属马衔山系。这里峰峦叠翠,青松入云,流水潺潺,被誉为"陇右第一名山"、黄土高原的一颗"绿色明珠"。早在宋代,就有谏议大夫秦致通、李志亨在此修炼,自此,兴隆山逐步发展为道教活动圣地。清乾嘉时期,道士刘一明在此四十余载,练功课徒,著书立说,募化修建,使这座名山败而复兴,成为一处颇具规模的道教活动场所。每年六月初六,这里人山人海,香火缭绕,山货交易也借此进行。兴隆山南坡即伊斯兰教传道者马明心祖上拱北。山麓有出土的唐代高昌国王妃石棺及金代砖雕墓。清光绪年间,陕甘总督左宗棠在此避暑游览,为西山王母宫留下了"共沐宏庥"的墨宝;抗战时期,为防日本和蒙奸劫持,于 1939 年 7 月将一代天骄成吉思汗的灵寝由内蒙古伊金霍洛移到兴隆山大佛殿长达十年之久。在此期间,国内游客纷纷前来拜谒,美国、加拿大、意大利各界人士络绎不绝，并按照蒙古族礼仪举行祭奠。1942年6月28日成吉思汗诞辰780周年时，兴隆山举行了规模盛大的祭奠活动。

抗日战争时期，蒋介石和张治中、于右任、邵力子、白崇禧、张大千等要人、名人，或因公务来此，或因慕名游览，都为这座名山添上了浓重的一笔。1943年8月，蒋介石在此召开军事会议，陪同的有夫人宋庆龄、机要秘书处主任陈布雷，参加会议的高级将领有张治中、朱绍良、白崇禧、顾祝同等。另外，被接见的有胡宗南、孙蔚如、马步芳、马鸿逵、宋希濂、赵寿山及甘肃省政府秘书长丁宜中，在此期间，一行人还游览山景、按蒙古族祭祀仪式祭奠了暂厝在此的成吉思汗陵。如今，当年被称为"行宫"的招待所犹在，绿荫掩映，吸引着远近来客。

20世纪60年代中期，兴隆山遭到毁灭性的破坏，宫、观、阁、殿皆被拆除，道士被赶下山去劳动改造；经、书、碑碣或焚或毁，山径被封；兴隆山建设的功臣刘一明被掘墓抛尸，藏经洞内他集毕生精力收藏整理的大量典籍、刻版被洗劫一空。

20世纪80年代初，当地复建了太白泉、关圣殿、三官阁、大佛殿等一批建筑。1991年，成吉思汗陈列馆建成，金碧辉煌的塑像雄居殿中，左边安放着其妃子的仿银棺，右为成吉思汗的宝剑及苏律定，四壁饰以黄缎，庄严肃穆，佛灯熠熠，香烟袅袅。费孝通、洛布桑、赵朴初等名人题写了"一代天骄"、"大雄宝殿"、"民族英魂"、"民族精英"的匾额。甘肃省、兰州市及内蒙古自治区的各界代表参加祭奠仪式，充分体现了民族团结的主题。

兴隆山不仅以风光秀丽、宗教文化及历史底蕴深厚为游客所钟爱，这里还有大面积的云杉、油松、华山松、桧龙柏及山桃、当归、党参、沙参、松花、木耳、蘑菇等药材和山珍，野生动物有林麝、梅花鹿、金雕……如今，兴隆山被列为国家级自然保护区，每年接待数十万游客；这里的道教活动也已恢复，三仙洞、邱祖阁、混元阁香火旺盛，刘一明修炼的自在窝及纪念馆逐步完善。相信，会有越来越多的游人畅游兴隆山。

小家碧玉万眼泉

万眼泉位于榆中县西北 20 多公里处，距兰州市仅 6 公里，属苑川河下游。早先，泉水汇集可带动四五盘水磨，流入苑川而注入黄河。据《重修皋兰县志》载，万眼泉"泉眼万数，水滴岩间，横亘数十丈……岩泉滴滴，石亦玲珑，邑人多取置盆中，以供玩赏"。

泉眼分布在东西两沟，三山合围。研究《易经》的台胞张渊量先生初来此地时，一眼看出万眼泉的整座山犹如两只硕大的乌龟蛰伏，龟首之下的寒水石岩面便是终年不息的泉流。突兀嶙峋的巨大山石上，千眼万隙泉流滴滴答答地落着，如断线的珠子，如少女的泪水，更如一道道晶莹剔透的帷幕。

当地有个传说，文成公主进藏时，适逢苑川河洪水汹涌而下，公主命令侍从觅清水沐浴，土人领至万眼泉，公主一看万眼泉水从悬崖上喷涌而下，欣喜万分。一干人马又饮又洗，涤去了风尘。万眼泉自此闻名遐迩。

春日，山湾里千树万树梨花开，粉嘟嘟的桃花团团簇簇，清风送来一阵阵花香，使人飘飘欲仙；丛丛杨柳抽出的嫩黄春芽和绽放的雪白梨花织就了一幅春的图画。沟底一泓碧水将绿绕，那如秋波的泉水在葱绿的麦田间弯来绕去，将两岸的依依垂柳、簇簇梨花映进蓝色的"屏幕"中去。徜徉其间，真如到了世外桃源。

如果是雨后，山涧的泉流大增，往日如线的细流汇聚起来，如一道道瀑布，飞流而下，动中有静，苔更绿，草更嫩。

入冬后的万眼泉更为神奇。两座乌龟似的石崖断面，白玉般的冰柱似乎支撑着整个大山的重负，恰如水晶雕琢的宫殿一般。那一根根冰柱大头小尾，像从石崖上生根一样，自然而垂。那冰柱又一节节由小圆球凝结组合而成，犹如戏剧行当里的"霸王鞭"，粗细不等，重重叠叠地排列，与凹进的山体组成一个穹窿般的冰窟。冰柱凝结成的水晶般的大门成了天然的保护层，窟内泉水淙淙，苔绿花黄，正如县志所说"内隐黄花茎叶，鲜碧如在玻璃屏中"。

愈到沟内气温愈低，泉流造就的不再是一个个"霸王鞭"的冰柱。过低的气温将喷溢的流水完全凝结，从高高的山岩垂下一块块巨大的琉璃般的幕布，白玉中闪烁出翡翠的色彩来。幕布上出现一个个如浮雕般的图案——敛目颔首的观音菩萨，开怀大笑的弥勒佛，仰天长啸的壮士，亭亭玉立的少女……巨幕将山涧和怪石严严实实包裹起来，一直垂到山脚。这里，再也听不到一点泉流的声音，看不到万泉滴珠的热烈，山沟内万籁俱寂，四野无声。

尸谏西太后的吴可读

榆中不但以古迹众多、风光秀丽远近闻名，还涌现出一批杰出的人才。光绪二年任吏部主事的吴可读就是其中之一。

吴可读曾因弹劾李鸿章、李莲英而声名大播，他对慈禧的专权十分不满。同治病逝后，因无子嗣可继，慈禧立其外甥载湉为帝（光绪），以弟继兄。吴可读坚决反对慈禧继续垂帘听政的丑行。光绪五年，同治安放于惠陵，吴可读自请赴襄礼。后在蓟州（今天津蓟县）马伸桥三义庙闭门具疏，谴责慈禧在为皇帝立嗣一事上"一误再误"，劝诫她恪守"祖宗家法，子以传子骨肉之间，万世应无间然"，写完奏章仰药而死。慈禧闻奏折后，反说吴可读之议"实与本朝家法不合"，降了一道懿旨，为自己的丑恶行径遮掩了一番，假惺惺地说："至吴可读以死相谏，孤忠可悯，著交部照五品官例议恤。"吴可读以死相谏未能阻止慈禧的倒行逆施和专制野心，但他的文章气节震耀一时，开创了晚清京官不避权贵、直言敢谏的风气。他的学生安维峻也因侵慢慈禧，弹劾李鸿章、李莲英而名垂青史，被称为"陇上铁汉"。兰州隍庙大殿曾为吴可读立了一块牌位，上书"孤忠可悯"。这是家乡人对吴可读的纪念，也是对慈禧虚伪面目的嘲讽。

近代史学家、文学家蔡东藩给予吴可读很高的评价，赞扬他"为晚清历史上生色"，"盈庭皆媚，而独得吴主事力谏，风厉一世，岂不令人起敬乎？"

载台湾《甘肃文献》第58—59期合刊

金花娘娘与故乡金崖镇

千百年来，苑川河流域物阜民丰，那下游，清流急湍，阡陌纵横，两岸绿树成荫，瓜果飘香，真如江南鱼米之乡。北岸的金崖镇人口聚集，集市繁华、粮店、金货铺、杂货店、药铺、大车店鳞次栉比，终年四季，丝路古道上车来人往。

金崖镇，地处汉代以来就被称为"龙马之沃土"的苑川的经济、商贸、文化中心。

出生在金崖的金花娘娘，又称作金花菩萨、金花仙姑。其父金应龙，是金氏始祖金日䃅的42世孙，金崖一支高祖金沧海的11世孙，属于三房头。

金日䃅原是匈奴族人，父亲是休屠王。匈奴族兴起于阴山一带，是"因山谷为城郭，因水草为仓廪""逐水草迁徙"的游牧民族。霍去病打败匈奴后，金日䃅成了为汉武帝养马的下人。汉武帝在巡游中，发现了身材高大、英武潇洒的金日䃅，且见他喂养的马膘肥体壮，武帝便赐姓"金"，由马监逐步提升为侍中、驸马都尉、光禄大夫。金日䃅脱颖而出，屡立功劳，受到汉武帝的器重。咸阳茂陵汉武帝墓侧，只有霍去病、金日䃅墓相陪，足见金日䃅的非凡影响和显赫地位。

世事变迁，金日䃅的后代大都从西安、江苏彭城迁往各地，他的四十二代孙金沧海在战乱中辗转数省，迢迢万里，备尝艰辛，选择了土地肥沃、物产丰富的苑川河畔的金崖镇定居，经商贸易，筚路蓝缕，创家立业。

金沧海十一世孙金应龙是位老成厚道的庄稼人，住在街道东边的一条小巷道里。其妻生产那天，祥云密布，金光闪耀，出生的女儿秀眉大眼，哇哇的哭声像是唱歌一样动听。巧的是，这天正是明朝洪武二十二年（1389年）七月初七。金应龙便给女儿起名天姑，又名金花。

小小的金花从出生起就显出了与普通孩子不一样的"灵异"，这使得周围的人大感不解，有些人觉得这女娃天生就是个"怪物"，有些人甚至与金应龙都不交往了。

万般无奈的金应龙只好领着女儿金花搬到了金城兰州，在井儿街租了房子，又在大户人家租了几亩地，一家人想过几天安生日子。哪知道渐渐长大的金花成天东跑西跑，或者就是没日没夜地盘腿打坐，像是静修的和尚一般。父母将金花许配给马莲滩尕福子，谁知金花执意不从。

不几天，忽然金花没了踪影。父亲金应龙大街小巷、寺院、道观找了个遍，也没一点信息。

原来在离金城兰州近百公里的永靖有座吧咪山，金花去那儿修行了。她行踪不定，专为当地老百姓驱除病魔，使得遇到灾难的人们一个个逢凶化吉，遇难成祥。当地老百姓便在吧咪山修建起一座气势宏伟的殿堂，挂了一块"金花宫"的金光灿灿的大匾，四时香火不断。初一十五，山上人头攒动，善男信女蜂拥而来。

天旱了，庄稼晒蔫了，人们心急似火，动员"水会"向金花娘娘祈雨取水。金花祭起了大旗，呼啦啦一场喜雨。

起了风暴，雷声隆隆，灾祸就在眼前。金花在吧咪山顶作法，呼雷吼电，半个时辰，风定雨息，万里晴空。

黄河泛滥，峡谷里一片汪洋，两岸的麦田全泡在黄汤泥水里。金花心急如焚，昼夜不息作法，带领乡亲们祷告，不一日，风平浪静，黄河静静东去……

不仅永靖一带，金城兰州的人们也信服了金花娘娘，到处建起了金花庙，有了难心事，有病有灾，生儿育女，都求金花娘娘禳解、保佑。

兰州名士刘尔炘《果斋续集》中就记载了兰州乡民朝拜金花祈雨的情景。

几百年里，冬去春来，四季更替，金花化解人间不平、灾难的美好形象，给苦难的人们带去了希望。人们歌金花，唱金花，画金花，塑金花……清末至民国时期，陕甘总督左宗棠、杨昌浚等人都为各地的金花庙题写匾额，祈盼金花为世人带来福祉。

故乡金崖镇的亲人们没有忘记他们的女儿，他们为金氏门第的金花而自豪。今逢盛世，政通人和，百业兴旺，2017年农历二月初九，金花菩萨祈雨神驾在金崖举行认祖归宗大典。苑川两岸的社会贤达发起为金花菩萨兴建一座八角重檐的"金花宫"倡议。一时，众乡亲欢呼雀跃，纷纷襄助这一善举，他们登上选址的金凤山顶，放眼苑川大地，祝福这块风水宝地永远金光灿烂，熠熠生辉。

金花娘娘的传说先后被兰州市、甘肃省列为非物质文化遗产。可以相信，美丽动人的故事将为兰州周边地区的旅游、文化增添更丰富的色彩。

金城陆氏 根在昆山

金城兰州有一支为数不小的陆氏后代，他们散居在城关区的鼓楼巷、庙滩子，西固区有四五十户比较集中，皋兰县的什川乡、榆中县的陆家崖、尚古城等地，大约有一万人左右，单是陆家崖就有二百多户四千口人。据查考，这些陆氏的先祖是从现在的江苏省昆山市陆家镇迁徙而来。

明太祖朱元璋建立大明王朝后，为了巩固自己的皇位，加强统治，定"诸王之制"，陆续将自己的儿子分封到全国各地。大明洪武二十六年（1393年），肃庄王朱楧就封甘肃，王府设在甘州（今张掖市）。陆氏的始祖讳安，原籍江南苏州府昆山县人，随族人元佩翁效用王府，兄弟携家相从。建文元年（1399年），肃庄王迁府金城兰州，陆安复又徙来兰州。陆安年老后回到原籍奉祀祖先，去世后葬在昆山老家。

陆安的儿子陆贵，孙子陆和、陆顺、陆清都留在金城兰州。陆和生二子，陆顺生四子，子孙绵延，人丁兴旺，到第五代时共有八个房头。陆安的后人多列黉宫，为儒林雅望，有的在王府效力。

陆安的儿子至第四代去世后，选定吉地，在皋兰县（县府在今城关区）东北六十里的窦家沟（今属榆中县金崖镇窦家营村）安葬，此地离现在被称为兰州"十三陵"的明肃藩王墓地仅数公里。北临苑川河，南靠马衔山，这里苑川河长流，两岸富饶，如江南鱼米之乡。后来，陆氏的族人在附近购买了土地，便将先祖的坟墓迁移到椰子沟坪作为老坟。离这儿不远有清泉，"泉深数丈，声吼如狮，喷水成沟，其水灌溉田亩，颇资沟口磨用"，由于这个原因，陆氏的一支便在此处建八士堡，安家落户，发展壮大。后来由于人多地少，又向四周迁居。

陆氏的后代居住非常集中，且以房头为主，显示了他们以凝聚、团结为主的家族特点。三房集中在条件优越的什川乡，五房在夹巷山，八房在尚古城；陆家崖、蔡家场、新窑湾则以大、二、四等几个房头为主，再到后来，连搭沟、快活坪这些条件较差的地方都成了他们开拓的生存栖息之地。到清乾隆年间，兰州的陆氏子孙发展到几千余户。20世纪50年代，什川乡划归皋兰县，陆氏的后代便分属两个县管辖。

陆氏的家谱保存完好，各代支脉、大事、变迁、人物记载都非常清楚。陆氏家族的辈分也排列得十分有序，单是清末先祖们为后辈排列的二十一辈"左右春邦建，正源立本，祖泽昆长，承先启后，积厚流光"一直用到现在，所以他们"族虽繁而不紊，世虽远而不乱"。清乾隆四年，兰州府金县儒学廪膳生员陶成德撰写的《陆氏家祠碑记》赞颂道："昆山双璧，云间二龙。垂条布叶，散于江浔。更自南来，即乎皋岑。圭替荣祖，名儒辈生。枝茂远流，翘楚金城。螽斯衍庆，陆氏之风。"

陆氏的子孙大都耕读传家，诗书处世，他们大多数以苑川河两岸为依靠，淤地种稻，广植菜蔬，过着自给自足的田园生活。勤俭、好学、纯朴、厚道的家风代代相传，同治年间考取拔贡的陆登祥就是至今为后人津津乐道的其中之一。陆登祥获取拔贡后弃官归里，在老家过着耕读生活，教育六个儿子温、良、恭、俭、让、廉，以耕读为业，诗书发闻，克武绳祖。

当今，陆氏后人中卓有成就者有：钱钟书研究专家陆文虎，长期从事高教工作、曾任兰州大学副校长兼党委副书记的陆润林，担任过甘肃省图书馆、博物馆馆长的陆长林，北京理工大学教授陆巨林，西北民族学院汉语系教授陆宗毓……

陆氏的子孙们没有辜负前辈的期望，在肃庄王徙封甘肃600年时，陆氏后人举行了一场红红火火的纪念活动，祭奠在西部开创基业的先祖，昭示后人继承家风，团结族人，建设美好的家园。他们为纪念活动组织的社火队不但在兰州市进行春节慰问表演，在兰州举行的中国第四届艺术节上，以陆家崖为首的舞龙队还为中外客人作了精彩的表演，使陆氏的子孙们大为光彩。

载于 2002 年 11 月 29 日《兰州晚报》
收入兰州大学出版社《陇人寻根》一书

长寿山下说长寿

为何以"长寿"名

在青城采访时,我发现一个有别于其他地方的现象,不论是城隍庙树荫下还是古街巷的砖雕门楼旁,总聚集着三五成群的长须老人。他们或打牌下棋,或谈天说地;高家祠堂内,还有一群秦腔爱好者,锣鼓家什铿锵,丝竹管弦悠悠,高亢嘹亮的声腔拨撩着路人。在一座四合院里,90多岁的主人打开柜子,拿出包扎得严严实实的一卷字画,小心翼翼地一层层取开。看着他那红润的脸膛、银白的胡须,和他有条不紊的动作,我不由暗自疑惑:"这儿的老人为啥都这么健康?"陪同我的文化站长王天恩是本地人,他介绍说,此地有个长寿山,山下有个长寿村,村子里又有个小巷叫长寿巷。

山、村、街道都以长寿命名,是寄托了人们的一种美好愿望,还是这里的人世代就长寿呢?带着这个疑问,我来到了被称为"长寿村"的地方。

探访长寿村

长寿村位于青城古镇的东端,这里地势比较高,果园绿荫和玉米地包围着当地人叫东堡子的残缺古堡。堡子东临红岘沟,南靠长寿山,从地理位置看,能攻能守,同治末年,当地人王吉平主持驻守。堡子原来比较完整，20世纪70年代平田整地，组织老百姓又炸又刨。古堡夯筑得太结实了，费了好大的劲，硬是没有能够彻底摧毁。从现在残存的几段堡墙还可以看出大体的轮廓和走向。幸运的是，镶嵌在堡子门洞上的一块石碑被保存了下来。上写"长寿村"三个大字，上首"同治九年孟夏"，下款为"增生白秀清元文书"，石碑是用当地西年口子的青石板制作的。保存这块石碑的是堡子内的住户王文泰，属新民一社，五十多岁。石碑是他爷爷王琦在毁堡子时背到他们家的。王文泰的祖太爷是清末的武举，也许是这个情结，他爷爷才冒着风险将这块石碑珍藏了下来。从石碑初步判断，同治九年（1870年）之前就有了长寿村。

　　长寿村包括古堡及外围的居民区，这个居民区集中在堡子辐射出的福寿巷、禄寿巷、寿寿巷三个巷子，人们统称长寿巷。1949年后，长寿村一度更名为福寿村，这比"寿"又增加了一层意思，表达了彼时人们的心理。那阵子，青城划分为一个行政区，下属四个乡，其中位于青城老城直街巷以东，王岘沟以西的部分为一个乡，乡以"长寿"冠名，叫长寿乡。"文革"中，革命派觉得"长寿"有"四旧"的色彩，又更名为"新民"。 村子现在户籍总人数1889人，80岁以上的33人，其中男性15人，女性18人，寿数最大者为95周岁。享受政府高龄补贴的90岁以上老人有张兰芳（1914年生）、张凤兰（1915年生）、刘自英（1917年生）、曾建兰（1917年生），高启兰（1919年）5位，其中女性占了4人。

长寿村的老寿星

　　被称为"老寿星"的张凤兰老人在青城街上众人皆知，大人娃娃都呼她高三奶。她出生于民国四年（1915年）。这位94岁的老人身板硬朗，几丝白发，思维灵活，记忆力也特别好，就是耳朵稍微有点背。

她是本地唯一仍健在的小脚女人。她不识字，也不看电视，用她的话说，整天"从东街走到西街，从西街走到东街"。她不拄拐杖，步履稳健，背搭着手，见到熟人，又说又笑，非常乐呵。乡亲们没有不称颂高三奶脾气好的，都喜欢和这位世纪老人逗乐。高三奶还有一套正骨术，谁家的娃娃跌跤摔了胳膊扭了腿，找老奶奶整治，不出几天，骨也接了，肿也消了。老人家生活非常简单，早上起来，首先吃的东西就是红枣，不多不少三个，饭吃得不多，嘴却没闲着。问及高三奶的经历，却是一腔辛酸：十五岁娘去世，她嫁给红岘沟李阴红（音），生了一男三女，不几年，丈夫就去世了。二十郎当岁的她又莫名其妙地到长寿村成了高和清的妻子，生了两个姑娘。她的大儿子李静安现在已经74岁了，移民到永登县引大灌区的秦王川。大女儿李兰芳也都72岁了。高三奶与小女儿高兰菊一起生活。我们采访时，老人正逗孙女儿的小孩玩，其实她早已是五世同堂了。问及高三奶健康长寿的原因，50多岁的高兰菊说，她母亲吃得很简单，就是爱吃零食，枣啊、杏啊、葡萄什么的，主食每天吃不了二三两。从她记事起，母亲的最大特点就是啥事也不放在心上，整天东游西转。

长寿乡探源

在采访中，我们发现，不仅是长寿村，整个青城镇都凸现出明显的区域长寿现象。

青城镇位于兰州市的最东端，也是兰州黄河段的末段，地势低，海拔1460米，气候温和，水源充足，物产丰富，文化教育气息浓郁，这里曾出过皇榜翰林1人、进士11人、文举23人、武举51人、孝廉方正18人、贡生83人，被誉为"风雅青城"，至今让当地人引以为自豪而津津乐道。2006年被列为全国历史文化名镇——秦修长城，唐建龙沟堡，宋扩一条城，明代发展为兰州近郊的水烟生产基地和商埠码头。这里留下了数不清的人文古迹，沉淀了无数慷慨悲歌和凄美哀怨的故事！悠久的历史文化熏陶，和谐怡人的自然社会环境，营养丰富、搭配合理的饮食结构，终年艰苦劳作的生命运动，是青城镇区域长寿的主要原因。时下，全镇户籍人数20975人，80岁以上的314人（男148人，女166人）；98岁的3位，97岁的3位，96岁的5位，95岁的7位。享受政府高龄补贴的90岁以上老人总计40人，其中男性16位，女性24位，仅城河一个村就有90岁以上老人9位。按国内长寿之乡的三个标准来衡量，其中80岁老人占总人口的1.4%这一项，青城镇略高，可以算作是长寿之乡了。

首任甘肃省文史馆长的杨巨川是青城人，他在抗日战争烽火中，为避纷乱在故乡小住期间，于民国二十六年（1937年）九月至十一月完成了甘肃省第一部乡镇志《青城记》。"杂志"一节载，当时青城地区80岁以上的男性老人就有52人，其中齐家巷李春华年百岁，三合牌张全信时年110岁。作者得出的结论是：世言仁者多寿，信矣。然风尚俭朴，勤苦耐劳，亦往往能致寿。可见，作者也注意到了青城地区老人长寿这一现象，但并未进一步调查研究，仅仅"今就见闻所及者并录之，以资考览"。

"风尚俭朴，勤苦耐劳"正是当地老人长寿的原因之一。

由于青城面临黄河背靠大山的特殊地理位置，人多地狭，上片靠水车浇地，下片东滩地势低洼，盐碱大，除明代修建的普泽渠浇灌外，频繁的水灾使这片土地雪上加霜。所以，历史上青城农民把精力放在山旱地上，沙地种棉花、西瓜，而打叉掐秧正要中午太阳晒得秧苗发蔫的时候进行；漫山遍野则是糜谷、洋芋等杂粮，庄稼人常年劳作在高山大岭，上山爬岖是他们天天的必修课；两不见日，酷暑严霜，风里来雨里去，练就了他们忍饥挨饿、耐得寒暑的坚强体格。大规模、大面积的绿烟、黄烟种植，需要一大批强壮劳动力，而本地的精壮汉子是主力军，三伏天顶着烈日刨烟松土以及烟棚压捆推烟，汗点如雨，筋骨劳累，对他们的肌体和耐力是高强度的锻炼。即使现在种植结构调整，塑料大棚的"桑拿"，夏日收割的高温，还得天天经受；起早贪黑，耐饥耐饿，他们的生活里没有上下班和双休日的概念，更不用说节假日。说来，这恰是老天爷的另一种恩赐。走遍镇子的大街小巷，看不到一个大腹便便的人，也不用隔三岔五查血压、血糖，现代富贵病几乎与他们无缘。

老人长寿有缘由

问及老人健康长寿的原因，不少人有一个共识：庄稼人，一辈子风里来雨里去，只盼老天爷风调雨顺，不图升官发财；粗米淡饭，一天一顿糁饭，一觉睡到大天亮，哪个不耐磕撞？

通过几天的走访和了解，看来这话不无道理。

青城人家常饭有一种叫"糁饭"。这是一种古老的饭食。《说文》解释为"米和羹也"。《诗·七月》郑笺云："麻实之糁，干荼之菜，皆为我农夫之物。"青城镇地狭人多，小麦种植有限，农家每月吃不了几顿白面。而满山遍野的旱地种糜子、谷子，春过以后的糜谷成了小米和黄米。做糁饭时先将米滚得半熟，再撒入糜谷面搅动，待稠稀适度即成糁饭。这种饭做起来容易，吃了耐实，耐渴。青城人糁饭的做法有别于其他地方的是，米和面搅到一定程度时，将灶里的火撸压，盖好锅盖，用余温把糁饭焖半个小时左右，方才食用。近些年生活虽说好了，但是，青城人每天的早饭依然是以大米和苞谷面、白面为主的糁饭。长年累月的生活习惯使青成人觉得"不吃糁饭心里焦躁，吃了糁饭胃里舒坦"，糁饭易于消化吸收。糁饭加凉拌菜，是最佳的美食。即便是远走他乡，只要是青城人，隔三岔五总要做顿糁饭吃。糁饭、青城长面和青城陈醋、酸烂肉，构成了独特的地域饮食文化，也成就了他们的健康长寿。

吃醋的好处自不必说，科学家们提倡"多醋少盐"。而青城的陈醋更有一些小玄机。首先，酿醋的原料不用本地的小麦，而是北山颗粒饱满、筋骨硬道的小麦，此外，还加以一定量的黄豆、豌豆、大米。别处酿醋的麦麸一般磨完了三遍榨了黑面才用，而这里只是取了头面后的麸皮就拌醋，这种麸皮含有不少面粉。醋糟装缸后他们特别操心，隔三岔五转动大缸，让太阳的热度充分提升醋糟的温度，均匀发酵。如此，酿出来的醋不仅味道酸冽，色泽也特别浓郁，兼有醋和酱油的特点。青城家家户户都做醋，房檐下都立有口径二三尺宽的大缸。有些家庭还有二年三年陈酿的，那味道更是美不可言。青城人每顿饭必有醋，不管是什么菜都要溜点醋，有名的酸烂肉的做法以醋消腻，吃起来既解馋化腻，又减少脂肪在人体内的堆积。

青城历史上盛产蔬菜瓜果，由于得天独厚的黄河水资源和近年来种植结构的调整，反季节新鲜蔬菜一茬接一茬，既没有化肥的催促又没有农药的污染，"原生态"蔬菜真正是"无公害"。收获季节，农民把多余的蔬菜晒干，储存起来，冬天，除腌制的咸菜外，白菜、芹菜、番瓜、茄子、蒜薹、胡萝卜应有尽有。青城人很少用大肉、大油炒菜，他们更喜欢把菜煮熟后，佐以盐和醋凉拌，为了使菜的味道更香，顶多再用植物油炝一下。这里几乎家家院落都栽种梨树、杏树、枣树、葡萄树，这是他们招待客人的佳品和馈赠亲友的礼物，更是他们一年四季吊在嘴上的小吃食。

百善孝为先

在采访中，不少群众把孝敬老人当作老人们健康长寿的主要原因之一。作为祖祖辈辈的庄稼人，他们除盼望风调雨顺、五谷丰登外，就是希望子女孝顺，家庭和睦，邻里团结。在青城，谁家子弟如果不好好读书，或是不孝敬父母、做贼说谎，是被视为辱没祖宗的奇耻大辱。不但家长脸上无光，子弟也在众人面前抬不起头来。"文革"前，青城较大的李、滕、张、高等姓都有自己的家祠、族长和家规。每年一度的清明节会，不善待父母的后人进家祠是战战兢兢、忐忑不安，一旦被族人列为不肖子孙，不但自己丢人现眼，还会遭到严厉的惩罚，轻则写保证书，请担保人担保，重则用板子抽打。至今流传的张巨词（音）抛母一事，就是当时家族制度下惩治不孝子的典型。据传，张巨词干了有伤风化的事，其母百般劝说不听，最后他竟将母亲抛到黄河后外逃。这在当地引起轰动，族人觉得是奇耻大辱，悬赏银圆捉拿。当有人探听到张巨词藏匿在北山红砂岘时，便组织精壮青年将其五花大绑捉到张家祠堂，铁棒断臂示众后，以其人之道还治其人之身，把他扔进了黄河。

近年，青城镇的老百姓陆续修复了各姓的家祠，家族的戒律虽然没有早年严格，但与构建和谐社会、创建社会文明相融合，为新一代所接受。

青城镇年龄最大的其中一位老人叫高瑾洲，他出生于1912年8月。老人因年龄太大，身体不是太好，儿子高信安在白银市上班，媳妇杨桂兰便全身心孝敬伺候老人。儿子退休后，两口子更是将全部精力用在照顾高龄老人的吃喝拉撒上。左邻右舍没有不夸赞的，高氏宗族商议，老人百年后，要给这两口子披红挂彩，为年轻的一代树立榜样。

东滩村的张景溪出生于1921年，他曾经参加过朝鲜战争，归国后一直在家劳动。他心态很好，多少年来，不以功臣自居，也没找政府安排工作，安安稳稳当庄稼人。他的后人非常尊敬孝顺老人，让他顿顿饭吃得合口。现在他将近90岁，红光满面，仍然每天坚持慢跑到村后半山的红岘楼子，一来一去几公里，回家后儿媳给他炒一碗鸡蛋，他吃得一干二净，中午的饭还不减。同村7社93岁的张成福有三个儿子，儿子们轮流接老人到家里生活一段时间，为的是都尽尽孝心，让老人感受家庭的温暖、亲情的可贵及天伦之乐，弟兄们互相激励，把老人侍奉得更周全，希望让他活得更幸福些。

孝敬老人的美德在青城代代相传，老有所养，老有所乐，老人闲心不操，儿孙绕膝，颐养天年；家庭和睦，邻里团结，耕读传家，民风淳朴。被称为"仁义之乡"的青城直到现在，也是夜不闭户，不少人家柴门草扉，根本不用担心丢了东西。

"牙喳台"给老人的健康

长寿村有个地方叫"压官台"，清代这里出了个武举人，作战有功，朝廷赐了黄马褂，过往官员到此地，文官下轿武将下马，老百姓就叫"压官台"。这儿是老人集聚的中心。时间一久，这地方按实际功用又叫"牙关台"，和有些地方的"牙喳台"相类似，顾名思义，这是抬杠、聊天的地方。在青城，碑亭子、城隍庙、大野潴等人口聚集处都有老人们的小天地——牙喳台。可别小看这个小小的地方，它的第一个功能即是"新闻中心"，黄河两岸哪个村子发生了奇事、怪事，村子里谁家老人有病、小伙子提亲、姑娘出嫁等家长里短的事儿，通过各种渠道都汇集到这个中心。其次这里又是"心理治疗中心"，老人们通过劝慰、对比、回忆，自我解剖，交流、说笑之中化解了诸多矛盾、恩怨；调侃、嬉闹之间，调理了许多心理疾患：谅解了老婆的言行，想通了子女们的举动，吸纳了新鲜事物，咀嚼了人生百味。"牙喳台"除了天阴下雨外，一年四季延续着。夏天自不必说，青城是酷热的，白天在树荫下乘凉喝茶，议论年成的丰歉、籽粒的饱满，晚上听大河涛声和送来的习习凉风，听自乐班吼几段秦腔，那种惬意是独有的。即使冬天，老人们宁愿舍弃热炕也要在温暖的太阳下，吸溜着鼻涕，吸着旱烟喷云吐雾，优哉游哉。从这个意义上说，牙喳台又是"静心台"、"养生台"。

青城镇的区域长寿指数基本上符合我国长寿乡的标准，这一现象给我们很多启示。21世纪是一个大健康的时代，随着生活水平的不断提高，老百姓在享受现代文明成果的同时，"文明病"也威胁着人们。如何保持健康的心理和体魄，探索科学合理的饮食结构，实践生命运动的学说，迎接长寿时代，是值得每个人思索的问题。

载 2009 年 9 月 15 日《兰州日报》社会调查版

台湾《甘肃文献》第 73—74 合刊

获 2009 年全国地级报刊好新闻三等奖

顺应潮流的经典

——中山桥百年祭

第一次去兰州是 20 世纪 50 年代的一个冬天，那时东稍门还矗立着高大的城楼，城里人吃水靠水客送或是去黄河里挑。我和母亲挑了水桶，穿过北城壕的城门洞，在黄河的"冰眼"里打水——每年冬天黄河都结冰，车马在冰上自由往来，谓之冰桥。往西一望，一座别致漂亮的桥呈现在眼前！坚实的桥墩承载着五个拱形提拉着的桥体，是那样精巧又雄伟。大桥在冰河和雪后白塔山的衬托下，像一个饱经风霜的老人，静静地注视着银白的世界。

有天下午，我央求母亲领我去桥上走一走。原来我以为桥上的拱梁是木头的，上去一摸，却都是用铁制成的！也许是这个原因，兰州人把这桥叫铁桥，还有个类似于"官名"的名字：中山桥。

后来每一次进城，我都要约上弟妹们去白塔山，尽管五分钱乘汽艇少走路，但我更喜欢通过中山桥：扶着栏杆看那大河滚滚东去的壮观景象，体味汽车过桥时，桥体发出微微颤抖带来的惊险与乐趣，俯视黄河穿过铁桥，流向远方。更使我增长见识的是，桥北那高大而有些残缺的石碑上，详细记载着中山桥修建的前前后后。

修建南滨河路时，我曾经看到了横躺在铁桥附近锈迹斑斑的"将军柱"，依稀辨得出铸的"明洪武九年岁次丙辰八月吉日总兵官卫国公建斯柱于桥南系铁缆一百二十丈"字样。这里建造的浮桥曾经是中原和西部沟通的津梁，它曾经承载过中外客商的马帮和驼队，曾经跨过南征北战的万马千军，也曾让金城兰州这个丝路重镇繁荣辉煌！

我的家乡有一个与修建黄河铁桥相关的传说，流传甚广。说康熙皇帝屡次接到甘肃官员为兰州修桥上的奏章，便专程巡幸，兰州官员到金县（今榆中）接驾嘴迎接，当行至现在接驾嘴时，听官员说前方叫"猪嘴"（今定远镇），因忌讳"糠"（康）到"猪嘴"里的不吉利，便改道顺黄河桑园子入城。康熙一听又是个"嗓眼子"，以"糠"到"嗓眼子"是不祥之兆为由，便打道回府了。千里迢迢而来，却为不经推敲的巧合地名结束了一个壮举。

但与之有异曲同工的一个真实故事是，时间到了光绪末年，当陕甘总督升允报请清政府准奏修建铁桥，布政使丰申泰、署按察使白遇道、总办洋务局兰州道彭英甲，与德商泰来洋行驻天津经理喀佑斯谈判签订《包修兰州黄河铁桥合同》之时，一个逆潮流而动的保守派人物——庄浪举人牛献珠递交了《为停修黄河铁桥，以纾财力而弥后患事》的劝文，荒唐地提出"以千年旧有之桥，易木为铁，事少实际，徒饰美观"的论调，并振振有词地列出了反对建桥的五大理由。彭英甲毫不退缩，针锋相对地予以驳斥："当此推广路政之世界，铁桥之修，所在皆有，岂人之皆昧于后患，而该举人独知预防耶？""甘肃之广大，物产亦尚富饶，筹措岂遂无方，乃复潜心考究，默查情形，适知财力之艰，非由于地方之瘠苦，实由于实业之不兴……故步自封，又何怪财力之困难乎？"表明了彭英甲作为甘肃兴办实业主要负责人顺应潮流，引进国外先进科技理念的坚定态度。由此可见，当年的造桥也不是一帆风顺的事情。

据史书记载，最先提出造桥的人是同治五年（1866年）出任陕甘总督，后又出任钦差大臣督办新疆军务的左宗棠。总督府为军运需要修建黄河铁桥，并与德国商人福克协商修桥事宜，德商预算工程费用需白银60万两，左宗棠觉得财力有限，无力修建，只好作罢。

我曾经在甘肃省博物馆"馆藏文物展"见到过当年造桥的一本账目本，蝇头小楷工工整整写着每一笔开支，锱铢必记，最小记到"毫厘"。

知道了造桥的这些故事，我对滚滚黄河中巍然屹立的铁桥产生了无限的敬仰甚至膜拜之情。黄河几次发大水，浪花溅上了桥面，拍打着桥墩，桥封闭了，无数市民围在大桥边焦心大桥的安危。我也守候在桥侧，默默祈祷，唯恐肆虐奔腾的河水动摇了大桥的根基、毁坏了我心中圣桥的雄姿。

千禧年的夜晚，中山桥璀璨夺目、千般娇美，五个弧形的拱梁犹如五道绚丽的彩虹，与升腾变幻的焰火相辉映，又倒映于平静的河面，水天一色，仿佛是人间天堂、童话世界。我站在河边，任砭骨的河风刺激，饱览美景，梳理着一个世纪的进程。羊皮筏子——浮桥——铁桥，不正折射了历史的进步和科技的发展吗！

近半个世纪，黄河上又建起了桑园子包兰铁路大桥、河口兰新铁路大桥……随着时代的发展，兰州市内的十里店、城关、银滩、盐雁大桥到小西湖立交桥，桥梁建造水平越来越高，设计越来越现代，工艺越来越高超，功能越来越齐全。兰州黄河段成了一座名副其实的桥梁博物馆。然而，中山桥依然不失为顺应历史大潮的经典之作，依然有着它无法撼动的历史地位。

中山桥——这座1909年竣工的天下黄河第一桥，整整经历了100年的风雨历程，它像一位世纪老人，诉说着历史的变革和沧桑，激励人们与时俱进，顺应历史的大潮，百折不回。

载 2009 年 7 月 31 日《兰州日报》天天副刊

道教一代宗师

——素朴散人刘一明

被誉为道教全真派第十一代宗师的刘一明，是乾隆、嘉庆年间全真派最有影响的人物之一。他一生苦苦慕道，选定在兴隆山课徒练功、研习经书、著书立说、修葺殿宇，前后历经40多年。为寻访师友，广结善缘，他的足迹遍布金城兰州周边，流传下来不少传说故事、楹联碑文、书法墨迹、诗文著述，为后世留下了一笔宝贵的精神财富和文化遗产。

金县三访龛谷老人

刘一明号悟元子，又号素朴散人，原籍山西平阳府曲沃人（今山西闻喜东北），生于清雍正十二年（1734年）。少年时期的刘一明一心钻研儒家经典，向往功名，医卜星象、地理字画无所不好。后来在读《吕祖传》时，思路眼界大开，遂羡慕出尘脱俗的境界。后由于苦读而伤痨，久治不愈，他便去甘肃巩昌（陇西）寻找经商的父亲，一为省亲，二为寻医问药。行至陕西泾阳关帝庙时，遇一异人，授以他灵应膏一方，却指出，此方虽能治病，但不能治命，劝他另访高师。

刘一明在初期的求道途中，朝王暮李，东寻西问，所遇尽皆依教乞食之辈，野狐葛藤之语。于是他去会宁铁木山、靖远、金城，在金县（今榆中）龛谷，他遇见了广东籍樊老人，此人时而儒服，时而道冠，行迹异常，人莫能测。龛谷樊老人详细询问了刘一明所读书籍，让他细研《参同契》《悟真篇》《西游记》三书，指出，这些书为修真之指南，丹经中千真万真之理。老人又为他首言先天，后推坎离，开释三教一家之说，分析四象五行之固，劈破旁门外道之弊，拨开千枝百叶之妄。刘一明日夜研读，却总是不得要领。后来，刘一明又云游靖远搭那池龙凤山、海城、巩昌，均无所收获，便二访龛谷老人。老人授以他毒蛇引路之诀以保身，让他回去先尽孝道。第二年，刘一明三访龛谷老人，老人说，药自外来，丹向内结，先天之气自虚无中来，当极深研，细心穷理，仍须先尽人事。刘一明只好怏怏而归，遵照父亲的安排，去京城求取功名，一边暗访高师。30多岁时，他又去河南、平阳、汾州、太原，恰在这时，父亲病故，他赴巩昌奔丧期间，打算乘机拜谒龛谷老人，但老人东游秦川，就在此时，他意外在褒城仙留镇遇到了对他一生影响最大的另一个高师——齐丈人。

齐丈人原和龛谷老人同学于梁仙人，经过无数磨难苦辛后自明大事，遂在仙留镇隐居。询问了刘一明求师的渊源后，以丹法火候细微，一一分别，全传授之。并勉励说："此事须要下二十年死功夫，方得见效……"刘一明顿悟，他奉诗曰："一十三年未解愁，仙留镇上问根由。而今悟得生身处，非色非空养白牛。"此时，他已三十五岁。

重振兴隆山的功臣

被誉为"陇上明珠"的兴隆山自然风景区，依山势错落有致，点缀着近百处建筑，这里，廊桥飞虹，碑柱指天，悬泉滴水，峡流绕绿，楼台亭阁掩映于高大苍翠的古木之中，东西两山遥相辉映，形成了一处蔚为壮观的园林景观，可以说，兴隆山的园林建设开辟了金城兰州园林建设的先河。

兴隆山位于榆中县城西南7公里处，距离兰州市中心45公里，属于祁连山余脉马衔山的支脉。它有东西两山，东山原称兴龙后呼为兴隆，西山为栖云，统称为兴隆山。

由于独特优美的自然风光和原始森林，自古就有隐士在此结庐遁世修仙。据西山藏经洞《神仙纲鉴》记载，东汉时张道陵在此传道后，这里就有道士和简陋的道观。南宋庆元年间，有衡山道士秦致通、谏议大夫李致亨在栖云山二仙洞修行得道。明初，道教发展迅速，两山修建了玉皇行宫、灵官殿等宫观，信士众多、香火兴旺，成为道教在甘肃境内的一处洞天福地。但明末清初战乱不断，庙宇宫观尽毁，到处断墙残垣、破砖碎瓦。

乾隆四十三年（1778年），刘一明选择在兴隆山修行，使这里的庙宇逐渐修复，道教活动逐步完善并且走向鼎盛。

刘一明在他45岁那年，游历了平番（今永登）、凉州（今武威）、西宁、河州（今临夏）、狄道（今临洮）后到榆中兴隆山寻访仙迹，见此地"脉来马衔，向对虎邱，左有凤凰嘴，右有兴龙山""双峡锁水，四兽有情"，美景皆在指间，便选定在此修炼。

然而，刘一明也看到了兴隆山的一副破败景象，由于战乱，山上仅存的灵官殿破陋不堪，神像水淋剥色，将有倾倒之患，基址有踪，栋宇无迹，且径路树枝攀扯，水冲成沟，登涉甚难。在众善人的倾力帮助下，刘一明鸠工庀材，修葺一新，使得神妥人安。他还在山根建洗心亭，并建小院招安住持道人早晚焚修。就在他准备离开时，又有善士信徒劝他拓展兴隆山道观，以复古迹。刘一明担心自己是游方道人，无力完成如此浩大的工程。但众人再三恳求，并保证募化资助。乾隆四十六年（1781年），刘一明开始了兴隆山有史以来的大规模建设，勘测设计，因势相形，打开旧基，量地建造。

令人欣喜的是，金城兰州及周边的信士和老百姓听到重开兴隆山的消息后，发心领疏，不约而合，三清殿、黑虎殿、五图峰、牌坊先后开工，同时，连接两山、跨越峡水的一大建筑——均利桥也同时进行。就在工程红红火火进行之际，战乱又起，所化布施俱皆落空，钱粮无出，工程只好暂停。为了继续，刘一明只好远走他乡募化，于乾隆四十七年（1782年）工程告竣。这一年，刘一明已经是四十九岁的人了。

乾隆五十年（1785年），风调雨顺，五谷丰登，远近的善人争先恐后自送钱粮，募化布施。但这一期的建筑大多在山顶上，一砖一瓦、水土物料都要从山底运到山顶，来往约有七八里之遥。刘一明发动道士及俗众搬运砖木，斩崖破石，开阔地基，加大了施工进度，又磨炼了信众的心性。通过他撰写的楹联"千般苦行莫图名莫图利原只图宝山仍开新面目，数载尘劳也忘物也忘形总不忘胜景重振旧家风""人我同心舍善财修宝刹别立根基灵区也有四时景，师徒合意成神室安圣胎重开面目福地长存万古春"，可以看到他们重振兴隆山的决心。直到乾隆五十五年，栖云山顶的混元阁、经柱亭、西峰斗母殿、寿星庵，东峰雷祖殿以及福缘楼、自怡楼、淡然亭、吕祖阁、邱祖堂等一批楼台亭阁才先后完工。

为了保证兴隆山建筑的修葺维护及道士的焚修养膳费用，乾隆五十五年，刘一明与施主商议，购买了当地老百姓的水地66亩，山旱地54亩，第二年年又购买26亩作为香火地。嘉庆六年（1801年），刘一明又发动道士、信众在两山界内开山坡地50余垧。这样以道养道的目的，意在积累一定资金，使得住持道人的生活有了保障，以继续开发并常年管理和维护两山的建筑。直到嘉庆二十年，两山又建起了朝阳洞、三圣洞、灵官殿、圣母殿、三教洞、大佛殿等几十处建筑景观。自此，两山"败而复兴"，奠定了兴隆山道教活动和避暑休闲胜地的地位。

刘一明针对东西两山西山朝阳、东山背阳的特点设计坐向，又根据东山较缓的特点，建筑面积一般较大、宽敞，以院落为主；西山陡峭，则以亭、洞、阁占地面积较小的建筑为主。建筑格局继承明清风格并兼容儒释道各家建筑特点。如在乾隆十八年重建关帝阁时，依据地形改移坐向，离虚就实，易殿为楼，前建看河亭，侧立两游廊。山门外南北各起穿路小楼一间，又移石菩萨殿为正坐，并与之相连。如此，上下一气，配合成局。

悟元子刘一明不仅是乾嘉时期的高道，而且是全真道龙门派的一代宗师。他在兴隆山开山建庙，不只是修建，还借修工苦练身心，"日则打尘劳，监管修造；夜则注经书，阐扬道脉。日夜辛苦，无有宁时"。刘一明在兴隆山修葺40余年，完成了建筑70余处300多间，著解经书40余年，他完成了《周易阐真》《道德会要》《会心集》《通关文》《修真九要》《神室八法》《栖云笔记》等30余部著作。

于白塔山破译《西游记》

神话故事《西游记》对悟元子刘一明的一生有很大的影响，自龛谷老人让他精研此书后，他便苦苦寻味其中奥秘。他认为此书在于阐明三教一家之理，传性命双修之道。书中以西天取经故事，发金刚法华之秘，以九九归真，阐参同悟真之幽，以唐僧师徒演河洛周易之义。立言与禅机颇同，其用意尽在言外，或藏于俗语常言中，或在一笑一戏里，分其邪正，或在一言一字上别其真假，或借假以发真，或从正以劈邪。然而，后世之注家以《西游记》为演义故事，取其一叶半简以心猿意马毕其全旨，且注解多有戏谑之语妄证之词，总未能贯通西游原旨。

刘一明在42岁的这年冬天，于金城兰州白塔山罗汉殿，开始了他道教生涯中的一件壮举——注解《西游记》。在此之前，他于靖远红山寺、西暗门寺已经起草，然而，时间不长，求医问药者缕续不断，使他难以静心著述。此时，心闲时简，他便择居黄河北岸的白塔山，继续补充删削。

冬日里，寒风凛冽，孤灯一盏，刘一明不分昼夜，废寝忘食，恍惚如有神助。直到第二年春天，黄河冰桥已开，浮桥未搭，所备煤炭油烛皆尽，米食已了。多亏城内的道友驾着筏子送来米面，使他得以顺利完成了《西游原旨》这一皇皇巨著。后由善人出资，宁夏将军兼甘肃提督苏宁阿作序，在栖云山藏经洞刻印。

《西游原旨》这部著作不仅流传于道教界，且在社会上广为流传。尽管鲁迅先生在《中国小说史略》中对《西游原旨》一书作过批评，直至1980年上海师大古典文学研究室在重版吴承恩《西游记》的"前言"中依然对刘一明的解读大加挞伐。然而，悟元子刘一明《西游原旨》另辟蹊径，可以说，其对后世《西游记》的研究者打开了又一扇窗户。

金城书画名家唐琏之恩师

唐琏字汝器，号介亭，别号栖云山人，又称松石老人，皋兰县（今兰州市）人，生于乾隆二十年（1755年），卒于道光十六年（1836年）。他一生坎坷，因为家庭贫苦，少年时就辍学，不幸于20岁丧偶，终生不复娶妻。24岁起拜栖云山道长刘一明为师学道，成为其俗家弟子，并向刘一明学习书画、医学。唐琏三位书画老师中，对他影响最大的就是悟元子刘一明。刘一明在兴隆山自在窝中写下了数十万言的著作，兴隆山新修殿宇匾额、对联、碑记，都是他亲自撰写，书法功底极深，在他的耳提口授下，唐琏深得个中三昧，书画一时得到好评，名声大振，索字画者络绎不绝。

唐琏的绘画以山水为主，兼及花鸟、人物，他博采众长，自成一体，点染雄浑豪放的陇原山水。他在《作画管论》中提出五要，一要从名师，二要避俗，三要读古人论，四要会悟，五要师造化。他的人物画集中展现于表现刘一明一生求道的事迹《悟元恩师云游记》三十六幅画传中，唐琏以刘一明弟子张阳志《素朴师云游记》为蓝本，描绘了恩师刘一明求道路上的艰辛和振兴、弘扬道教的事迹。

唐琏学书画非常用功，常效法古人"坐则画地，卧则画被，万物画象，务使铁砚磨穿"的精神，每日必写，谓之"书课"。

刘一明于道光元年端坐而化后，安放于兴隆山灵塔中，唐琏撰写了《恩师刘老夫子赞并塔铭》以示纪念，他以深情的语言，盛赞刘一明一生对道教理论的阐扬与实践，"同华岳""并衡岳"，"道气常存于宇宙，慈云普覆于大千"。

刘一明与兴隆山楹联

被尊为道教一代宗师的清代高道刘一明，曾经在甘肃不少地方留下仙迹，特别是他三访龛谷老人于金县榆中，见此地"双峡锁水，四兽有情"，于乾隆四十五年（1780年）年结庐于兴隆山，在此课徒、修炼、募化、修葺，重振道教基地，直到羽化，前后达四十多年。在此期间，他除诗文外，写下了数百副楹联。

金城兰州不少道观寺院及文人雅士都慕名请他撰写楹联。这些楹联因其内涵深刻、文采飞扬又藏劝善规过、惊愚化俗之意，至今广为流传。

白道楼老君阁：
　　借假形真紫气光中传道德
　　随方设教青牛背上现神通

西关礼拜寺联：
　　高阁一声点破春台幻梦
　　真经几句叫回苦海迷人

临洮城隍庙：
　　麓山高峻行善人再着力超超脚步
　　洮水清澄作孽汉猛回头洗洗心田

临洮东岳庙送子圣母：
　　树桂栽兰先从好心地上培养根本
　　生麟产凤早向灵明窍中凝结胞胎

临洮悬崖观音：
  观音处处观假善人何必远朝落伽像
  自在时时在真心者现前即见普陀岩
连城会馆财神：
  眼前尽珠玑不叫有昧神明人拣取
  路畔皆金玉但等长存义气者收来

兴隆山因其风光秀丽被誉为"陇右名山"，是历代隐士遁世修行的理想圣地。刘一明初到兴隆山时，但见因明末战乱而致殿宇焚毁，神庙基址有踪。他广结善缘，于乡野募化集资，直到嘉庆初年，两山败而复兴，蔚为壮观。他的大量楹联是为装点这里修葺一新的建筑所作。

自怡楼：
  未到深山不识烟霞乐趣
  已临福地方知富贵浮云
自在窝：
  洞里有天机难向旁人说破
  眼前皆道气还从自性修成
山顶碑亭：
  为善者登高无大力者不来此地
  行功当着实有真心时应到斯亭
新春戒徒：
  岁月难留告同人切莫轻轻度过
  春光已逝劝大众还须实实修持
无量圣诞戏台：
  靖乐分身原是逢场作戏
  武当显道无非醒梦惊迷

刘一明对佛家的经典《心经》精研并做了注解，又熟读《论语》。修葺兴隆山时，他不单修建道教宫观，还拆移佛家鱼蓝菩萨殿，帮助信众修成东岳台大佛殿。他的一个重要思想即儒释道三教一理。在《三教辨》一文中，他溯源穷流，通过分析、比喻等手法，阐明三教虽有不同，其意总欲引人入于至善无恶为要归，得出了三教一家的结论。在他撰写的楹联中对此又大力宣扬：

三教殿：

  均是圣人何分儒释道三教

  总归正理要会身心意一家

  三教原来是一家有何分别门户

  一心归去敬三元只须秉烛焚香

还有一副长联更是将三教一理的主张阐发得透彻：

均为圣人书呆子莫胡批禅和子休强辩破衲子勿乱说试问尔道义方便元牝果何门户认不明千枝百叶各分歧路

止此心法博学的须力行机锋的慢着空修炼的且寻真当穷这金丹太极牟尼是甚形容悟的彻万理一贯三教同源

刘一明不仅以其丰富的著作成为道教理论的集大成者，还以其诗文、楹联、书法为后世留下了一笔丰厚的文化遗产。他的著作直到今天还被中国中医药出版社、北京白云观以各种版本一再出版，他的数百副楹联流传后世，流香于青山绿水、亭台楼阁之间。

此文部分章节曾载于《兰州日报》
及台湾《甘肃文献》

李自成归隐榆中青城觅踪

明末农民起义领袖李自成于甲申年（1644年）攻克北京，执政17年的崇祯帝自缢煤山，明王朝灭亡。不久，山海关总兵吴三桂降清，并诱引清兵入关。李自成得知吴三桂降清，遂统帅20万大军亲自出征，直逼山海关下。在吴三桂和清兵的合围下，李自成的农民起义军最后仓皇而去。面对不利形势，李自成在英武殿即皇帝位后，不得不离开北京，向西安出发。在吴三桂的紧追下，李自成的农民军一败定州，再败真定。顺治二年（1645年）春，陕西潼关失守，李自成败入河南、流入湖北，死于通山之九宫山。

关于李自成的最后结局，数百年来，正史、野史各有异词，自杀、他杀、老死；遇难地点也有湖北、湖南、山西、陕西、贵州、江西几说。然而，李自成死于湖北九宫山之说几乎是公认的历史定论，并被载入中国历史教科书。

石破天惊的消息

2005年8月5日《兰州晚报》头版以《闯王李自成归隐榆中青城》为题，发表了记者银鑫、路远采写的消息，称当地70多岁的退休测绘师、历史研究爱好者罗士文经过5年的考察研究，得出全新结论，李自成兵败后，化装为和尚投靠其在榆中青城的叔叔李斌，晚年的李自成就生活在青城附近的深山大沟里。

一连数天，晚报以追踪报道的形式报道了青城镇苇茨湾村发现《李氏家谱》、西年口子有闯王住过的山洞、传说该村龙头堡子有"皇上爷"——李自成坟以及李自成金县（今榆中）起义的消息。这些石破天惊的新闻，不但成了街头巷尾茶余饭后的有趣话题，一时间，使长期埋头于书卷资料的史学家也感到迷惑、诧异。他们很难相信早已有定论的李自成的结局又有了一种近乎天方夜谭的传说。不少专家学者认为，这只不过是和这个时代商业炒作如出一辙的新闻炒作而已，李自成起义和归隐，不可能和西北边陲的榆中有什么联系！

苇茨湾李氏与《李氏家谱》

发现《李氏家谱》的这个村子叫苇茨湾，此地山势像蟠龙，故叫龙泉村，因为黄河边芦苇连片，后来又将村名改为苇茨湾。村子位于青城镇的最上端、黄河南岸的河湾里，离新建的大峡水电站大坝只一箭之遥。借助于黄河水的滋养，这里四季一片翠绿，小麦、玉米、蔬菜、苹果、红枣养育着世世代代生息在这里的百姓。村子里除高、顾两姓外，被称为李氏大房头的家族在村里是个大户，占了全村人口的半数以上，其他房头分布在白银市的金沟口、蒋家湾、武川和景泰县的三道沟、靖远县的李家窑。

保存《李氏家谱》的村民叫李文生，是个年近50岁的庄稼汉，家谱是从他父亲手里传下来的，这本家谱距今100多年，直到近年，家谱的内容才逐渐公开最终重见天日。李文生保藏的这本《李氏家谱》封皮为粗蓝布，线装，书页泛黄，毛笔工整书写，总共21页，最后3页空纸，显然是为续写留的。家谱的内容从李自成的父亲李虹、叔父李斌开始一直续写到李文生的父亲李贵祯。

从家谱的叙述看出，原始家谱是李自成的叔叔李斌写的。青城发现的《李氏家谱》是"中华民国"三年由李氏十一世孙李延恩根据李斌于顺治二年写的家谱抄写。据序言介绍，保存在祠堂里的家谱让一个叫"油饼子三爷"的人衬了织褐机而损坏，遗失有一百多年，从此，李氏门中老幼不知道先祖的来由。有心人李延恩几十年明察暗访，后来遇到老四房十一世孙李公田说起李氏"根基"，并予以出示，才知道生活在一条城周边李氏的木本水源。54岁的李延恩将家谱重新誊写并予以补充。家谱中称为两个始祖的李建岂、李建和兄弟二人，原籍陕西龙门县徐家泉，有田地一百亩，李建岂的二子李正为朝廷御史，其子李自隆又是大明甲辰科举人，也算是仕宦之门。其先人一生谨慎，交接和平，治家勤俭，言而忠信，行而敬笃，教训子孙以耕读为业，粗衣淡饭，本分守身。自崇祯大乱后，故乡难守，才跋涉到甘肃兰州府。

这套家谱共有三个抄本，其中两本由李俊全和李作圣保藏。另外，和青城《李氏家谱》同样的几个抄本，分别保存在景泰、靖远和武川的李氏后代中。2004年，青城镇政府派文化专干会同县政协文史工作者一同赴这两个地方了解情况、寻觅家谱，最后无果而终。据罗士文讲，靖远北湾李家窑有一本顺治九年的《李氏家谱》，序言与苇茨湾李文生保存的一字不差。如果这本家谱是顺治九年的原本，且有一天公之于世、重见天日，那就是李自成家族迁徙变化的重要物证。

《李氏家谱》中的关键词

《李氏家谱》中有几段非常重要的记载，其中序言写道："李斌提笔集祯祥，祖德厚重在朝纲。家兄李正为御史，谁想半世失荣昌。不知祖父无厚德，还是大明气数亡。大明江山十七世，至因崇祯丧天榜。非我侄子闯国乱，魅星降在他身上。布衣起兵是天降，魅星下凡结成党。先损黎民国主亡，大明大业二百七，零有七年立罕王。大清一统国又兴，吴三贵苦用心。可怜侄子李自成，非是恶心害家庭，也非官贵害黎民，此是天命到如今。"《李氏家谱》对于李自成的最后结局也有一段记载，说的是李自成被吴三桂追赶到云南罗共山下，双方都是单人独马，已精疲力竭，李自成劝解吴三桂说："仁兄速回京地，九龙正位无臣无主，大业在你，杀死愚弟何以足乎！"言讫，三桂俱礼勒马急回，不知下事如何。

关于李自成与李斌之间的宗族关系，家谱是这样记载的：大始祖为李建岂，生三子，长子叫李安，"移于钱州，不知下落如何"；次子叫李正，官至御史，与二子自隆移居湖广，不知往后如何；三子叫李斌，即家谱的作者。他有三个儿子，长曰自盛，次曰自文，三曰自兴，移居甘肃兰州府皋兰县一条城洛家庄子，居家落业。二始祖为李建和，生一子，叫李虹，原配徐氏，生子曰自成，分居赵家村管业，"因他闯乱国事，合家各移逃性命，与大明江山亡矣"。

据《李氏家谱》记载，李自盛共有六个孙子，大房、二房时居于苇茨湾，三房移居黄河对岸的蒋家湾，四房、五房在青城罗（洛）家台子，六房在红岘沟。李自盛将孙辈的大房、二房过继给李自成，传言李自成"生前由六房照顾，死后由大房守陵"。

关于李斌父子千里迢迢迁徙于金城兰州的原因，翻开民国时期《米脂县志》第十卷《李自成族裔考》就可以看出，当时统治者不但对李自成的祖茔掘墓扬尸，对李氏家族镇压得也可谓空前惨烈："清顺治二年。英亲王阿济格率八旗劲旅由黄甫川西渡，剿自成余孽，十二月十四日，李家站及李继迁寨两处族众同日歼焉。""当清兵围剿时，有妇人携幼子归宁于叶家站者，幸免于难。事后不敢归宗，遂冒姓叶氏，入榆林籍……其墓主碑志均外书'叶'而内仍书'李'""又有李某者……逾垣逃出，清兵追之甚急，投身悬崖而免。周身被荆棘所伤，皮肤尽脱。……人皆呼之'李没皮'，日久相沿，竟失其名。"李自成兵败后，其近支族属更是恐慌万状，四处逃散，多迁徙于山西、云南、河南各地。

在此恐怖形势下，李斌父子若不远走高飞，只有死路一条。《李氏家谱》中，关于李斌父子先到兰州，后又迁至青城安家，记载得十分详尽。为免株连九族，满门抄斩，李斌带领三个后人"父子阖家移于兰州府皋兰县水北门口袋巷子丰盛永官店住身，后住于彭义太宅内"。顺治三年，兰州瘟疫流行，八月十三日，李斌的三儿子李自兴病故。十月间，李斌的两个儿子自盛、自文随商人钱得中到条城（即青城）他家中，共同生活了几个月。顺治四年二月间，李自文投奔钱州（即陕西乾县），因为"此地有从兄自成积下金银铜钱四库，望切此事"。顺治四年十月，李斌作出了为李氏后代奠基的重大举措，他决定就在前有大河，后有崇兰山的鱼米之乡落户。他央请钱得中在一条城洛家庄子购置家业、坐宅四处，"出檐厦房两院，板装厦房两院，门窗俱全"，"碾磨两盘，前门外大柳树一棵"，"时值卖价纹银七百六十五两整，即日银契两交无欠，其房地基，应纳粮三合五勺，随完纳之后，改名李家台子"，"又买南武当龙水地一亩三分作为菜园……时值银价每亩六十两……"从这些叙述看来，李斌铁了心要为子孙选定在远离故土的青城安家乐业，再不过那种颠沛流离、东躲西藏的生活了。

末路英雄魂归何处

关于李自成的最后结局，历史似乎早有定论，无须史学家和后人再费苦心寻觅。然而，历史原非人们想象的那么简单，它往往给后人留下了难解的谜团。我们翻开具有权威性质的正史——《明史》，看看对李自成末路踪迹的描述。时间是顺治二年，潼关战败后，李自成弃西安，沿襄阳、武昌而南下，此时，部下尚有50余万。他又率众走延宁、蒲圻至通城九宫山。"秋九月，自成留李过守寨，自率20骑略食山中。为村民所困，不能脱，遂缢死"。"或曰村民方筑堡，见贼少，争前击之，人马俱陷泥淖中，自成脑中锄死。"在这里，李自成的死因就有两种说法。而死者究竟是不是李自成呢？"正身"是如何验明的呢？"剥其衣，得龙衣金印，眇一目，村民乃大惊，谓为自成也。

时我兵遣识自成者验其尸,朽莫辨。"这和阿济格的奏报有些相似:"贼入九宫山,遂于山中遍搜自成不得,又四处搜缉。有降卒及被擒兵俱言:自成窜走时……为村民所困不能自脱,遂自缢死。因遣素识自成者往认其尸,尸朽莫辨。"既然"尸朽莫辨",单凭"龙衣金印"、"眇一目"得出结论是李自成,这在今天看来,就有些"证据不足"了。

蔡美彪等编的《中国通史》(人民出版社,1986年版)说:"五月,李自成率轻骑二十余人,登上通山县九宫山察看地形,遭到地主武装(乡兵)的突然袭击。李自成被害牺牲,年四十岁。"尚钺《中国史纲要》写道:"闰六月至通山县九宫山,最后为地主武装所害。"这大约也是根据前朝的史书得出的结论。而清代《永历实录》记述:"五月,自成至九宫山,食绝,自率轻骑野掠,为野人所杀。"清人彭孙贻著《平寇志》记述与《明史》及上述记载大致一样,但略为详细一点。最后还是"人马俱毙,不知为闯贼也","截首献腾蛟验之,左颊伤于镞,始知为自成,飞书奏捷。李过闻自成败,勒兵驰救,夺其尸,结草为首,加衮冕,葬罗公山下"。

但有一点令人疑惑,这里所说的罗公山并非九宫山。《明史·地理志》注明通山有九宫山,黔阳有罗公山,通城有锡山。三者各不相干。

《甲申朝小纪》却有另外一种说法:"楚志载有罗公山在辰州黔阳县……山顶有庙祀真武非虚。俗传贼为帝阴殛……闯贼实殛死,瘗于黔阳无疑。"这样看来,罗公山的李自成"殛死"之说却又使得本来清楚的结论变得扑朔迷离了。

据《湖北通志》《通山县志》《九宫山志》记载,李自成败走通山,"(程)九佰率众杀之",这一点,当地《大源程氏族谱》也记得一清二楚。费密的《荒书》更是说得有眉有眼,详细记述了这个程九佰与李自成搏斗的经过,"自成独行至小月山牛脊岭,会大雨,自成拉马登岭,山民程九佰下与自成手搏,遂辗转泥淖中,自成坐九佰臀下……九佰……甥金姓以铲杀自成,不知其为闯贼也。武昌已隶大清总督,自成之亲随十八骑有至武昌出首者，行查到县，九佰不敢出认，县官亲入山，谕以所杀者：流贼李自成。奖其有功，（程）九佰始往见总督，委九佰以德安府经历"。

《明史》认为死者是李自成的，原来是当地筑城堡的村民，而认识李自成的士兵却因为尸体腐烂没办法辨认。既然无法辨认，结论又从何而来呢？大约，从此以后关于李自成死于九宫山的结论都是源于《明史》和其他志书、史书、野史中的记载。如是，一个转战南北、出生入死，指挥千军万马的军事家遭受这样的下场，如此了结，是不能确凿地说明问题的。所以，就出现了以后的湖北"通山说"、"通城说"之争及湖南石门县的"禅隐说"。众说纷纭，莫衷一是，蔡磊主编的《中国通史》（时代文艺出版社）归结李自成归宿时就已经归纳为黔阳罗公山、辰阳九宫山、通城九宫山、通山九宫山、广西峡山、石门夹山灵泉寺、平阳7种说法 。这样看来，"青城说"不能不说是给寻找李自成归宿和李自成研究又打开了一扇大门，导向了一个与众不同的新思路。

历史学家们评论"青城说"

本来一个看似清楚的问题，由于"青城说"的提起，犹如一石激起千重浪，引起了省内外历史学家的疑惑和兴趣。不少热心人给《兰州晚报》写信、打电话，提出自己的疑问和见解。

中国社会科学院历史学博士、中国明史学会副秘书长、甘肃省历史学会副会长兼秘书长、西北师范大学文学院教授田澍对李自成"归隐青城"评价："与其他说法相比，有3大特点，一是有家谱，对家谱本身要进行深入研究，尤其对它的可信度要深入研究，它虽然不完全准确，但也不完全否定它；二是李氏家族的后代人数在青城的多；三是李自成埋葬的地方，有待于考古发掘。"他还说，"这样对李自成归宿的思考空间就比较大，研究的领域放得更宽一些，比如他的宗族世代的流向问题、人口的迁移等等，对他在青城的宗氏家族的来源还可以进行研究。李自成个人的去向也很重要，作为清、明两方的敌人，这么一个著名人物，从社会角度讲值得研究，深入下去很有意义。"

就在李自成归隐青城之说让历史悬案再起之时，恰巧第十一届明史国际学术讨论会在兰州召开，听到消息的与会专家学者异常兴奋，都为李自成研究的新发现、新思路而振奋。2005年8月14日上午，从北京前来参加会议的中国社科院研究员、中国明史学会会长张显清，中国明史学会副会长兼秘书长张得信，北京行政学院副教授、中国明史学会副秘书长高寿仙兴致勃勃地专程前往青城，踏访传说中的李自成归隐之地。

在青城镇政府所在的明清四合大院里，专家们观看了电视纪录片《闯王李自成归隐甘肃之谜》，比较详细地了解到"青城归隐"说的前前后后以及民间探寻闯王踪迹的过程。随后，在青城镇党委书记、镇长和文化站长的陪同下，驱车来到李氏后代居住生活的苇茨湾村，走进《李氏家谱》保存者李文生的家。张显清握着李文生的手说："你家有好东西，藏了这么多年的家谱文献，我是来向你请教的。"一句话，解除了李文生对这些陌生城里人的拘谨，接着，专家们详细向李文生询问他所知道的与李自成有关的传说和苇茨湾李氏的来龙去脉。李文生取出几代人保藏的《李氏家谱》。专家们手捧这本珍贵的历史文物，边看边仔细询问家谱的保藏经过。张显清会长语重心长地对李文生说："好好保存，是宝贝，是文物。对家谱要认真地去研究……谱牒是很重要的史料证据。为什么青城会有这么多的传说？必然有原因，现在讲口头史学，即使对其证明不了，但对推动研究有意义，作为学术见解提出来，还要进行比较长的论证过程。讨论本身比结论更有意义，我们对此不否定，也不肯定，使其推动明史研究的进展。"

中国明史学会副秘书长高寿仙说："要探求历史真相，为了真相，需要搜集各种材料，包括正史、野史，搜集起来进行分析，要实事求是，不要匆忙，要有研究考证的思路。"

8月16日下午，参加第十一届明史国际讨论会的专家、学者会聚兰州友谊饭店，与来自青城镇的民间史学研究者罗士文进行了交谈。中国明史学会理事、湖南李自成归宿研究会常务副会长、湖南石门县博物馆馆长龙西斌说："青城一说的提出，是件好事，有助于学术问题越研究越清楚。"他介绍说，《湖南省志》《石门县志》都曾记载李自成死于石门，县上非常重视李自成归宿的研究，1980年开始课题研究，并拨款支持搜集文献资料、文物及民间传说；举办各种讨论会，出版有关资料；1993年投资300万元修建了规模宏大的闯王陵，不少国家领导人都去参观。"石门说"一是有充分的文献资料；第二有"奉天玉诏"等文物；第三有民间传说。龙西斌馆长说："1997年有关李自成归宿的说法达到16种，后来又有了17种，现在提出的青城说是第18种。"龙西斌馆长提供了一个非常重要的线索，顺治三年到五年，李自成不在石门，到哪里去了？可以确定到兰州来过，这为我们提供了研究的信息依据。

中国明史学会会长张显清坦诚指出，湖南石门与榆中青城相比，占有的资料充分，作了扎实的工作，而且证据之间相互印证。就青城归隐一说，张会长认为很有意义，如果证明符合历史事实，对明清历史研究是一个大贡献；如果不符合历史事实，只不过是传说，家谱也不完全真实，但从民俗学、社会学来看，也有探讨的价值。300多年了，为什么有各种传说？肯定有原因，不是凭空造出来的，这反映了老百姓的心理需求，也反映了一种民意，要研究证明最终得出结论，需要一个艰苦的探索过程。

副会长林金树说："多年来，各种说法很多，谁都很难说服谁，主要是资料问题，石门县的资料相对多一些。历史问题很复杂，必须要用事实来说话，我比较主张诸说并存。为借用李自成品牌发展地方经济，诸说并存没有坏处。"

8月17日，中国社会科学院历史研究所研究员栾成显，湖南石门县博物馆馆长龙西斌饶有兴致地前往榆中青城古镇，当他们得知李文生是清初生活在青城的李自成叔叔李斌的后裔时，显得十分亲密。在李文生家里，他们看到《李氏家谱》后，栾成显研究员激动地说："家谱的纸发黄，字是繁体字，纸张是皮纸，上面有水印，封皮是正纹布，这说明家谱是民国初年的东西，家谱不是假的。""这可以说明李家有一支当时逃到了这里。"龙西斌馆长说：根据《李氏家谱》中的记载推断，李自成肯定与当年居住在青城的叔叔有亲属关系，而且比较亲密。那么在顺治三年至九年这七年时间里，李自成是不是来找李斌，就隐居在榆中青城呢？似乎可以找到比较吻合的连接点，迷雾渐渐露出了一线曙光。

实际上，居住在白银武川乡碴台子和靖远县北湾乡李家窑的李氏家族，也流传着和苇茨湾李氏后代一样的传说。而且还补充了一条更让人迷惑又似真实的线索，即，李自成当和尚来到青城，带着三样宝物，一是僧人化缘的钵，另有一把宝剑，三是一方玉玺。李自成死后，三件宝物都随葬于墓中。对此，在白银搞油漆彩画的武川李氏后代李保国非常清楚。这位庄稼汉也许走南闯北经多见广，知道时代早已变化，只要谁问起他们的家族历史，他便会津津乐道，为李氏家族有李自成这样的英雄人物而自豪。

联系石门县的"禅隐说"和青城当地的口传历史，李自成兵败后出家为僧是不是也是一种可能？因为我们知道，李自成在少年时曾经放过羊，一度当过僧人，边大绶《虎口余生录》内有如此一段记载："李自成幼曾为僧，俗名黄来僧。"当然，那时候出家是因家境困难所迫，而兵败后的削发为僧纯粹是为了逃生韬晦和隐遁，以图东山再起了。如果李自成真是在石门夹山寺当了一阵和尚后不知所踪，那么，青城关于李自成在南武当和尚的故事就不是毫无根据的传说了。

代代相传的"口头历史"

苇茨湾靠黄河下端有一座小山包，上面断墙残垣的城堡经历了不知多少年的风吹雨打，屹然雄崛在滚滚的黄河边上。当地人叫他龙头堡子。居住在这里的李家后代，每年清明节都要来这里祭奠，烧钱挂纸。但是，他们只知道这里安葬着他们先人的先人，世世代代，谁也说不清这位先人名字叫什么。后人问得紧了，只说是"皇上爷"。清代到民国，即使李家人，只管叩头烧香，那几个心里清楚的老人，也是守口如瓶，不露半点蛛丝马迹。他们犹如惊弓之鸟，只是死死地记着前辈的告诫，不管哪朝哪代，当权者要是知道他们和李自成的关系，非得满门抄斩、株连九族不可。即使在进入21世纪后，李自成"谋反"还使得他们谈虎色变。

2002年，年届九旬的李俊堂一次和镇文化站站长王天恩聊天，王问到他们先人李斌和李自成的关系时，李俊堂反问王天恩："你问这干啥呢？抄家不？"王天恩解释说："现在是共产党的天下，毛主席都赞扬李自成的革命精神呢。"在这位老人看来，只要是执政者，李自成就是他们的对头和敌人。几年后，王天恩陪同县政协文史办公室的干部为家谱又一次来到李俊堂家，这位在黄河的惊涛骇浪中搏斗了几十年的老筏子客，已经年逾九十，此时的他已经奄奄一息，躺在炕上不能动弹，说到筏子从兰州到包头一路的艰辛，筏子客来了精神。当聊到李自成和李斌的关系时，老筏子客最后才承认他们是李斌长子李自盛的第十七世孙，并讲述了代代相传的迁徙故事，其实，这故事也就是《李氏家谱》序言中的内容。另外补充的一点是，出家当了和尚的李自成晚年有病时，由两个和尚抬到了青城，死后安葬在龙头堡子。两个和尚继续留在南武当住持，羽化后，安葬在李自成墓脚下，谓之"保脚"。这就是李氏后代祭拜了多少代的"皇上爷"墓。

李自成金县兵变并非子虚乌有

李自成兵变是否在甘肃榆中？李自成归隐青城和其在榆中起事是否有因果关系？李自成在榆中起义是否是新闻炒作？我们翻开清代到当代的有关历史资料，《绥寇纪略》云："自成……偕李过亡命甘州（今张掖），投甘督梅之焕所部参将王国为兵。国奉调遣过金县兵哗，自成缚县令索饷，并杀国，遂反。"计六奇《明季北略》载：崇祯"二年冬，京师戒严，征兵勤王，甘肃巡抚梅之焕……奉旨赴援。自成投军……已而升总旗。……梅抚……勤王，以王参将为先锋""过兰州犒师，秋毫不犯。次日百里抵金县。邑小令怯，闭署不出。王参将入城欲见令，有兵哗于庭，笞六人，半为自成卒。自成怒，与良佐等缚令出，欲见肇基（杨肇基，甘肃甘州总戎，李自成的上司），适遇参将，刺杀之。……统所部往渭源、河州、金县、甘州等处劫掠。"这段记载的背景是，崇祯元年，李自成因交不起地主艾同知的高利贷，被县令晏子宾"械而游于市，将置之死"（《小腆纪年》），后杀死举人艾同知，同侄儿李过于第二年来到甘州，投奔在杨肇基麾下。是年冬，清兵入关并包围了京城，以王国为先锋的"勤王"部队进京。王国克扣军饷，"李自成与刘良佐不服"，一路上就嘀咕"宁为鸡口，毋为牛后"终于在金县爆发了揭竿而起的惊天壮举。

关于李自成金县起义，1993年出版的《米脂县志》仅写到李自成"他因借债被艾同知拷打，披枷跪街示众。被众驿卒解救，相拥出城，于县内西部号召饥民造反，一呼百应"。对于众多史书所载"金县起义"一说表示"存疑"。 有意思的是，《明季北略》上还有一段关于李自成投靠如岳掠美妇的记载："如岳曾于临洮府城外关厢人家，掠美妇五：邢氏、赵氏、余氏、安氏、邬氏，而邢氏尤绝色，如岳嬖之。妻鲍氏妒甚。适自成至，遂以邢氏配之……于是各统所部往渭源、河州、金县、甘州等处劫掠，所至之地，即起火，名放亮儿。"而另一本书《小腆纪年》第一卷载："崇祯二年己巳月，征兵勤王。自成提为队长，兵隶参将王国麾下。国奉调过金县，兵哗。自成缚县令，索饷，并杀国，遂反。"这就可以作为佐证，证明李自成金县兵变一事。对李自成金县兵变之事，1949年以后的史书说得更是清楚，《清史简编》（辽宁人民出版社1980年版）第三节载："崇祯二年（1629年）年底，贫苦农民出身的李自成在甘肃当边兵，明廷调其所在的队伍去北京防守。部队开到金县（甘肃榆中），为索取欠饷同县令发生冲突。李自成挺身而出，领导士兵杀死了参将和县令，率众参加了农民起义队伍。"另外，陕西某出版社出版的《李自成农民起义》介绍说，李自成所在的部队开到金县，即现在的甘肃榆中县，杀了领兵的将官与金县县令，奔赴当时起义的中心陕甘边界，参加了由王左挂领导的农民起义军。

最后，我们看看北京中国历史博物馆李自成塑像基座上对李自成的简介："李自成（1606—1645）陕西米脂县人，明末农民革命战争的杰出领袖。出身贫苦农民家庭。1626年为银川驿卒。1629年在甘肃金县（今榆中）率众起义。1636年被推为'闯王'。"

这应该是权威的说法了。

关于金县，不少史书上认为陕西榆林就是现在的榆中。"榆林"一名在历史上多有演变，明朝置榆林寨，后又置榆林卫，清代改榆林县，然而从来就没有金县一说。而榆中早在汉时就置，北魏废，金时置金州，明改为金县。

崇祯十六年（1643年），李自成农民起义军攻取长安后，随即进攻甘肃，崇祯十六年十一月十一日，李自成部将贺锦攻克了兰州，末代肃王朱识鋐被杀于军中。王妃颜氏撞死在镌刻有肃王草书七律诗的石碑上，此碑现在还立在金天观（文化宫）。这也是破解李自成和兰州及榆中关系的有力证据。

李自成研究者众志一心

　　2006年7月9日，来自青城、皋兰、景泰的李氏家族代表和有关高校及社科、历史专家、学者齐聚于黄河第一古镇的古宅院里。这天，天朗气清，群贤毕至，少长咸集，这些早已在网络上熟悉的朋友，一见如故，传看珍藏了十几代人的《李氏家谱》，抚今追昔，大家感慨万端，细说历史沧桑和李氏后代各支脉的流变。在会上，经甘肃省民政部门的批准，一个由民间历史研究者和专家学者共同发起组织的甘肃省明清史学研究会在青城镇成立。这标志着，李自成榆中兵变、归隐青城研究由民间自发行为纳入了专业正规的轨道。相信，在各方的努力下，李自成兵变及其在甘肃的活动研究将会取得一定成果。

　　　　　　　　　　载2006年10月30日《甘肃经济日报》9、10版

火祭

一

大约是从小时候就机灵、动作敏捷的缘故,全村大人娃娃都叫他"猴子"。最早,他担任第八生产小队的队长,在家排行又是老八,背地里人们都称他"猴八队"。后来"文化大革命",公社、大队变成了"革命委员会",大小头头儿都称作"主任",可人们还是习惯叫他的"大号"——猴八队。

猴八队有个特别的癖好——喝罐罐茶。

他喝茶比吃饭紧要呢。那年头,家家户户都穷,也有外边上班工作挣钱的,哪家光阴好一点,他就找个由头去转悠,头一件事便是探探有没有好点的茶叶蹭一罐喝。起初,有些人家不知道他的心思,尊护队长的面子,端来馒头、花卷、油饼一些好吃的恭维,他却只是摇摇头:"先不吃,先弄个罐罐茶。"

于是,"罐罐茶"又成了他的另一个别号。

他的茶瘾果真大。那年,队上组织一帮社员去为新建的油库筛沙子,地点在离村子十多里的麻黄沟。那是一条干沟,两边是洪水冲刷出的沙坎。这到哪儿去喝茶?猴八队早有盘算。每天上工,他腰间总挂个茶叶袋,肩上斜挎着不知从哪儿拾掇来的一个坑坑洼洼的旧军用水壶。一到休息时间,便在沙石滩里拣些指头粗的干柴棒,找几块拳头大的石头——三石一顶锅,火炉就架好了,然后将油兮兮的茶叶袋里的一点茶叶末子倒进拧着铁丝把儿的铁罐里,再把水壶里的水添进去。他有条不紊地做着这一切,一边"噗噗"吹着火,青烟袅袅,跳动的火苗足以把那撮茶叶熬煮得寡淡如水,陪伴完干粮袋里的几块黑面饼子或者干炒面——那种把小麦、玉米和杂粮炒熟,磨成面粉的东西。

猴八队喝茶仿佛是蛟龙吸水,一张大扁嘴撮起来"嘘"的一声,如同把茶吸到五脏六腑、四肢八脉里去,那个惬意劲儿!然后就见他咧着大扁嘴,眉开眼笑着,好像神仙饮足了琼浆玉液似的。此时,我们才知道名不虚传啊,罐罐茶对他来说真比吃五谷还紧要三分。

他带来的主食却简单,每天不是黑面饼就是干炒面。实在难以想象,他老婆做的那黑面饼子转换出的能量能比别人家大多少?不知他哪来那么大的劲!他的胳膊像松木橼子,粗壮、黝黑,握着铁锨像是拿着个炒菜的铁铲,筛起沙来也很轻巧,似乎有使不完的力气。一上工,他便如机器人一般向沙床上机械地一扬一扬,一刻也不停歇。

猴八队干活从不停下来像我们一样借抽烟、撒尿偷懒,也只是偶或扯下那黑漆油腻的破手巾擦擦额头上的汗水。他穿的那马甲弄不清楚是什么颜色,层层渗出的汗渍犹如一块一块地图,白色的曲线和图案相互交织重叠——不由让人想起他裤腰间挂的那宝贝茶叶袋和吸溜进他身体里的茶水,难道灌进他肠胃里的真是什么"神水"?

每逢沙窝挪一次,他就将煮茶的铁罐头藏在附近的草丛里,找几个石块盖起来。一次,不知是记错了地方还是被谁故意藏起来了,他东找西找就是没影子。最后,他认定是尕光棍改朝这家伙的恶作剧,其他人没那个胆量捉弄他这个"两委会"的委员。猴八队一直十分反感改朝看书,他见不得这样的人,捋牛尾巴的庄稼人,看什么书,装的什么斯文?改朝自然对猴八队也是恨得牙痒痒,一个双手不会写"八"字的文盲!

猴八队无法喝茶,气得发了疯,找遍了草丛、沙坑、石缝,依然没个影儿,只好气呼呼地坐下吞吃干炒面。

改朝装作没事人似的,靠着一片小土坎投下的阴凉,吃着干饼子,喝着水壶里的水,抱着本书聚精会神地读着,一副天掉下来也不管的架势。

我们趁机给猴八队水喝,巴结套近乎,他一副好像月娃没了奶吃的可怜相,难过地说:"没一点味道的白水,哪能过瘾?"继续艰难地吞咽着干炒面,嘴上像抹了一圈白石灰,大嘴吧唧吧唧嚼得炒面粉儿直掉渣。

二

我们刚开始取沙是在麻黄沟底洪水冲刷出的沙坎,不过半人高,后来,猴八队发现周围有几处大沙坎,足足有几人高,他动了心思。思谋了几天,他大着胆儿在沙坎下面刨了一道槽,又在坎儿上面楔几根钢钎,叮叮咚咚捶打,渐渐地,无法承受重负的砂坎山崩地裂似的倒塌下来。那场面实在是惊心动魄,几十方沙土如石流滚滚,从高高的崖壁倾泻而下,伴随着轰响,扬起的沙土直冲半天……

这种办法虽说危险,却是"多快好省",一次堆积起来的沙子,我们十天半个月也筛不完。

油库领导每次来麻黄沟视察,总是对猴八队的创新给予肯定和口头表扬。一次碰巧了,油库领导亲自到现场观看"放崖"的壮观场面,那天,还带着个女领工员。那女孩子好漂亮,白白净净,一对杏核眼水汪汪的,上身穿件黄军服,下身穿一件公安蓝的裤子,细腰身分外惹眼。女领工员和油库领导远远地站着说说笑笑。猴八队那天劲头特别足,他和几个小伙子站在高高的崖顶上,背景是白云蓝天,他们几个影子晃动,好似在舞台上表演精彩节目。只见他粗黑的胳膊抡着大铁锤,叮叮当当,砸得楔到沙坎里的钢钎火星乱溅。

沙坎崩塌的一刹那,天摇地动,巨大的黄土波浪翻卷着冲向半空,慢悠悠四散飘荡。黄尘过后，沙砾形成了一道巨大的斜坡，大块的石头和大小不等色彩各异的沙砾，由小到大，自然地排列起来，宛如一幅巨大的图案。

猴八队站在高高的悬崖上，像凯旋的将军，挂着大铁锤，踌躇满志，一手掏出油腻兮兮的手巾擦着满脸的汗水，咧着扁嘴笑嘻嘻的，得意极了。

"贫下中农的好带头人！"油库领导背搭着手，和女领工员迈着八字步不紧不慢地走过来，递给猴八队一支香烟，拍着他的肩膀，连声夸奖，"都像你们这个进度干活，整个工程'苦干巧干十个月，欢欢喜喜迎国庆'的计划一定提前实现。不过千万要注意安全！"女领工员露出微微的笑，显出一对浅浅的小酒窝，她虽然不发一言，看来还是赞同猴八队的"放崖"方式，翘起白得像葱根似的大拇指在猴八队眼前晃来晃去，惹得猴八队一双眼睛滴溜溜转。猴八队咧着大扁嘴嘿嘿地傻笑着，一边㧟出腰间黑腻腻的手巾，抹了一把满头满脸的汗水，连声不迭地驴唇不对马嘴地说道："阶级斗争，一抓就灵嘛！"

出乎意料的滑稽表演，惹得油库领导和女领工员笑了，他们对这位筛沙队的头儿唱高调的滑稽表演十分理解。看得出来，这位"两委会"委员就记得这么两句词儿。

"好好好，还是大队长觉悟高！"油库领导夸赞了几句，坐着小吉普"鸣"的一声走了。望着大道上卷起的黄尘，猴八队仿佛是自言自语道："世上还有这么心疼的女娃子，你看那脸蛋子白的……"

猴八队胆儿大，脑子也精明，他发明的"放崖法"，真是开创了新纪元，立了一大功劳！

油库领导欣赏、夸奖猴八队这个带头人的敢闯、敢干精神，时不时带着漂亮的领工员坐着小车来筛沙工地视察、鼓励，还给我们队颁发了一面流动小红旗。

三

筛了几个月的沙之后，传来了一个好消息：要在我们队抽八个人去包扎火车站油泵站通往半山大油罐的输油管线！

去油库工地包扎输油管线，可把猴八队高兴坏了，一天到晚咧着那张扁嘴，看得出他心里的快乐和兴奋。包扎管线，不是成天和沙土打交道，那是技术活儿，听说还要发工作服、手套、口罩，和油库的工人待遇差不多，最吸引人的是，每天还要补助二毛钱的"营养补贴"！猴八队这个"两委会"的委员将会摇身一变成了"工人阶级"的当家人——真就是人们常夸他的"猴子蹿杆，越蹿越高"，他能不兴奋？

这个消息大伙儿早就听说了，谁被抽去，那就是谁的福大造化大。中午休息时，猴八队在一堵山岩的阴凉处召开会议。他吸溜着苦茶，大嘴巴嚼着黑面饼子，故意拿腔作势慢吞吞地说："油库领导对我们太信任，把最重要的活儿交给我们，为什么？我们可靠，发明了'放崖'，任务完成得好，这是新生事物，还要向各筛沙点推广。昨晚我和大队两委会请示研究了，这次去包扎油管线，要尖子里面挑尖子，筷子里面拔橡子，矬子里面挑将军。你们知道，这是战备油库，马虎不得的，两委会研究来研究去，决定以下这几个人……"

他卖着"关子"，停一阵，点一个名字，似乎这样，才能显示出去当"工人阶级"的这件事的重要性和严肃性。

没想到第一个名字竟然是我，真让我有点受宠若惊，我思谋，大约是因为我文化程度高一点，另外，大队书记又和我是小学同学的缘故。接着猴八队清了清嗓子，点道：还有这个命狗子、躺佛爷……

大家伙儿都清楚，当初派到这儿筛沙的人，大都是"残渣余孽"——几个"五类分子"子女，半聋半傻的，即使那几个"红五类"，也是不听队长的话，和领导过不去、闹别扭的"刺头儿"，一个个"猪嫌狗不爱"。把这帮人发配到远离村子的麻黄沟这个晒死蛤蟆的地方，离家十几里，风里雨里得来回跑路，队长省了好多心，少了几个对头捣蛋鬼。

山不转水转。如今要在这帮"残渣余孽"里选拔"工人阶级"，真有点矬子里面拔将军的滑稽了！

好半天，他像读宣判书似的，慢慢吞吞，停一阵点一个，总算又点出了几个人：孔老二、大过天、二愣……

最后一个是谁？大家沉默着，有人抽着旱烟，有人细嚼慢咽着干饼子，舔着干炒面，谁也不敢吭声，默默等待最后一个幸运者的名字。

会不会是尕光棍？

尕光棍的大名叫改朝，一听就知道是1949年生的，现在，是唯一剩下的一个贫下中农子弟。他爹为了早抱孙子，改朝初中没念完，就给他找了个对象，偏是改朝这个犟板筋嫌女方是个小学文化，连初中都没上过，不乐意要；姑娘却嫌尕光棍是个矬蛋子、模样还丑，也不愿意嫁。心不死的改朝爹又亲自登门，夸自家是"贫贫儿的贫下中农"，老爹是解放初选的人民代表，方圆十里都唤他"代表爷"。谁知女方爹偏偏不买这个"贫农"的账，怕女儿到这样的家庭有受不完的窝囊气——女方家死活不同意，事情就泡汤了，改朝的书也就念罢了。

这个改朝不听队长的话，口袋里老装一本书，不是《唐诗三百首》就是《宋词名家词选》，一有空就摇头晃脑，子曰诗云咬文嚼字，还当面骂队长是文盲，队长干气没奈何——改朝家可是地道的三代贫农啊，更不能马虎的是，改朝的爷爷是"人民代表"。这几年每逢开忆苦思甜大会，"代表爷"就会捶胸顿足、老泪纵横，诉说旧社会给地主干活"吃的猪狗食，干的牛马活"，惹得学生娃一阵阵呼口号"不忘阶级苦，牢记血泪仇"。凭这，"两委会"能不给"代表爷"一点面子，让他的孙子去当"工人阶级"？

改朝对去油库当"工人阶级"其实兴趣不大，他宁可筛沙，乐得自由自在，根本没理睬这茬事。猴八队叨叨着，改朝却翻着四角都卷起来的书，陶醉其中。他从来没把猴八队叮咛"只能看红宝书"放在心上，更何况报纸包裹着的书皮上，毛笔工工整整写着"毛主席的书"几个仿宋体字，专为糊弄文盲猴八队。我清楚，改朝脑子里想的啥，一般人做梦也想不到。他曾经对我说，他非常喜欢上官婉儿这样的女性，有文采，有胆识，连武则天都那么喜欢、重用她，多愁多病的林黛玉没法和她相提并论。原来他偷偷摸摸在看这些！难怪除了干活，其他事儿他都漠不关心。

最后，猴八队极不情愿地宣布："尕光棍，也算一个！"

改朝听到点他的名，头都没抬。

领头的当然是猴八队，总共八员大将。剩余的筛沙的那一帮人甩给了老村长。老村长早就讨嫌猴八队的做派，巴不得他走了，耳根清闲。点完名后，猴八队要老村长表态，好半天，老村长才哼哼吱吱地说："政府的指挥没错，你走你的，我不会给咱村上丢人。"猴八队对这种表态极不满意，又不好发作，只好拐到另一个话题，"我给你说了几遍，现在到处是新名词'革委会'，你老是'政府''政府'，那是哪辈子的事儿？思想就是跟不上形势！"在他看来，"革委会"要比"政府"强一大截。老村长嘴里离不开"政府"，好似降低了他的身份。老村长却不正眼瞧一眼猴八队，吧嗒着"鸡大腿"旱烟，自顾喷吐着一股股袅袅青烟……

四

我们这八个被大队"两委会"选中的人，穿起了再生布缝制的宽大工作衣，进驻到油毡搭建的工棚里，干起了完全陌生而又新鲜的活儿。

包扎输油管线并不太复杂，就是将通往半山上储油罐的输油管线除锈、涂防腐漆，再包一层防腐玻璃丝，最后浇一层沥青。反复往来十三道工序，道道程序却是十分简单的活儿，如此，埋在地下的铁管才保证几十年不会生锈，那些埋藏在深山野洼里的庞大油罐，在外敌侵犯时，保证有足够的汽油用。

防腐漆是将加热溶解的沥青用汽油慢慢稀释成油漆状来用。这得用大量的汽油，油库当然不缺汽油，但汽油是易燃品，提取、使用必须由小心、谨慎而又负责的专人来承担。猴大队谁也不放心，也不顾自个儿"两委会"委员的身份，当仁不让，亲自挑一副担子来来回回挑汽油。

这天刚上班，从油库房那边传来一阵尖厉的呵斥声。我们跑过去一看，猴八队耷拉着脑袋，手里抓着拳头大的一块石头。漂亮的女领工员正指着猴八队的鼻子训斥，完全没了那天跷着大拇指夸奖他的那份热情："你要命不要啦，油桶的盖子能用石头砸开？你这个文盲，知不知道火花能引燃汽油？烧了你事小，这油桶起火烧死了你，还得赔你一副棺材！……"

"开桶的扳手藏在油桶后面，不知谁给偷走了……"猴八队戴着大口罩，嘴里嘟嘟囔囔解释，像个挨训的小学生。

"笨驴一个！"强烈的责任心使得年轻、漂亮的女领工员发了大火，双目圆睁，小酒窝也不见了，"这么大的油库，扳手多的是，再领一个不就得了！怎么能用石头砸？你是不是阶级敌人？成心要想搞破坏？"

没曾想，以前都是猴八队给地富反坏右"五类分子"上纲上线，这次，是技术员给他上纲上线，他完全没有了"两委会"委员的威风，任凭年轻漂亮的女娃娃数落他。

这件小小的事件刺痛了猴八队——他也是有身份的人：大队"两委会"的成员，根正苗红的贫下中农，岂是一个小小的女领工员当着众人面教训的！他的尊严受到了极大损伤，等漂亮的女领工员走后，他一下撕了蒙在嘴上的大口罩，气哼哼地说："戴这个牲口嘴笼也没用，照样挨训。"他指着我："今个儿开始，你去挑油！"

从此，他放弃了挑油的重任，再说，每天的用油量都得记载、统计，他又不会写字，叫我承担这个任务也算靠谱，我还是个高中毕业生，八个人中我文化程度算最高。他也清楚，我听他的话，不会和他作对。

五

一天，休息的时候，猴八队叫我过去闲聊，那样子亲热得很，东拉西扯了一阵，他压低声音说："瞅没人时给我灌瓶汽油，瓶子在电杆后头，上面压了一块油毡。"

那年头，火柴凭票供应，质量又不好，划四五根才能燃着一根。吸烟的人大多用打火机，可庄稼人去哪儿弄汽油？工地上干活的熟悉的民工隔三岔五拿了空葡萄糖盐水瓶让我灌汽油。他们除了自个儿用外，还给亲戚朋友送人情。这小小的权利使得我的地位猛一下提高，这不，连大队"两委会"的委员都求到我。带着感激的心情我给他装了一瓶，借此表达我对他的感谢。

不过几天，他又悄悄塞给我个空瓶，努努大扁嘴。我明白，又要灌一瓶！

我纳闷儿，他要这么些汽油干啥？"会有危险的，汽油可不比柴油和炒菜的香油，着火呢！"我提醒他。

他满不在乎，说："有个啥危险，你呀，真是书念多了！我兑了柴油用，你把心放到腔子里！"我知道，他大儿子给队里开手扶拖拉机，会给他灌上柴油。为了得到我的理解，他推心置腹地说："你不知道，我一辈子就好一样东西——喝罐罐茶，不喝茶就头痛，浑身没劲，像犯了鸦片烟瘾。你看我那个婆娘病病快快，不死不活，一进门我就心里烦……前些天，我在商店买了个尕煤油炉熬茶，太好了，又快又干净。"

我们包扎输油管线，天天和沥青打交道，油库除给我们每人每天一块七毛钱的工资外,另外补助二毛钱的"营养补贴",工资是交到队里给我们记工分的,而"营养补贴"可以装到自家口袋里,一月下来整整六块钱,那可是令人羡慕的一笔收入。现在,猴八队是鸟枪换炮了,中午在工地上煮茶,工地上松木板子多的是,沾点汽油,发火利索,再丢两疙瘩沥青,又耐实,再不用到山坡上拣铁蒿、猫儿刺煨烟打火。对他来说,真是瞌睡遇着了枕头;他还购置了煮茶的砂泥罐子,有钱买好一点的茶叶,早晚在家里还得"罐罐茶",用上了现代化的煤油炉子和不花一分钱的汽油。

就这样,电线杆后面成了我和他的"秘密联络点",只要他一暗示,我心领神会,就把那盐水瓶子灌到500毫升的标记处,然后放到老地方,苫一块破油毡。猴八队对这一点非常满意,自己不挑油,却源源不断地有油用,又不担待任何嫌疑和风险。

一次,他悄悄提醒我:"一样是灌,就不能灌满点儿?老提个大半瓶,又不是在医院里吊水,偏要灌到那个线线上!"

"汽油热胀冷缩系数大,这么热的天,太满会把橡皮塞顶开,油会溢出来。"我解释。

"屁的个'热胀冷缩'!你们这些读了几天书的字纸篓儿,说头就是多。"他笑着骂道,"哄鬼的话!你放心给我灌满,我看能给我'胀'到天上去!"

中午,夏日的太阳火辣辣的,烤得大地冒烟。猴八队提了汽油瓶和干粮袋子回工棚休息,半道上碰到端着菜盒的女领工员。漂亮女孩有话没话,一副平等待人的样儿,还嗲声嗲气地提醒他:"大队长吆,安全生产时时刻刻要注意呢,沥青、汽油都能燃烧哩,发生火灾可就了不得啦,坐班房哩。最要紧的是汽油,上次我批评了你,你们及时采取措施,指定了专人,不用石头往开砸汽油桶盖子,这都很好呀,以后还要谨慎才是哩……"

猴八队受到女领工员的口头表扬,咧着大嘴笑了:"是哩,是哩,我咋不知道？上次你批评了我，我还专门开了会。"他像老和尚念经似的表白，"'阶级斗争，一抓就灵'嘛，大家警惕性提高了一大截。再说，好歹我还是大队'两委会'的委员，这点觉悟能没有？"

正说间，装在布袋里的玻璃瓶"叭"一声响，汽油哗啦啦流下来，裤子弄得油漉漉的，脚下流了一大滩，一股刺鼻的汽油味随风直旋。漂亮的女领工员愣在那儿没反应过来，猴八队像塑在了地上，尴尬极了，半天才嗫嗫嚅嚅地说："这，这，打火机里没了油，你看，一个破瓶子……热胀冷缩……"

"热胀冷缩"这个词从他嘴里说出来，真觉得有点滑稽可笑，女领工员这次没有训斥他，反倒被猴八队拙劣愚蠢的辩护惹得笑了："大队长哕，打火机里用点不要紧，千万别往家里带，烧了房子事儿可就大啦！"

"就是，就是。"猴八队一迭声地应着，蹲在地上，把打火机在油里浸泡了一阵，似乎这样才足以显示自个儿珍惜汽油，也足以抵消他的过失和不光彩。

事后，猴八队咧着扁扁的大嘴笑着骂我："真是大白天见鬼，你个狗东西说的这个'热胀冷缩'是个啥道理？真怪，好端端的瓶子没磕没碰，咋就自个儿裂开了？你看这人丢大了！……"说着，似乎还百思不得其解，嘴里一直念叨着："咋的个'热胀冷缩'？"

漂亮的领工员转身走了，猴八队望着扭着细腰渐渐走远的身影说："老天就这么不公，一样的女人，就凭一张心疼的脸蛋子，念了几天书，领导就看得起，整天游来荡去还拿工资，我们黄流黑汗才挣几个麻钱！"说着，又狡黠地朝我笑笑："唉，人的命，天注定！"

也是，猴八队的老婆给他生了七个娃，月子里造了一身病，炎炎夏日也穿着大棉袄，三天两头往保健站跑，只要街上碰见她，总是大包小包的中西药，还念念叨叨："前世不知造了啥孽，这辈子喝不完的苦水……"

六

　　说起包扎输油管这活儿，刚开始还有点新鲜，日子一多，觉得太单调，成天钻在一人多深的土道里用钢刷除锈，将稀释的沥青一遍遍涂到包扎好的玻璃丝上，尽管戴着口罩，一阵阵难闻的汽油搅和着沥青味儿还是冲得人心里直翻腾，头晕眼花。

　　我们这帮人除了大队长外，其他几个人都念过几天中学，我们经常一边干着枯燥的活儿，一边逗些笑话，有时候拿几个《十万个为什么》或者学过的书本知识考别人，调节气氛，以冲淡沉闷的工作。最有意思的是猜谜，我们将各自知道的谜面抛出来，大家边干活边思索，这时候，整个坑道里静静的，仿佛又回到了阔别已久的课堂。

　　有天，改朝出了一个谜语让大家猜：左边三十一，右边一十三，两边加起来，三百二十三。打一字。

　　孔老二一听，说："这太简单了！不就是个'非'字吗？没猜头，出个难一点的。"孔老二念到高一就辍了学，脸老是黄蜡蜡的，好似营养不足，下巴上几根胡子稀稀拉拉，和大批判专栏上的漫画孔夫子一个模样，说话又老是咬文嚼字，才得了这个绰号。

　　改朝思谋了一阵，又说出一条猜一唐朝诗人的谜语：住店不要钱。

　　"还是有些容易！"孔老二不屑地说，"不要钱就是'白住'，也就是'白居'，不是白居易又是谁？"

　　大家伙儿越猜越热闹，都想自己出的谜面"卡"住其他人，好显示自个儿的水平。

　　猴八队对我们这一举动大为不满，因为他无法参与其中，显得他是个一无所知的文盲。这种时候，他只是提着油漆桶刷管道，时不时抬起头斜一眼我们，不满地骂上几句："嚼的什么文字眼儿，几个破字纸篓、臭老九！"

"臭老九我们还够不上格呢,真是的话,咱才不受这份洋罪呢!"

"这是谁说的?"

"我!"改朝大声回答。只有他敢和这个"两委会"的领导抗衡。

"你这个尕光棍,照你这么说,臭老九还好?"

"再不好,人家总不喝两毛钱一斤的末末子茶,吃黑面饼饼干炒面!"改朝反唇相讥,直往猴八队的痛处戳。

吃了个哑巴亏,大队长被噎得没话说了,只好拐弯抹角:"来,我给你们说个有意思的故事,有个公公一天晚上,趁着儿子不在……"

"我们不听,不听!"我们几个异口同声吼了起来。

"那好,我给你们也说个谜语猜,"这个猴八队,不知何年何月从哪儿听来的一个字谜:"一点一横长,梯子搭上房……"

还没听完,我们知道他又说那些不堪入耳的脏东西,"不听,狗嘴里吐不出象牙!"改朝大着胆儿骂了一声,他带头哼起了革命歌曲"敬爱的毛主席,我们心中的红太阳……"

这招真灵,猴八队虽然不会唱歌,但他听人人都唱着,那是最流行的曲子,搅扰不让唱这首歌,是对伟大领袖的不忠,再胆子大的人也不会干涉!

唱了一阵儿,等大队长火气消下去了,我们又挖空心思背民谣,命狗子先给大伙儿念了一段在老奶奶那儿听来的儿歌:

巴郎巴,巴郎巴,

巴郎背后一渠水。

大姐姐,洗手来,

二姐姐,洗手来,

洗得手儿白蜡蜡,

擀得饭儿亮汪汪。

公公婆婆吃了八碗半,

给媳妇子没丢下一点点。

公公吊去了，

媳妇子吊去了；

公公来了，

媳妇子埋了……

　　短短一首儿歌，大家听着心里不是味儿。我们几个除了改朝，都娶了媳妇，这首有点悲伤的歌子刺伤了每个人的心。深深的管道里静静的，也许，都想起了自己媳妇的命运。改朝总是年轻，对这一切混沌无知，见众人沉默着，想打破沉寂，大声念他听来的一个段子：

大猴子有病二猴子忙，

三猴子烧火滚米汤，

四猴子请阴阳，

五猴子请木匠，

六猴子罗盘看地方，

七猴子抬，八猴子埋，

九猴子哭着起不来，

丢下十猴子吊纸来……

　　这首歌谣太生动了，听了觉得说不出的开心，大家都笑得前仰后合，有的蹲在地上擦着眼泪，有的揩鼻涕……

　　猴八队脸色铁青，恶狠狠地扫了我们一眼。我们忽然意识到，"投鼠忌器"，"猴"犯了他的大忌。

　　中午休息时，他召集会议，我们边吃着干粮，边听他教训。他嚼着黑面饼子，"嘘嘘"地喝着苦酽的茶，像颂咒一样先念了一句"阶级斗争，一抓就灵"，接着说："知道不知道，麻黄沟油库这是战备工程，敌人要打到咱们的家门口了！一天不安安静静干活，什么五啊六啊，糖食、孙子屁事的，臭文字眼儿。我把这事儿给大队'两委会'汇报，决不能让地主、资产阶级思想泛滥，不好好干的下放到麻黄沟筛沙去……"

在他眼里，大队"两委会"的权力是至高无上的，我们这帮人的吉凶祸福都由这个机构决定，他动不动就拿这个吓唬人。其实谁不清楚，要不是他穷得叮当响，又有一把臭力气，不怕得罪人，"两委会"那个委员不会是他。

他的黑面饼子吃完了，茶喝败了，话也讲完了，还要我们个个表态，保证以后遵守纪律，听他这个"两委会"委员的话，干活时再也不说三道四。

不过猴八队对我还是另眼相看，因为隔三岔五还得从电线杆后面提走一瓶油，这是实惠。从此，他再也不嫌没有给他灌满，看来，他是知道了"热胀冷缩"的厉害！

七

世上的事儿就这么怪，说猴八队大字不识一个，是个地地道道的文盲，一点儿也亏不了他，可在棋场上他是绝对的高手。他下起棋来，脑子精得很，思维不乱，环环相扣，步步为营，我们七个读过书的，没一个是他的对手。

每天快到中午时，我们都盼着油库满山头大喇叭响起《运动员进行曲》——我们自由的时刻到了，家当一扔，脱下索索落落布满凝固沥青的工作服，就往工棚里跑。这里是我们的乐园——不知是谁弄来一堆棋砣——将、相、士、车、马、炮，两拨人两军对垒，嘴里啃吃着各自带来的饼子、苞谷面发糕、干炒面，攻卒跳马，遣兵围将，如入无人之境。

头疼的是，猴八队也要下棋。他的第一个程序还是喝罐罐茶，他吃喝完毕，我们得把红方让出来让他"坐盘"。红，象征革命、进步，比如红太阳、红五类、红宝书、红海洋……黑，表示反动、倒退、卑贱——黑五类、黑崽子、黑帮……说什么我们也没那个胆量让他坐黑方。

他像个升堂的大老爷，正襟危坐，吧嗒着一根"鸡大腿"的旱烟棒子，开始投入"战斗"。

他走棋非常严谨，车马炮，相士将，相互勾连，要想吃掉他的一兵一卒，得好好费脑筋。有时趁着他卷烟的空儿，我们耍弄个小把戏，设个小埋伏，他斜瞟在眼里，嘴角露出一丝不易觉察的笑，装作"大人不计小人过"的样子，其实他心里清楚，即便如此，我们这一帮嫩"屎蛋子"，远不是咬狼的狗！

不服气他的还是尕光棍改朝，他偏要坐盘和猴八队一较胜负，不信熟读唐诗、宋词的读书人斗不过一个文盲。一次又一次，他还是败下阵来。

也许是猴八队觉得一直占上风，当常胜将军，盘盘赢，赢得也没个意思。再说，十个屎棋一个眼，我们人多眼杂，猴八队也有几次失着。有次，双方各剩一卒，再下，也只能是一盘和棋了。突然，不知谁在黑方偷放了一个卒子。这一来，战机逆转，胜利在望，我们高兴得又蹦又跳，手舞足蹈，合唱起了歌子："大海航行靠舵手，万物生长靠太阳……"

我们的张狂傲慢激怒了猴八队，只见他脸色一阵红，一阵青，大扁嘴翕动着，一句话也说不出来，末了，他狠劲把手里捏的棋砣咔地摔到了棋盘上，喊了一声："上工！"

改朝好像受到了侮辱，也把棋砣握在手里，好似随时要发出的子弹，瞪着一双小眼睛揶揄道："又没有输了房子输了地，看你那嘴脸！"

"你这个尕光棍，你嘴脸好，还是没个姑娘瞅上你这个猪八戒！"猴八队反唇相讥。这揭了改朝老底和疮疤的话，激怒了改朝，他把手里的棋砣飞向猴八队，机灵的猴八队一闪，棋砣砰一下砸到工棚顶上弹了下来。猴八队没想到改朝敢动手和他这个"两委会"的委员较量，也抄起了棋盘要砸向改朝："毛主席说了，把你这种坏人就要教训教训！"

一句话惹得我们想笑，他信口开河拿大旗吓唬改朝。改朝抓住了猴八队的把柄，厉声反问："毛主席在哪儿说的？哪一篇，哪一章？你胆儿太大，竟敢篡改、编造毛主席的话，我要告发你让你坐班房！"说着，两手叉腰，列出占了上风的架势，要和猴八队见个高低，"我可是三代贫农，你说我是坏人，你敢污蔑贫下中农子弟！"

猴八队还真有些歇火，扁扁的大嘴翕动了几下，吭吭哧哧回答不出来。那句话是他气头上说出来吓唬改朝的，他在哪儿也找不出语录里有这句话。如果真让这个天不怕地不怕的冒失鬼宣传出去，还真是惹了麻烦！

正在这时，大喇叭里响起了《运动员进行曲》，解救了尴尬中的猴八队，化解了这场即将暴发的冲突，他大喝一声："上工！"大伙儿拥着猴八队出了工棚，他自搭梯子自下台："谁怕你个尕光棍，贫下中农又怎么着？"心里骂道，"你太爷要不是天天烙棒子吃鸦片，抖完了一份家业，你不是地主崽才怪呢！"

还没到工地，喇叭里的曲子忽然中止了，"噗噗"了两声，一个女播音员惊叫着喊道："各工地请注意，麻黄沟'放崖'大塌方，快去救人！快！快！"

八

改朝调换了工作，负责烧化沥青。这是个带有报复和惩罚性的调动。烧沥青得比其他人提前一个多钟头上工，天不亮就得往工地跑。待其他人上工时，得把沥青融化成黑乎乎的浆汁，为的是上工后，我们把烧化的沥青一点点盛入另一个小桶里，再徐徐兑入汽油稀释，将这种如同黑油漆一样的漆涂刷在油管上以防潮、防锈。如沥青烧不化，其他人就无法施工，没事可干。

原来这活是躺佛爷干的。躺佛爷生得胖乎乎的，细眉细眼，干起活来慢吞吞，走路也是不紧不慢。他瞌睡特别多，一有空闲就打盹儿，打起呼噜来像火车冒气。烧沥青这活说来清闲自在，木棒子塞到炉膛里，火光闪闪，没事可干的躺佛爷就开始打瞌睡，有时候沥青没烧化，底火也奄奄一息，他却在那儿呼呼大睡。猴八队教训了他几次，效果不大。正好，惹恼了猴八队的改朝替换了躺佛爷。

这天一早，改朝和往常一样往沥青里兑汽油，油是用带长柄的碗大的勺子送到融化的另一个沥青桶去的，然后又像女人们搅馓饭一样加入汽油，慢慢搅动稀释，待搅均匀时再倒进一勺，如此反复，直到调成油漆状……整个过程是细致而费时的。汽油瞬间可以起火，为了防止意外，女领工员早先送来一根铁锨把长的温度计，千叮咛万嘱咐，要掌握沥青兑汽油时的最佳温度，小心发生危险。

这时候，恰好正是猴八队喝早茶的时间，其他人只好咂巴着烟卷儿耐心等待。改朝慢条斯理拿了温度计要测量，鸡毛猴性子的猴八队喝完了茶，打了个响亮的饱嗝。他瞪了一眼改朝，知道这个尕光棍是故意拿捏、摆谱，给他眼色看。

"你捣鼓那个玻璃棒棒有屁用！"猴八队低声骂道。

改朝听到了，他却是不理不睬，装聋卖傻，偏着头认真瞧温度计上的刻度。麻黄沟塌方，两个被沙埋的小伙子险些丢了命，老村长没跑急，一块大石头砸断了小腿。这件事深深刺激了改朝，看见老村长耷拉着的瘸腿，痛得龇牙咧嘴，改朝气得连声骂："野蛮，野蛮方法，还当真经念！"多少天，他一见猴八队，总会狠狠地瞪着那双小眼睛。

猴八队耐不住性子了，他一把夺过改朝手里的铁搅板，甩开松橡般的黑臂膀搅了几下，嘴里骂骂咧咧："老汉玩大姑娘——做细活呢……这么磨洋工，油库哪天能建成！敌人打过来怎么办？"说话间，把还没有完全溶解的沥青盛进小桶里，又将一勺勺汽油倒进去。霎时，只听"噗"的一声，一股白烟升腾而起，宛如刚揭开的蒸笼。猴八队伸开胳膊正要搅的刹那间，只听一声巨响，沥青桶里冒起蘑菇云似的火球，腾空而起。火球顺风吹起，我们站得远些的，只觉得一股热气飘过，头发刺啦一声响，眼睫毛好似连到了一起，睁眼都觉得有些吃力。糟糕的是，汽油桶紧接着被点燃了，砰的一声巨响，火光四射，

猴八队立时变成个火人，他发疯般地拔腿就往旷野里跑，哪知火苗乘着风势越烧越旺，他浑身上下跳动扑闪着火苗，脚下也像哪吒踩着风火轮……

"快躺倒滚蛋儿！"

"找水！"

有人用铁锨铲了土往他身上扬，有人追着他将水壶的水朝他头顶浇，我们在野地里追逐着猴八队，尘土滚滚，火光闪闪……面对突如其来的恐怖场景，昔日的恩怨、诅咒、仇恨烟消云散，大伙儿只是一心想着熄灭猴八队身上的火焰。

不远处有个大水坑，是工地冲洗沙子的泥水积聚起来的，一片浑黄的涝池漂浮着绿色的水藻。猴八队跑了过去，但他面对不知深浅的水坑犹豫了，如同面临着生死的抉择。忽然，一团火焰划了个弧形落进了水里，猴八队跌进了涝池，接着，改朝也一下跳了进去，抓着猴八队的衣领往水里一塞，又提起来，一塞一提……顿时，扑闪的火焰消失在水面。慢慢地，一个泥人儿从水面缓缓冒了出来，猴八队摇了摇头，抹了一把脸，抖落了一头的泥水。他完全成了另一副模样——受了惊吓的他如同丢了魂，说不出话来，浑身泥水，两个白眼珠骨碌碌转，整个人如同一尊没有完成的泥雕粗胚，被塑在大地上。

众人回头看改朝，只见他被涝池里的淤泥吸住，尽管两手使劲扑腾着，却怎么也挣扎不出来，头在水面一闪，没了影子。

"啊，不好！"大家惊叫着，个头矮小的改朝陷到深水里去了："快救改朝！"一伙人又都拥到水池边，谁也不知道该怎么应对这突如其来的变故，有人试着下水，有人去找家当……

猴八队挣扎着，抹了一把泥水糊着的眼睛，就要往水池里跳，稀

泥糊着的嘴里呜呜啦啦喊着:"快,快,尕光棍,改朝……"众人紧紧地撕扯住了他。他挣扎着,像发疯似的,声嘶力竭地喊叫着:"这是'代表爷'的孙子,万一有个事,叫我怎么向'两委会'交代啊……"

2016年12月24日改定

黑毛绳腰带

我一直疑惑，三叔的胃是否有点特别？打我记事起，他似乎一直处于饥饿状态，五谷杂粮、蔬菜瓜果，总填不饱他，随时随地像鸡、鸭、小鸟似的补充一点什么才能维持他的活动能量。他在黄土地里摸爬滚打了一辈子，大字不识一个，脑子里全是土地、石头、犁铧、麦垛、碌碡、口袋、毛驴、苋苋草、骆驼蓬、苦蒿……地地道道的一个庄稼汉子，终年面朝黄土背朝天，他与大地相依为命，是土地喂养了他，让他在人世间度过了几十年的生命历程……

风雨苑川河

我们村的前端是一条官道，道路两旁高大的柳树树冠像巨伞一样遮天蔽日，人们把这树叫作"左公柳"，据说是清朝末年左宗棠带兵栽种的，绿绿的树墙一直沿着苑川河边的官道通到兰州城。这年夏天，苑川河里的洪水似乎格外多些，十天半月就来一次。这条河拦路太宽，半个县域的几十条大小河流汇聚起来，浩浩荡荡，起伏翻卷，肆无忌惮地奔向桑园峡汇入了黄河。

遇到发大水，就是三叔最忙最快活的时节。他戴一顶耷拉着帽檐的破草帽，披一块不知从哪儿捡来的油布，仔细地一圈一圈在腰上勒一条黑毛绳腰带，扛了他早已准备好的家当——带着长把儿的簸箕大小的网状器具，奔向洪水咆哮的河边。

干啥呢？捞浪渣。

洪水从千山万壑下来，什么东西没有？猪啊、羊啊、瓜果蔬菜、果树、梨树、盖房子的椽子、木料——黄河边有人用捞来的木料盖起了房子呢。最多的就是浪渣了——羊粪、树叶、枯树枝——晒干后，比煤炭发火利索又耐实。

洪水冲出的崖湾里，卷起了巨大的漩涡，和女人们用筛子旋麦子一样，漩涡里漩起了厚厚一层浪渣。

三叔是有经验的，他蹚在齐大腿深的下水头，撑开长把子网兜，伸向旋转的水中，捞起了夹裹着羊粪蛋的枯枝败叶。他兴奋极了。粮食按工分，一年到头，苦也苦死了，饿也受够了，临了也得不个啥。可这浪渣，是老天爷的恩赐，只要你胆儿大，力气多，能堆天堆地……

岸边，三叔捞的浪渣堆成了小山。一棵大树在洪水中央翻滚，他看着起伏翻滚在波浪里的枝杈，心里直痒痒，他试图打捞那棵被泥水冲变了颜色的大家伙。然而，水太大了，浪涛冲击着，几次险些将他挟裹走，那水也冰凉得厉害，直钻到心里去，令他打着寒战，浑身一阵阵发麻。

我见到三叔时，他已经躺在大炕上了，那一阵的他脸色蜡黄，双眼紧闭，嘴唇没一点血色，半截黑毛绳腰带耷拉在炕沿上。几个邻居围坐在周围，急得团团转。

大夫来了，是我们隔壁的镇燕老先生，据说当年在驻扎岷县的国民党军阀鲁大昌文案上供职，后来回乡在镇上卫生院看病。老人家极少言语，村里人给他打招呼，他只是点点头，拐棍在地上捣一下算是回答。他家的立柜上码了好多书，说是《纲鉴》，但好似很少读过，我见他早晚抱一杆铜水烟瓶咕嘟嘟吸食水烟时，不是翻阅一本《阅微草堂笔记》就是《聊斋志异》，枕头边放着几本破旧的《伤寒论》。他摸着三叔青筋暴露的胳膊腕，问："吃啥来？"

三叔一句话也答不上来，干涩的舌头舔着毫无血色的嘴唇。旁边有人回答，说是从早上起一直在河里，大约是太饿了，见他啃着水里捞上来的萝卜什么的。

老先生掏出一叠纸，拧开自来水笔，口里念叨着："大阴寒啊，再耽搁一会儿，命都没了！"铺开处方写道：附子、党参、炒白术、炮姜、甘草……又掏出个针盒，取出几根银针来，一只手在三叔瘦骨嶙峋的胳膊上捋了一阵，一根粗针在腕子上一挑，嚯，立马涌出一股浓黑的血。我曾经听他讲过，在岷县山沟里碰到个奄奄一息的病孩，他喂了几粒随身带的人丹，第二年路过时，孩子的母亲认出了他，千恩万谢，死活要把他拜成干爹。我相信喝了他的药，三叔一定会好起来。

傍黑，喝了药的三叔算是睁开了眼睛，还是一口两气，结结巴巴地问："我捞的浪渣呢？快叫娃娃们收拾来，停一会儿别人就拉走的！"

一个邻居气得直翻白眼，嘀咕道："不是大伙儿帮忙把你抬来，说不定这阵大水把你都冲到黄河里，命都没了。地早都给洪水冲得没个影儿了，还浪渣呢！"

我看见，三叔难过得轻轻摇了摇头，眼角溢出了一大滴泪水：白辛苦了半天。

风雪水岔沟

早就听说水岔沟风景优美，山上一片片灌木，夹杂着高大的青冈、桦木林，野生动物出没其间，各沟各岔潺潺流水奔腾向北，汇入苑川河里，七扭八拐，在桑园峡注入黄河。明朝第一代镇守甘肃的藩王、朱元璋的十四子朱楧——肃王，当初安葬在沟内的圹上，墓穴旁边修了座规模不小的龙泉寺，有四株近五六百年的高大柏树……后来说风水不好，墓穴建在火龙上，这才又迁到来紫堡的平顶峰。

这些，都是听老人们说的，总想着找机会去看看，可惜路太远。这下，趁着拉煤，正好顺路领略那些景点——尽管已是初冬时节。

队上决定要开个砖厂。20世纪70年代初那阵儿，到处办砖厂，穷极了的人们发现用老天爷赐给的土是不花钱的，可以制成砖坯，砖坯烧成砖可以卖钱。但是烧砖得用煤，煤和土不一样，那可不是随便用铁锨在地上挖出来的，得去水岔沟煤矿拉——那儿距离我们村三四十公里路，远着哩。

原以为是一次浪漫之旅，却没想到，那次的旅程是如此狼狈！

半夜里，大队人马启程了。拉煤的车浩浩荡荡，十几辆架子车，还有两辆木轮车，其中一辆木轮车的车把式是我三叔。以前我们家在镇子上经营一爿号匾是"五福堂"的杂货铺，酒是从徽县的伏家镇运来的，茶叶是陕西汉中的货，三叔当年是赶车的把式，走州过县，也算见过几天世面。

也许是经常跟车的缘故吧，三叔腰里一年四季都系着那根长长的腰带，是黑羊毛搓的，几股羊毛绳拧在一起，有擀面杖粗细，那股结实劲儿，能拴住两头牛；也长，足有两膀子，在腰里能绕上三四匝。我想，要紧关头，这条腰带可以派上大用场呢！

路是上坡，又是坑坑洼洼的沙路，走到还没一半路程的定远镇，已经是人困马乏，腿脚有些不听使唤。我的搭档叫永明，个头矮小，两条腿一长一短，走路总是不合拍，没人跟他搭档，才和我结了对子，这让我有苦难言——他家是贫农，不敢得罪。

进了水岔沟，黑沉沉的天纷纷扬扬飘起了雪花，越往沟里行雪下得越大，渐渐地，四周白茫茫一片，分不清是山还是天，气温也越来越低，我们前进得越发吃力，一双脚沉甸甸的，两条腿硬邦邦也不灵便。

我酝酿着一个计划。拉着车子加紧脚步，很快接近了三叔赶的大马车，试探着把架子车的辕条搭到马车的后辕条上，如此一来，我们只是扶着架子车就可以轻松前进了。三叔贴着车的左边，趔趄着——河滩里被雪覆盖着的石子路看起来是一抹平，走到上边却让人东倒西歪。三叔本来可以像另一个车把式一样坐在大车的辕条上打个盹儿，但他没有，依然抱着鞭杆在雪地里趔趔趄趄。

走了没一阵儿，三叔发现了我的小伎俩，显得不高兴了，回过头瞭了我几眼。我明白，他是不满我们搭在大车上的架子车辕条——这无疑会增加牲畜的负荷。我偏偏不理他，我是他的侄儿，这点优惠我要享受！他见我不理茬，显得老大不高兴了，声色俱厉："两个大小伙子，一个空车也不想拉，牲口吃得住吗？这一路又是上坡！"

我没理他，又气又恼，心里直嘀咕，是牲口值钱还是你的侄儿值钱？你那么爱惜牲口，牲口又不懂事，又不领你的情，还是你想年底给你评个"五好社员"？

看我对他的警告不理不睬，他生了气，狠狠瞪了我一眼："耳朵聋了？"

我感到扫兴极了，心里恨恨的，只好灰溜溜地拉了车子跟在大车后边蹒跚前进。

越往沟里坡度越大，路越难走。三叔脱掉破羊皮袄，解开黑毛绳腰带紧了紧。想得出，他的肚子大约咕咕叫了，腰带一紧，就足以压缩空腹带来的饥饿感。渐渐地，快六十岁的三叔支撑不住了，他脚下显得笨拙极了，趔趄着，却还一手扶着车辕条，怀里夹着长长的鞭杆，准备随时操纵车辕里驾着的和他一样疲惫不堪的骡子。而前边的车把式裹着皮袄，跨在车辕条上，有个还唱着样板戏里杨子荣的那段经典唱段："穿林海，跨雪原，气冲霄汉……"

大队人马到了一个叫隔虎崖的煤场，东方才渐渐发白，显出黑黝黝的山的剪影。我打量四周，这是个又原始又落后的采煤场——仅容一人猫着腰钻进去的煤洞子，深不见底，煤矿工人背上背一个背篓，怀里抱一个柳条筐，一盏飘忽的油灯照着前进的路径。背了煤钻出来的人一身黑，穿的衣服条条缕缕，鼻翼、眼窝、耳朵像墨染过似的，只有从扑棱着的白眼仁才能看清他们是一个活物。背煤客们头上冒着热汗，口里哈着白气，犹如火车喷射的蒸汽，挣扎着慢慢直起身，把背篓、柳条筐里的煤倾倒在小山似的煤堆上，又钻进了无底的黑洞……

原来煤是这么来的！看着煤矿工人在那黑洞里进进出出，我心中泛起无名的悲哀。

疲惫不堪的我们一溜儿圪蹴在煤洞旁边的雪地里吃带来的干粮。我发现，三叔正像狗啃骨头似的啃一疙瘩黑黝黝的苞谷面饼子，原来，山沟里的气温比川区低得多，他的饼子冻成了一块硬硬的冰疙瘩。有人让他吃带来的干炒面，他摇摇头，继续咬啃那坚硬的苞谷面疙瘩。

三叔肚肠大，饭量大，1960年前后他可遭罪了，经常饿得浮肿，整天靠在堂屋台阶的大柱子上晒太阳。有时母亲偷着在他碗里盛点干炒面，他伸着宽大的舌头舔上一口，慢慢咀嚼，好似品尝什么珍馐美食似的。后来，他去了兰州城，估计是去讨饭，很多天没音信，有人暗自嘀咕，恐怕是饿死在路上了也难说。那阵儿，奶奶得了水臌重病，整天挺着大肚子躺在炕上。有天三叔忽然回来了，背着半袋子讨来的干馍馍。他一圈一圈解开黑毛绳腰带，又一层层解开棉袄、衬衣，掏出个小包，是几个肉丸子！——他在兰州城火车站遇到个好人，看到他饿得要死不活的样儿，给他在"三八"饭店买了两毛钱一碗的杂烩菜，劝他吃了赶快回家去，别给饿死在外边。三叔吃了烩菜，把几个肉丸子揣在怀里存给了奶奶。奶奶看到脸色蜡黄、浮肿的儿子，哽咽着，泪流满面，一口也吃不下去……

想起这些，我觉得三叔还真是个孝子，看着他啃苞谷面疙瘩的那副样子，心里总觉得过不去。抛开了刚才不让我们蹭车的不快，我掏出带的白面锅盔递给他，他抬起头瞟了我一眼，接了过去，什么话也没说，大口大口地吃了起来。

三叔的"三绝"

爷爷有四个儿子，我父亲是老大，他小学毕业后不知怎么考到了兰州手工业纺织所，享受到了老大的优惠。二爹放着家里的一群羊。他命最不济，腿有点跛，爷爷又斜眼看他，后来不知得个什么病，二十多岁就殁了。三叔也是一天书都没有读过，双手不会写个"八"字，地地道道一个庄稼汉。他的名字里占一个"铎"，难认又不好写，他就改成"多"，为这，爷爷气得直哼哼："背时鬼，金字旁有什么不好，去了金，看来以后你就是个穷命鬼！"

三叔一生扎在黄土地上，春种秋收，所有的庄稼活套路他是无一不通无一不晓。说到他最拿手的，是种庄稼、镶水口、筑窟窿、碾场、垒麦垛、赶牲口……

别人镶的水口水没流上几天，呼啦，垮塌了。队长让三叔去镶，哈，一茬水浇完了，水口岿然不动。

庄稼地里常有水钻的窟窿，别人筑的窟窿不严实，水浇上去，一时半刻，水原路又钻到洞子下去了，该浇的地未浇，水白白地流走了。三叔可是认真，他先仔细研究渠水串漏出去的路径，像找老鼠洞一样，顺着线路掏个底朝天。接着，一层一层，用那双大脚使劲踩踏，用石杵在角角落落狠劲地筑。如此层层上升，把水洞四周逐渐扩大，再周而复始夯筑起来，如此这般，地里的水再也没有空隙流出去了！

三叔种田十分仔细，多大地块，种多少籽种，在他心里是一点都不含糊的。他的耧沟是沟沟相互平行，不偏不倚。他种的地块，那麦行不论直行还是弯行，道道行行齐齐整整，大老远一看，齐整，美观。每块地的边边角角，别人随便撒点种子敷衍了事，他不然，非得用耧种出个行行来，老是惹得给他拉耧的人十分不悦。我们那儿地块小，牲口种田转不过弯，种庄稼靠人拉耧，类似秦腔《血泪仇》里王仁厚一家拉耧犁地的场景。就因为三叔种田细致，犁头吃土深而均匀，拉耧格外费劲，男人女人们都不情愿给他拉，可三叔自以为种得好，全然不觉人们心里对他的不满。

清明前后，青青的麦苗出来了，三叔种的麦田苗儿出得匀匀称称，那麦行一道道像用尺子比着画的，地边角落，似棋花块，硬是比别人种的好看几分！有一年公社到各大队检查，大队人马来到三叔种的麦田前，都啧啧夸赞。

听到这个消息，三叔显然是高兴了，活了半辈子，还没个人夸奖他呢，哪怕是口头表扬也光彩。

当晚三叔吹笛子，他墙上总是挂着一把笛子，高兴忧愁时吹吹。

  红牡丹红得娆人呢

  白牡丹白得破呢……

吹一阵，换一个调调，呜呜咽咽，听那味儿还真有点凄凉：

  连背了七年的空皮呀袋

  没装给过一撮儿炒面……

我听出来了，那是官路上外地的猪贩子们经常唱的"花儿"——成群的猪慢腾腾地沿着浓浓柳荫大道走着，猪贩子则背着给猪喂食的大簸箩，挥着长长的鞭杆，向着兰州方向的十里山行进。这时候，吆喝猪的声音夹杂着高亢的"花儿"——

  脚上的麻鞋图哈轻巧

  阿哥的憨肉肉呀哈

  戴的遮凉的尕草帽

  年轻的时节尽呀瞎胡闹

  人上了三十是老呀了……

兄弟恨

三叔心里总是和我父亲存着芥蒂，年长他几岁的我父亲小学毕业后在兰州城读了几年书，又带了我母亲在遥远的陕西干了十来年公事，日本投降那年背着包回了老家。我父亲庄稼活一窍不通，却是全家的大掌柜，掌管十几口人的吃喝拉撒、镇上杂货铺子里的进出收支。我们将我父亲呼作"爸爸",而他的孩子把他叫"爹"……同样是一辈人,称呼却不同,这叫他怎么想得通?

20世纪60年代搞"四清"时,工作组要重新划阶级成分,村上有些人想要我父亲划成地主或者富农。三叔也觉得该,我父亲庄稼活儿不会干,不是靠剥削吃饭是靠什么?

三叔认为自己从小就受苦,一天学堂没有进过,一年到头在庄稼地里,赶车、放羊,春种秋收,苦活、累活都是他的,他像旧社会的长工、贫雇农,应当定个贫下中农,当成工作组依靠的对象才合适。

三叔一年四季戴顶破草帽,风吹日晒黑黝黝的,帽边老是耷拉着——天热时,他拿草帽当扇子。他的腰里无冬无夏系着那条黑毛绳编的腰带,这一来,更显得弯腰驼背。他的脚大,一双鞋不知要穿多少时日,鞋底用自行车的橡皮外胎钉得有一指头厚。一有空闲,他顶重要的一件事儿就是钉鞋,胶皮,剪刀,叮叮当当,真要把那双鞋打造成铜帮铁底似的。如此装束的三叔,恰如当时人们喜欢看的秦腔大戏《三世仇》里的穷汉子王老五,走在大街上,活脱脱一个苦大仇深的贫下中农形象。

土改后,念过书、有文化的我父亲,起先是当记工员,到1958年,吃大锅饭,我父亲又是食堂管理员,别人看得起,活儿干得轻,吃香的,喝辣的。到了1960年前后,人们喝菜糊糊度日,连水渠边的榆树的皮都被剥得光溜溜的。当食堂管理员的我父亲从来没尝过饥饿的滋味。

我们家终归被划成了富农,父亲戴了一顶"富农分子"的"帽子",划到"地富反坏右"的阶级敌人伙里,天天和母亲一起去扫大街,掏大粪,被拉去挨批斗。让三叔难以承受的是,一次开斗争会,有个背罗锅娃娃跳着蹦子打父亲。三叔心里便有些不忍,心里对那个往日无仇无冤的背罗锅娃娃恨恨不已。我母亲贤惠能干又通情达理,街坊邻居谁不夸?偷偷给他的吃食比我父亲给他的还多,那么善心的人也陪着受凌辱,他怜悯我母亲,却又恨我父亲恨得咬牙:你不劳而获,连累受苦挨饿的我也成了"富农"家庭成员。三叔怎么也想不通，他受了半辈子苦，都险些饿死，从头到脚是个地地道道的穷光蛋，为什么他也和我父亲一样成了富农成分？那阵子，村上的人们谁也不再提起他水口子镶得好、窟窿筑得实落、是庄家行里的一把好手、公社领导还夸奖过他的事儿了！

他觉得，这一切苦难都是我父亲带来的，他怨他，恨死了他。

日子不吵不热闹

劳累的庄稼人的节日就是下雨天，听着一阵一阵的雨声，蜷缩在热乎乎的被窝里，转过来碾过去，似睡非睡，那个舒服，那个惬意！

然而，劳苦惯了的三叔是睡不着的，他还是像往日一样起得早。雨天阴沉沉的，没事可干的他蹲在堂屋台阶上，或靠在柱子上，卷起"鸡大腿"的旱烟，吧嗒吧嗒喷着缕缕青烟，望着一片雨雾和房屋上水槽里冲出的弧形水柱，享受着老天赐予庄稼人的福祉。

平日里，他的话极少，即使是在庄稼地里，或者打麦场上人多的地方，他也很少拌嘴，他不善言谈，偶尔有可笑的事儿，也只是咧着大嘴默默一笑。他天生就是柔性子。

雨天，待在家里，看着淋漓不尽的雨水，梳理着家里的不快事，他就觉得有话要说，开始叨叨起来。本来，有些话是说给我父亲听的。村上的人把1960年挨饿的仇恨都记在几个村干部身上，当然就包括我父亲。大家都说：1958年"大跃进"，到处"放卫星"，一亩地产几万斤，怎么会饿肚子？不是那些当干部的多吃多占，老百姓怎么会像叫花子一样没吃没喝？

恰好来了个"四清"运动，好，一顶"帽子"压得我父亲抬不起头，却没想到的是，公社里的人和他一个穷光蛋也划清界限，他跟着遭白眼、受歧视。一想到这些，他就冤枉得觉都睡不实落，有满肚子窝囊诉说。

起先三叔的声音并不很大，雨声掩盖了他的牢骚和不满。渐渐地，他的声音大了起来，搅动的情绪燃起了他心头的怒火，高声大嗓，话也不那么好听。他如同在唱一出独角戏，指桑骂槐，矛头先是对着老婆——那阵也是她给工作组提供线索，揭发我父亲、我母亲的罪恶——哪天吃了顿长面，哪天还蒸着吃白面馒头，哪天半夜三更和几个干部烙锅盔、葱花饼吃……

终于，三婶忍耐不了了，她先是躲在屋子里对答、反驳、斥责三叔对她的不满和攻击。三叔对这种进攻不会沉默，他按照自己的思路和理解重申着他的论点，表达着他的不可侵犯和不容置辩。这样一来，矛盾激化，升级。脸都没洗的三婶散乱着头发，冲出了屋子，开始又一轮的对答和反驳，并且伸出糊满老垢痂的指头剁着他，慷慨激昂，表达着自己的正确和不可侵犯。三叔也冲了过去，指天画地，又粗又长的指头戳到了三妈又黄又瘦的脸上。

一场大战爆发了！

口水战上升到肢体，粗大的胳膊拧着细瘦的胳臂，交织在了一起，谁也不让谁，都怕冷不防受到对方拳击，只有动作，没有语言，恰如两个拳击高手在进行一场精彩的角逐和竞赛。

三叔解下了粗壮的黑毛绳腰带，准备吓唬吓唬她："我今日个勒死你这个母老虎！"

他的几个儿女抱着三叔的腿叫爹喊娘，我们几个侄儿、侄女们一拥而上拉胳膊掰手，死死扯着黑毛绳腰带，两头扽着，好像在拔河。好一阵儿，总算拉开了撕扯成一团的一对冤家。

三叔靠着堂屋的大柱子，余怒未息，呼哧呼哧喘着大气，重新一圈一圈缠上那长长的黑毛绳腰带，沉默着，一句话也没有了。对方还一把眼泪一把鼻涕，骂骂咧咧，一副不依不饶的样子……

夜幕降临了，对峙了大半天的三叔人困马乏，无言无语地蹲在堂屋台阶的粗大柱子跟前，一锅接一锅卷着旱烟，青烟袅袅，顺着柱子、房檐，飘散在雨后的晴空。

该吃饭了，没人动手做饭，三叔没有了晚饭吃，他自言自语，自搭梯子自下台："哼，气都气饱了！"

说着，将黑毛绳腰带解下来，一圈一圈紧一紧。

饿出来的癌症

七十郎当的三叔躺在炕上再也不能动弹了，几天的工夫，他的脸只有巴掌大了，皮包着骨，骨头架支撑着宽大的衣服。一辈子吃不饱的他吃得越来越少，此时，他的话却越来越多。看着坐在他旁边的我，回忆着从来没有向任何人说过的一段和我有关的故事——

原来母亲生下我的时候，我气息微弱，不哭不叫，家里人都急坏了，不知该怎么办才好，接生婆也手足无措。忽然，有人想起了驻扎在镇子上的军队，那里有军医。半夜三更，三叔冒着寒风，提着灯去了镇子上的兵营。听到大门处有动静，哨兵拉着枪栓"咔嚓咔嚓"响，三叔吓坏了，连忙"长官长官"喊叫，"不要开枪，我有急事"。三叔跪在哨兵面前求情，诉说，恨不得磕响头，最后总算请到了值班的军医……

当年三叔半夜求医的行动救了我一命。他的叙说一下拉近了两代人的距离，维系了我们叔侄间的情意。这位一辈子沉默寡言、不善表露心迹的人，其实心里藏着许多从未透露过的故事。

"老天爷不给路，还得这病，药吃了半车，一点儿不见好转！六〇年没饿死，讨吃要饭总算留了一条活命，阎王爷这次是不会饶过我了。"三叔嗫嚅着对我说。

其实堂弟早就告诉过我，三叔得的是胃癌晚期，镇上卫生院检查了，拳头大的瘤子，去城里透视、B超、活检，结论是一样的。

我百思不得其解，像三叔这样一辈子没吃饱过肚子的人，几乎没

241

沾过大鱼大肉,怎么就和"癌"沾上边了呢?难道饥饿也能"饿"出癌症?

三叔啜嚅着,回忆着往事。也许,他觉得,这是他人生路上的经验,他有对付饥饿的绝招。

1960年前后,饿极了的人们什么办法都想了。三叔每天挣扎着到后山上去。他有个绝妙的招数:挖老鼠仓。他趴在稀稀拉拉的田头野地,仔细寻觅老鼠洞,顺着洞口探查,运气好些,能找得到老鼠积累的食物,一窝仓里的粮食吃个十天半月绰绰有余。三叔是挖老鼠仓的高手,他心细,知道狡猾的老鼠喜欢在什么地方打洞挖仓库。每天,他总是满身满脸土苍苍,眨着一双充溢着满足与欣喜的眼睛,提着憋鼓鼓一袋战利品,步履蹒跚地回来,惹得邻居羡慕不已。

小炕桌上放着蛋糕、点心、饼干、罐头、橘子、香蕉……当年如果有这些,三叔不知道会乐成什么样儿。但现在,这一切都似乎和三叔毫无干系,他的那个大胃再也无法容纳一丁点儿苍天的赐予了!

忽然,我看到了三叔系了几十年的那条黑毛绳腰带,一圈一圈静静地盘绕着堆成陀螺状,放在枕头边,一头还紧紧捏在他手里,他长长叹息:"受了一辈子罪,还没受完,不如一绳子勒死算了!"

2015年3月18日草毕

天娃

尕舅娶亲那天，村上像过节。大人、小孩全涌到他家那个小院子里，女人们趴在新房的窗户上，透过扯破的窗纸瞧，新娘子人长得俊俏啊，百里挑一的女娃，不但个头高，模样俊，那一双大眼睛时不时扫一眼闹新房的人，低眉摩挲着红缎子新衣和胸前的大红花时，带着三分羞涩，更显得楚楚动人。多亏了尕舅是复员军人，不然，姑娘的爹妈绝对不会答应这门亲事，就这，老两口子还窝着一口闷气呢——总嫌彩礼少。

贺喜的人们在饥馑年头找乐子，想着法儿逗新郎官、新娘寻开心，用红线绳系着一块黑胶糖，让新人同时咬，一对新人扭扭捏捏不肯向前，嬉闹者故意把绳子悠来晃去，让两人无法接近。"天娃，胆儿大些！"有人喊着尕舅的小名怂恿、鼓动，尕舅斜披着红红的被面，幸福感洋溢在他那瘦削的脸上，显得羞羞答答，最后总算咬住了半个糖。

那几年遭了天灾，平日里大伙儿都吃不饱个肚子，酒席上招待客人最好的菜也不过是炒土豆、莲花菜、粉条、黄豆芽什么的，客人们却都一边狼吞虎咽，吃得津津有味，一边观望挑逗新人的热闹的嬉戏场面！

从那时起，我知道我有一个尕舅叫天娃。

一

说来，尕舅在我们那一带算是见过大世面的。尕舅先跑到兰州城打工、爬铺台。1949年8月26日兰州解放了，他看那些军人威武气派，就想参军，可他才十三四岁，带兵的不答应，尕舅一把鼻涕一把泪，死磨硬缠，总算进了部队。过嘉峪关、西出阳关、过星星峡、吐鲁番、哈密……天山脚下，伊犁河边，尕舅在弹火、硝烟、大刀中度过了他的青春岁月。

村里人几年不见天娃的影子，都以为这娃不是掉到黄河里淹死就是让人拐到天涯海角去了——十几岁的娃娃，还不大懂事呢，何况世事乱成一团。

忽然有一天，尕舅出现了在自家的院子里，他穿着黄衣裳，头戴黄帽子，脚上穿着黄球鞋。帽子上虽说没有五角星，却有戴过五角星的痕迹。天娃摇身一变成了复员的军人，村里人感到吃惊又新鲜。尕舅打开提包，抓出一把把玻璃纸包着的水果糖散给来看他的乡亲们。还有葡萄干！人们吃过葡萄，却不知这葡萄干是怎么变成的，柔柔的，味道比当地秋天的葡萄柔软酸甜好吃多了。尕舅就给他们讲新疆的特产、新疆的故事。日子不多，村里大人、小孩都会唱尕舅教给他们的歌：吐鲁番的葡萄，哈密的瓜，新疆的大姑娘一朵花……还有一首歌更是撩人，小孩子们简直唱疯了，大人们虽说有些扭捏，但还是爱听：达坂城的姑娘辫子长呀，两个眼睛真漂亮，你要是嫁人不要嫁给别人，一定要嫁给我……

自打尕舅复员回来，就不断有人上门提亲，尽管人们知道他的父亲旧社会是个大烟鬼，只有几间破房子，可现在是新社会，大烟鬼早就没鸦片吃了，变成了苦大仇深的贫雇农，成了"农民协会"依靠的对象。再说娃娃的面子大啊，一身黄军装，长得又精神，谁家的女娃不动心？

二

苑川河的两岸绿树成荫，瓜果飘香，河里游着鱼，两岸种着稻谷。

一条河把大大小小的村庄分成两个县管辖，河北属榆中，河南属皋兰。有些河北人家的土地在河南，有些河南人家的亲戚朋友全在河北。

民国年间，河两岸的人家开始种植罂粟。种罂粟好赚钱，可以换来银光闪闪的铸着袁大头、孙中山、蒋介石头像的银圆。不几年，有些人家发了，买骡子买马，置地盖房子。尝到甜头的人们，种罂粟的面积越来越大，苑川河两岸一到罂粟花开的季节，从上川到入黄河的下川，整个川道里红茫茫一片，清风吹过，翻卷着红色的波浪。

"三十一年种鸦片，三十二年百姓反，三十三年蒋不管"，当时流行的这段歌儿，正是那一时期的真实写照。

罂粟的大面积种植给老百姓带来了财富，暴发户们盖起了三堂五厦、一进两院的四合院、水磨砖的雕花门楼；罂粟也给很多人家带来了无法抗拒的灾难——不少男人、女人成天泡在鸦片里，过起了云里雾里"神仙"般的日子，地变卖了，房子拆了，家产变成了袅袅青烟。

我舅家的尕爷爷就是其中的受害者。

每一次去舅舅家，我最高兴的一件事是大姥姥给我做大米饭吃，苑川河南岸泡稻子哩，有米吃；我们河北的家里可没有。天天吃白面的我最喜欢吃大米饭了，只要一进舅舅家，姥姥就赶紧舀一勺大米，给我焖米炒菜。另外一件让我感兴趣的事，是看尕爷"烙棒子"——吸大烟。他斜躺在叠起来的一堆补衲得破破烂烂的被褥上，枕一顶几乎看不出图案的黑油腻腻的枕头。炕沿边放个泥火炉，吸烟用的细细的一根铁丝烧在火炉里，火炉的半边煮着罐罐茶，沸腾着，飘着丝丝热气。

那阵，民国的纸币成了废纸，尕爷的"炕围"都是用"野鸡红"的纸币糊的，记得他吸鸦片烟的管儿，是用纸币卷起的一拃长的管儿。当烧红的铁丝烙到如米粒大的黑色的鸦片膏上时，冒出缕缕青烟。尕爷连续不断地吸着，发出轻轻"嘘嘘"的声响。待青烟消失时，他端起有着豁口的茶锈斑驳的杯子，深深地吸溜一口茶，似乎要把那些烟都冲到五脏里面去。

那阵子，他惬意极了，眯缝着眼睛，望着房顶烟熏得漆黑的椽子，嘴角上露出一丝满足的笑容……

有时候，他被烟呛了，咳咳卡卡咳嗽起来，又是鼻涕又是痰。他拧一把鼻涕，顺手一甩，吓得我赶紧揭开层层叠叠补衲的破门帘跳出屋外，生怕鼻涕抡到我身上。

这一阵过后，第二轮的吸食就又开始了。

三

大爷和氽爷闹着要分家！

上堂屋的供桌上齐齐摆着一排烛台、香筒、香炉，这些铜制的供器大姥姥每天擦得明光闪亮。忽然有一天，桌子上空空荡荡，供器全都不翼而飞了！事情明摆着，肯定是大烟鬼老三拿去换了鸦片。对河两岸，鸦片鬼们一个套路，地卖完卖房子，骗亲戚，害朋友，做贼说谎，只要有一口鸦片吃，什么缺德龌龊的事儿都干得出来。

大爷气坏了，他明知是老三这个鸦片鬼干的，可没个证据，他捉住了侄女，要她站出来做证人，好收拾氽爷。而吓得抖抖索索的侄女谁都不敢得罪！

大爷拿着明晃晃的菜刀，作势要宰了氽爷，老太太一把扯住了老大的胳臂，带着哭声求饶，要他饶了大烟鬼老三，让那个风都快吹倒的大烟鬼，一样不少地把供器讨要回来就行了。

大爷歇了火，气得拿菜刀在石头台阶上砍得火星直溅。

又黄又亮的供器摆上了供桌，大爷、氽爷分了家。

老二归了天，可他留下的两个女儿要吃要喝，得留一份家产，这份地和房产就归抚养两个侄女的老大。一母同胞的弟兄自此结下了深仇大恨。

尕爷心里偷着乐，从此再也不用听老大的指派，让他去火辣辣的太阳下拔田、驮麦子，不用去河沟里锄草、施肥。再说，两个侄女归老大抓养，没他的责任；自个儿的大儿子十四五了，在河北一家烟坊当开门娃，尕儿子天娃不知到哪去了，生不见人，死不见鬼。他一身轻松，无牵无挂，干脆不用种庄稼——卖地！卖了地买鸦片，只要有了鸦片吃，就是神仙过的日子！

四

俗话说，前檐的水不往后檐流。结婚不久的尕舅和大烟鬼老爹闹着要分家。吃了半辈子鸦片的老爹没了鸦片吃，却想了另一个"高招"——不知从哪儿弄来的一种白片片，像西药片，只有豆粒大小，为了怕人发现，老是在半夜三更拉了窗帘，偷偷摸摸像做贼一样。

一次，被尕舅逮了个正着，气得当过兵的男子汉哭了："爹啊，不是你烙大烟，我十几岁的人能三九天在兰州城爬铺台胡混？只差饿死、冻死。政府教育你，还是顽心不改！你信不，我要你监狱里坐几天班房！"

"你真是个瓜娃子！"鸦片鬼老爹吸溜着苦茶，一副久经世事的智者的样子，对儿子说："不是我吸鸦片倒腾完了那几亩地，这阵儿你就是地主崽儿，贫下中农能选我当生产小队长？道理你咋还不明白？你大大庄稼务弄得好，地又多，戴一顶'小土地经营'的帽子，和地主、富农就差那么一截儿，三天两头陪着'五类分子'挨斗，舒坦吗？光荣吗？"

鸦片鬼老爹讲的尽是歪理，尕舅能不清楚？他知道，大大劳苦一生，是庄稼行里的一把手，村里谁不夸赞？而自己这个鸦片鬼老爹烙鸦片险些连房子都卖光了，要不是大大腾了间小房子，差点害得他娶了媳妇没处去。如今，他还有了道理！当初就因为女方家打听到老爹是远近闻名的"棒子客",硬是不同意,为这事费尽了周折。要不是他新疆当兵挣来的光彩,大眼睛姑娘是不会跟着一家穷光蛋受罪的!从结婚那天起,媳妇儿就挑明说清了,以后的日子要单锅另灶,决不和名声不好的"棒子客"鸦片鬼一口锅里搅!

"说千道万,这家是非分不可!"尕舅最后亮出了小两口酝酿了几次的决定。

"分就分!"老爹根本不在乎,当年他和老大分家,有房子有地。现如今有啥?土改时分的地没几天成了人民公社的,眼前就几间破房子,有啥分的?他朝地下努了努嘴:"那是土改时分地主的一对太师椅,你要就抬走。还有,桌子上的衣帽盒,那是拔贡老爷家的,你看上也抬走。再有啥?啊,还有墙上挂的那幅字画,也是从拔贡老爷家分来的,裴镇台画的马,听说值钱啊,能换一匹真马,想卷走也行!"

五

20世纪80年代的一天,尕舅来找我。

他是1949年当兵的,听说国家给这些人每月发几十块钱的生活费,可他没有。望着满脸瘦削、胡子拉碴的尕舅,我对这位走南闯北的复员军人刮目相看起来,没想到,眼前面黄肌瘦的尕舅还真是转战天山南北、出生入死的战士,他怎么背着包回了老家种庄稼,没有成为一名国家干部?真要是吃军粮,他不成了离休的老干部才怪呢。

尕舅从上衣口袋里掏出一张皱皱巴巴的证明,是大队开的,上面加盖了公社印章的地方,批注着"情况属实"几个字。看来,尕舅真还是个"老革命"了!

参军那阵他们村属皋兰县管,尕舅先去皋兰的武装部、民政局查找,却连个影儿都没有,只好又转回榆中。"没个熟人,怕是永远也弄不清楚了!"尕舅颓丧极了,眼睁睁看着就要到口的一块肉有吃不到嘴里的危险。

我让尕舅在我的办公室抽烟、喝茶等着消息。

武装部的小干事还算认真，看了村上的证明，打开档案柜，一沓沓翻来翻去，拿出一本打开几页："对，陆家崖1949年有一个参军的，名字却是叫'鲁天才'的。"

我一听，有戏！尕爷两个儿子，老大叫德才，老二叫天才，后来人们叫顺口了，也显得亲昵，把天才叫成了'天娃'。姓氏咋成了"鲁"？我分析，当初报名参军时，都是天南地北、五湖四海的人，口音不同，"陆""鲁"音同声调不同，才给写别了，现如今，当地和这个村里没一户鲁姓的人家，据我所知，全县几乎没有"鲁"姓。

听了我的一席话，小干事点头称是，答应给领导汇报后尽快办理好。

尕舅隔三岔五跑到县上来，怕把好事儿给耽搁了。

日子不多，巴掌大的红红的塑料本到了尕舅的手里。翻开看，贴着一张不知什么时候照的一寸照片，脸虽然瘦削却是精神，不大的一双眼睛炯炯有神，嘴角还带着一点微微的笑。显然，这是尕舅年轻时保存下来的一张旧照片。照片上压盖了凹凸不平的圆圆的钢印。尕舅捧着红塑料本儿的手微微颤抖着，一股泪水顺着那瘦削而苍老的脸颊流了下来，他嘴皮动了动，却什么话也说不出来。也许，那一刻，他回到了遥远年代的天山脚下，他大约又看到了战火纷飞中的另一个自己……

他总算像《红楼梦》中的贾宝玉一样，找回了护身的"通灵宝玉"！

六

这是农历十月初一的第二天，正巧是星期六，尕舅断定我要回家，一大早便过了苑川河等我。

我从学校回到家，还没坐稳当，尕舅就进门了，一屁股坐在摇摇晃晃吱吱扭扭的藤椅上，垂着头，一言不发。好一阵儿，他竟带着哭声诉说起来，好像遭了"天祸"！

果然是一场天祸——天火！

按农村的习俗讲究，"十月一"是给亡人送寒衣的日子，过了霜降，一天冷似一天，该加衣服了，得记着先人。尕舅对这些老先人留下的规矩是牢记在心的，马虎不得！中午吃过饭，他去糜子岔给祖宗上坟烧纸送寒衣，他总盼着有一天先人惦念着穷苦的后人，指出一条金光闪闪的大道来，再不是隔三岔五吃不饱肚子！他恨，也恨大烟鬼老爹给后人种下了拔不掉的穷根，他寄希望于另一个世界里的祖宗的怜悯。

返回的路上，只见村子里浓烟滚滚，遮天蔽日，看样子不是草垛、玉米秆被孩子们点燃了，就是哪一家失了火！

待尕舅到村子不远处，发现自家院子附近围满了人，原来是他家的房子着了火！火光冲天，黑烟旋转着随风飘荡。救火的四邻提着水桶、铁锨，远远地看着房倒屋塌，谁也没办法进前。虽说是几间破房子，烧起来却是呼呼啦啦，一阵工夫，房顶塌了，大梁、椽子朝天立了起来，火舌像魔术师变戏法一样不断变小，变大，浓烟变幻着各种图形，旋转着冲向天际。

尕舅抢了一把铁锨冲上去，被乡亲们死死拉住："房子烧了还能盖，你命也不要了？"

尕舅心里清楚，房子里有几包麦子、苞谷，那是一家人一年的口粮，还有准备盖房子装修用的木料、板子，这下全毁了！以后的日子怎么过？

坐在藤椅上的尕舅边说边哭，一把鼻涕一把泪，像个失去了亲娘的孩子，叨叨起老婆来："都是这个老畜牲惹的祸，炕洞里填的柴草太多，毡和被子烧着了，窗帘的火引着了顶棚，不然，好端端怎么会着火呢……"他分析着失火的来龙去脉，骂着怕冻着他而把炕烧得像烙饼的铁鏊子的老妻。

年龄越大,他越见不得自己那双眼皮大眼睛当年被夸成一朵花的老婆,甚至不乐意听到她的声音,他领着两个小孙子晚上住在草场院的几间破房子里躲清闲。

"你别伤心,天灾人祸,这是没办法的事,我们再想招数!"我只好百般安慰,"或者找民政局救济!"

"民政局?"氹舅一听民政局,立时停止了啜泣。民政局,正是拿着他的小红本每月领二十多元钱的地方。恰好局长是我的老同学,前半年,就是我向老同学出示了氹舅的小红本,诉说了氹舅孩子多的难心。局长听我说完就让会计下月发抚恤金时,一并先打给氹舅一千元救个急。

氹舅领到钱后来找我,看得出,他脸上的皱纹也显得舒展了许多,抹了一把激动的泪,喜滋滋地说:"民政局长,那可是个大官儿!你说咋样谢人家呢?"

"谢啥……"

没想到第二天一大早,氹舅背着一纤维袋莲花菜、番瓜、茄子、娃娃菜爬到我住的七楼,见着我气喘吁吁地说:"天不亮我就去菜地里,趁嫩摘了几样新鲜菜,送给你同学尝鲜。庄稼人嘛,再没个啥啊,是个心意……"

七

火灾后没几天,氹舅找到了我办公室,又扛着沉甸甸一大袋菜,"腾"地放到地下,喘着大气,一边口袋里掏出村上的证明递给我,一边急切切地说:"快给我找点凉水,渴死了!"我赶紧给他泡了杯热茶,他却等不住,抱起凉水壶,对着壶嘴咕咚咕咚喝起来。

展开那张盖了政府大印,签有"情况属实,请予照顾"字样的证明,损失部分写道:小麦3000斤,苞谷2500斤,扁豆250斤,大豆200斤,被子两条，毡一条，棉衣两件，单裤三条（保暖内裤一条），毛衣两件，桌子一张，椅子两把，三套柜……

看着证明书上一条一款的详细记载，我不知说什么好。尕舅气喘吁吁，还没缓过气来。一阵，他又掉下泪来，摇着头说："烧得太可怜，粮食都烧成了黑炭，当下连吃的都没有了，喝西北风去？儿子在兰州城搞装修收拾的铝合金，那是准备家里盖新房装修门窗的，都烧成了一疙瘩，一堆木头，指头蛋大的一点点都没剩，真正是水火无情呐。"

农村娶一个媳妇儿，大都单锅另灶，若没房子，休想把媳妇娶进门。尕舅为老大老二攒钱盖房子，河滩里捡石头砌墙，总算是有了遮风挡雨的地方。这，就已经让尕舅心力交瘁，腰也累成了一张弓，头发猛地变白了。这不，老三老四也成人了，还得盖房子、娶媳妇。

偏偏老天不长眼，一场大火，硬是要把他送到绝路上！

尕舅不断抱了铝壶喝凉水，一把岁数的人，扛着一纤维袋菜，够吃力的。我又气又好笑，想埋怨他几句，让我咋去给人家送这个菜？却又不忍心：庄稼人，再能用什么表达一点儿感激之情呢！

忽然，尕舅兴奋起来，在上衣口袋里摸摸索索掏着什么，他似乎有点冲动："说来还是老天照顾，你猜咋着？"

小红本！

"你看怪不？大火过后，我无明无夜地掏啊挖啊，这宝贝就在最底层，和村上发的几本学习材料捆在一起，那一叠学习材料还热乎乎的烫手呢，要不是房顶上塌下来的土块埋得严严实实，怕是连灰也找不着了……"尕舅忧愁的脸上露出了一丝喜气，"我思谋着，老天长眼呢，我的罪也快受够了，这穷根也快拔了！"

尕舅抚摸着巴掌大的小红本儿，真如同捏着一块稀世珍宝，摩挲了一会儿，忽然，大滴的眼泪扑簌簌掉下来，落到那老树枝般干枯的捏着小红本儿的手上。

八

冬日里，寒风早早来到了，夹杂着自由飞舞的雪花，暖暖的被窝，让人不舍。忽然电话铃响了，"有人找！"这么早，上班的时间都还没到呢，有什么急事？

过道里黑乎乎的看不十分清楚，办公室楼道墙角的一块暖气片上似乎斜倚着一个鼓囊囊的麻袋，走近一看，麻袋动了一动，是一个蹲在那儿的人：尕舅！他整个人缩成了一团，双手套在袖筒，戴着时下已经淘汰了的那种双耳棉帽的头窝在胸前，似乎在打盹儿。见到我，他抬起头，双眼眨巴着，露出一丝欣慰："你上班了？"

我赶快烧水泡了一杯热气腾腾的茶，让他先暖暖身子。显然他冻坏了，不断哈着气，搓着树枝般干枯的双手，跺着穿着厚厚棉鞋的双脚。

我明白他的来意，上次失火的证明给民政局后，一个多月过去了，没个消息，他一定是来打探个究竟。我趁他喝茶的工夫，明白地告诉他："尕舅，我隔三岔五问局长呢，暂时没救济款，如果拨下来，镇子上民政干部一定会通知你来领的，你急什么？再说，我操心着呢。这么冷的天，你咋跑来跑去受这份罪！"

"啧啧，民政局也没钱？"尕舅吃惊地问。

"民政局不是银行，哪那么多的钱？全县需要救济的困难人家多着呢。"我给尕舅解释。

"这个冬天怕是过不去了，缺穿少盖，吃、烧胡将就；晚上睡觉盖一件隔壁邻居送的破大衣，腿脚都在外边，这样的日子咋办？"说话间，他伤心地摇着头，皱纹包围着的眼睛溢出两行泪水。

为了让尕舅放心，心底里实落，打消他心中的疑虑，我当下决定领他到民政局我的老同学那儿。

一见局长，我这个尕舅好似见到了救星，拉住我老同学的手摇个不停，两眼泪汪汪，差点跪下来："局长，我可怜啊，老天不长眼，房子被一把火烧得干干净净，几口人的粮食一颗也没剩，小麦 3000 斤，苞谷 2500 斤，扁豆……"

局长扶着尕舅坐到沙发上，递了一支烟，打火机点着，像接待来访者一样认真做了解释："你遭了灾，我们会救济你的，你放心好了！"

尕舅抹掉了眼泪，吸溜了一下鼻涕，连声说："局长，我们那儿韭黄远近闻名，腊月里下来，我给你送上来些尝尝鲜，没说的……"

"看你说的哪里话……"

局长喊来了办公室的小伙子，吩咐："这是 1949 年前的老革命呢，你把他领到库房里，他需要啥，就尽量让他拿！"

大库房里，绿色的军被、军大衣、棉衣，保暖内衣，社会各界捐来的毛毯、色彩各异的衣裤、小学生的书包、铅笔盒……一叠一叠堆放得整整齐齐。尕舅望着堆到房顶的物件，一时间竟愣了，眼睛直勾勾盯着。这里摆放的一切，没有他不需要的。晚上，他和两个孙子挤在破窑洞里，扯着一件薄薄的破大衣；再看他穿的裤子，棉花疙疙瘩瘩，冷不冷，热不热；孙子有那崭新的书包，会乐得梦里都笑呢……

尕舅仿佛来到了传说中的太阳山，他就是那个故事里背着金子的老大，弄不清该要啥好，怎么搬回家去！

最终尕舅背着一个沉甸甸的大包袱，蹒跚着出了民政局的大门。

向老同学道了谢，我快步去追赶尕舅。新拓展的大道，齐排排列着玉兰花形的路灯，高楼林立，直插天际；冬日的寒风挟裹着大音响大喊大叫"放血大减价"的广告词，车流滚滚，人头攒动，只见尕舅背着硕大的包袱在熙攘的人群中缓缓移动……

2002 年—2017 年

天爷

从我记事起,村里的大人小孩都这么称呼他——"天爷"。天爷者,苍天之谓也,从老百姓常说的"老天爷为大,我为二"可以判断,"天爷"便是至高无上,是自然界万物的主宰者。当然,我这位四叔不可能是这样的尊位,叫他"天爷",是戏称他胆子大,言别人不敢言,为别人所不敢为,天不怕,地不怕!

他是我三爷的儿子。先辈们也许是出于凝聚家族、代代团结的目的,每个家族把几个亲兄弟的后代按出生先后顺序排列,我四个爷爷的儿子也是如此,第一轮从大爹排到十爹,为了与第一轮相区别,第二轮便在排行前加个"尕"字,如尕二爹、尕三爹……我这位四叔,后辈们都称他作"尕四爹"。

一

20世纪60年代,四叔在一个农场劳动改造。那个农场在河西走廊西端,接近腾格里沙漠的西南缘。

我的四叔——天爷,就在这样一个地方,在阴阳界上徘徊、挣扎,终于没有被阎王勾了名字。

那时正是三年困难时期,老百姓说是饿死人的那几年。我记得最清楚的是,四叔每次来信都要我们家乡产的烟渣,这是我们苑川河一带的特产,绿烟加工的产品数十年间曾经销往大江南北、广东、福建、江苏海边的渔民，特别喜欢"甘"字牌的水烟，祖祖辈辈，把水烟当作除湿、消胀及排遣海上寂寞的神品。

每次寄烟渣的包裹都是我写的。我调好墨汁，用楷书工工整整地在鼓囊囊的包裹上书写好地址、姓名，生怕有一点不对，说不定就会寄到另一个地方去。那些地址都是几团、几排什么的，我生怕把那些数字写错，那份虔诚，那种认真，仿佛不是寄到一个极危险的地方，而是给语文老师交大楷或者是去参加书法展览似的。也为此，四叔得知那规范清秀的字是我们家族的孩子写的，异常吃惊，这也是直到现在四叔都对我刮目相看的原因。

当时，爷爷们聚集在一起窃窃私语：老四怕是回不来了。爷爷们说，就老四那个脾性、那张无遮拦的嘴，在劳改队上也不会安生，惹是生非，绝对是死定了！

但，四叔活着回来了！

他满脸浮肿，眼睛眯成一条缝，大腿肿得紧紧绷着裤子，像要裂开，手肿得如同出锅的馒头，又圆又鼓。他整天一言不发，呆坐在墙角或者靠在柱子上晒太阳，一动不动，仿佛拙劣的雕塑家堆成的一尊失败的泥塑。四妈熬了黄豆汤喂他，据说是能消肿——当时不少浮肿的人用这种祖传的法子救人。渐渐地，四叔好转了，眉是眉，眼是眼的，借助一根木棍可以在村子里行走转悠了。他开始向亲朋好友诉说劳改农场的生活和故事，但对他为何被发配到那儿的原因，却缄口不言。问得次数多了，他有些羞赧地说："还不是嘴上惹的祸。"

当粮食局的领导找他谈话，说是让他去锻炼一阵子，要么去农场，要么回乡。单纯朴实而又不谙世情的四叔一想，一回乡去，怕是永远成了农业社的社员。于是，他选择了去农场。

没想到，这一去竟然是数千里之外的劳改农场！他们感念祖宗烧了高香，后人命大，老四他能死里逃生。

二

说起来，多嘴多舌将他打入地狱，也是多嘴多舌让他步入"天堂"。那是在劳改农场的一天，一个偶然的机会——他提着菜盒去打饭，时间还早，他看伙房的大师傅在门口正在剥洗一条尺把长的鱼——看得出来，当地的人很少吃鱼，那位大师傅笨拙地捉着鱼尾巴，像捉了一头猪似的，拿着一把菜刀，要把鱼大卸八块。

看着大师傅那蠢笨的动作，四叔笑坏了，揶揄道："哪有像你这样收拾鱼的？"大师傅抬起头，对这位不速之客的指教显得很不高兴。四叔完全是一副行家的模样，说："小伙子，你先要剪去鱼鳍，然后刮干净腹背上的鳞甲，最后要把肚子剥开，掏出里面的肠肠肚肚……"

大师傅一听，四叔讲得还真像个行家，问："你当过炊事员？"四叔有点炫耀地说："我上班的靖远县城在黄河边，我在粮管所时，隔三岔五到黄河里打鱼，吃的鱼多了！"说着，四叔接过大师傅手里的鱼，熟练地拨弄起来，不一会儿，一条干干净净的鱼递给了小伙子。

第二天，排队点名准备上工时，队长通知，要四叔去大灶上做饭。四叔先是一惊，后来一想，准是头天帮着收拾了鱼，那位小伙子给领导推荐了他，去大灶上做饭可比整天在戈壁滩上挥着洋镐、铁锨挖排碱沟、掏渠、打地埂不知舒服到哪儿去了。

起初那阵子伙食还好，劳教的右派分子天天大肉炒菜、油汤辣水，顿顿大米、白面馒头，不多日子，四叔就红光满面的，脸上的皱纹也展脱了。他十分珍惜偶然得来的这份工作。每天打交道的是管教干部，虽说他们对干活的右派吆五喝六，到食堂打饭却是另一副模样，那些人为了多吃几块肉，多盛点菜，打饭时，对大师傅笑脸相迎、点头哈腰。四叔手里的勺子就是权力和地位的象征，他再也没有右派卑贱的感觉了！

一年多过去了，不知什么原因，农场的右派们被集体转移到东边的另一个农场。食堂管理员朱兆民调整四叔到干部灶去，说因为四叔烹饪技术不错，人干练又诚实。

干部的伙食当然比他们所管教的右派的伙食好得多，再也用不着四个人抬那摆放着百十个大馒头、窝窝头的蒸笼，拿着大铁铲去炒犹如寺院中用的那么大铁锅里的土豆片、莲花菜、青菜……夏日里，大灶房如同蒸锅，一天到晚流着大汗揉面、洗菜、切菜。说起上笼，也是费劲又危险。一次，站在锅台上的一个年龄稍大点的炊事员脚下一打滑，一头栽进了热气沸腾着的大锅，等拉出来，还没送到医院就断了气。

受到"提拔"的四叔感恩戴德，总是找机会比别人多干点儿活，表现表现，他巴望能在这干部灶一直干下去。

可这好日子没过多久，有天突然通知让他回队上干活去！

干惯了食堂里的活儿，整天炒菜、煮肉，猛然又拿起洋镐、铁锨，在戈壁滩掏渠、修地埂，还得遭受这帮"老右"同伙们的讥笑，"以为你干一辈子哩，还是给'下放'回来了……"

他觉得事情有点蹊跷。有人私下里告诉他，听几个干部家属说，传言他巴结队长，把锅里的羊肝子藏起来偷偷送了人情，这才把他从干部灶撵了出来。

"嗨，嚼牙咬齿，这是哪儿的事？"他要去找食堂管理员问个详细。之前只为说了几句话，他就莫名其妙当了"右派"，被发配到这几千里之外的戈壁滩，至今冤枉没处诉，这次，他再不能当冤大头！可不巧的是，听说管理员回老家探亲去了。

沉重的体力活和越来越糟糕的伙食，使四叔的体力一天不如一天，四叔正在地窝子前边晒太阳。食堂管理员朱兆民突然出现，一见他这副模样，惊讶地问："病啦？"四叔摇摇头，然后开门见山，把羊肝子的事从头到尾说了一遍。

原来，管理员朱兆民的天水老家也遇上了荒年，没吃没喝，他回去看望一家大小。正是在这空当儿，出了这事。当初朱兆民也是听了大师傅一句夸奖，说四叔是一个会烹调鱼的好厨子，这才让四叔进干部灶的。在这之前，他根本不认识这个扛着洋镐、杂混在人群中的"老右"。几年相处下来他心里一清二楚，这个"老右"值价，不会干那些溜须拍马的事，不会为一块羊肝子惹是生非。

进了干部灶，四叔怀着深深的感恩之情，勤勤恳恳地干活，说话也收敛多了。他立志决不能做对不起朱队长的事。

这次，就偏有人要戳是弄非。四叔恼火极了，但他还是压着火一字一板向管理员朱兆民解释："谁都知道，羊肝子要是等羊肉煮烂再捞出来，味道不好不说，干渣渣像嚼木渣子一样难吃，所以一定要提前捞出来。我怕放到外边不防备让猫给吃了，才用报纸包了放到抽屉里的。哪个眼尖的看见了，捕风捉影编造说是我为了巴结队长藏了羊肝子给他。"

朱兆民知道了这件事，非常生气。他心里清楚，这是有人有意要败坏他名声，说他重用右派，四叔调进干部灶正好给他的对头授之以把柄。但最终朱兆民忍了，他还是食堂管理员，他得保持自己的涵养。他只是严肃地告诉干部灶管理员，让四叔继续当炊事员，一切由他朱兆民承担！

好日子并没有持续多久，大饥荒带给人们的恐怖达到了顶峰，供应的粮食越来越少，右派们整天喝着清汤寡水的糊糊，有的人倒在戈壁滩的芨芨草上……

一天，四叔路过地窝子，同村的金光涛耷拉着头晒太阳，见到四叔，眼里噙着泪花，哽咽着说："你命大啊，干部灶好歹还能吃饱肚子，我怕是活着回不去了！"说着，从口袋里掏出一个小布袋，递给四叔说："这是我的印章，你能回去，就交给我的家人！"四叔听说过，他爱写会画，刻得一手好印章，可现在他只能眼睁睁看着这位个头高大的同乡被饥饿折磨。

还有一位同村的教师金乾健。1958年全民大办教育，口号是"县县有大学，乡乡有中学，人人是诗人，个个是作家"，县上勘定在一个叫郝家营的小村子旁边修建县第二中学，风华正茂的金乾健东奔西走，采购砖石木料，学校建成了，他却成了罪人被发配到离家数千里的地方"劳动教养"。

两位同乡都在寺背后的大庄街道住，耕读传家，几辈人读书种田，是村里不多的几个读文识字的人，待人接物斯斯文文，不像自己嘴上没遮拦。念及同村的情义，四叔决计要救这两位老乡。他大着胆儿揣着藏起来的黑面窝窝头塞到芨芨草旁边，做好记号，找到两位老乡，悄悄告诉他们标记。

对比同乡的命运，四叔从心底里感激朱兆民，要不是他让自己进了干部灶，他肯定扛不过这一场灾难。

为了感恩，早晚开饭给朱兆民盛饭菜时，四叔都会巧妙地在锅里一晃，这一晃，总是稠点，多点。而此时，干部灶的供应也已一天不如一天，那些监督劳教人员的人也成天喊吃不饱肚子。

三

清明前，小麦要浇春水，队上派四叔去看水渠，这是一件看似轻松却又担责任又费劲的事。晚上蜷缩在破窑洞里，寒风从玉米秆编的帘子里透进来，刺得人没法入睡。他还得不时起来巡查，如果是水渠漏水了，那麻烦可就大啦。黑灯瞎火的，只有马灯那一点微弱的光亮，他只有凭经验判断水的进口，仔细看水面有没有漩涡，有时候折腾半天，水却从离开漩涡大老远的山缝里钻进去，又从另一个地方冒了出来。

四叔工作很认真。他像铁路上的巡道工一样，一节节，一段段仔细巡查，用铁锹将可能出现隐患的裂痕涂抹得平平展展。一天，就在他蹲在水渠边搜寻时，驻队工作组的女组长跨着大步走过来，看到四叔寒风中的那副认真样，感动得直夸："啊呀老大爷，你挺负责的！"

"闲着没事，瞎捣鼓！"四叔正用一双大手挖了泥往小树皮上涂抹，他觉得，这是一件十分轻松愉快的事儿。突然间出现的女干部令他有些不快。

这是一个四十多岁的女人，脸黑得像是抹了锅煤，更让人不忍一看的是满脸的雀斑，麻拉拉的，如同撒了一把黑芝麻；她人高马大又胖，一走路浑身的肉都颤抖抖的。人们私下说，她太丑，又厉害，他男人不要她了；单位里又惹是生非，不然，不会发配她来当"工作组"！

"你不冷？"女工作组长问。

"老筋老骨，有啥冷的？"

"你这种精神真好，社员们都像你这样保护树木，每年的绿化工作可就好搞多了！"

四叔大约觉得眼前这女人不像是人们说的那么可憎，便想趁机反映点儿情况，引起领导的重视，他觉得年年这样瞎折腾，劳民伤财不说，可惜了那些小树苗。他大着胆儿说："你没听人说'春满园，夏一半，秋凋零，冬不见'，年年栽树年年不见树，广播喇叭喊得成绩有多大，可树不见几棵活的。嘿，现在的事儿……"四叔仗义执言的老毛病又犯了，说着，捶胸顿足，气得直摇头。

"对，对，你批评得好，咱贫下中农就要有这份责任感。"女工作组长又一次表扬了四叔，"工作组要号召大家向你学习，保证今年绿化任务完成得顺利，保栽，保活，保长大。"

四叔听人说这个满脸雀斑的女组长厉害得很，没想到这么平易近人又肯听取意见，感动得又大骂公社的干部弄虚作假报虚数字糊弄上级领导，越骂越激动。他索性在水里洗净糊满稀泥的双手，在水渠边走来走去，一桩桩一件件历数他听到的一切，像给水渠边的小树苗发表什么演说。

女组长听了一阵儿，从口袋里掏出个小本子，认真记录起来。四叔讲完了，她又夸赞了几句："你说的这些意见，不但大队革委会要认真研究，我还要向公社革委会反映。像这样下去那还了得！我们的干部不都成了吹牛说谎的专家！"

这天晚上，四叔被通知去大队开会，他有些激动，心想，肯定是他早上的意见引起了工作组长的高度重视，要专门召开会议讨论研究他提出的问题，或者是再单独和他谈谈，听听他对绿化的建议。

大队部的会议室里坐着几个党员和积极分子，沉闷地吸着旱烟，有的靠着墙打盹儿。

过了一阵儿，满脸雀斑的女工作组长拿着一个小笔记本和钢笔进来了，后边紧跟着革委会主任安娃。这是四叔的一个远方侄儿，路头路尾碰到他，有时还叫他一声"四爸"。尽管他从劳改农场回了家，但仍然有人叫他是"脱帽右派"，所以安娃平时总是做出与他划清界限的样子，大多时候根本不正眼看他。今晚，也板着面孔，严肃得很，一副大队领导的架派。怎么？女工作组长没有了今天早上那副认真和气的样子，似乎不认识这位"贫下中农老大爷"似的。

女工作组长和安娃分别坐在大办公桌两端，好似法院的判官。安娃响亮地咳嗽了一声，表示要正式开会，见有的人还在打盹，用粗指头骨节敲敲桌子，说道："醒醒！没一点革命精神，乏兵败将的！"又清了清因吸烟而发哑的嗓子，开始了主持词："过几天就是清明节了，公社发下文件要大搞春季绿化，今年不比往年，要有新的面貌，任务大着呢。绿化咋搞好？毛主席说得还是好，'阶级斗争是纲，纲举目张'。可'脱帽右派天爷'就要攻击绿化，你看可恶不可恶？说的是'春……咋啦'……"安娃记不起来，转头向满脸雀斑的女组长求助。

女组长一脸恼怒，她恨安娃不争气，开会前就让他记了一阵，结果临上场偏偏又忘了，她干脆亲自披挂上阵，直说："是这样，今天早上，脱帽右派当着我的面，攻击说咱们贫下中农每年的绿化是劳民伤财，

'春满园，夏一半，秋凋零，冬不见'，你听编得多好，费了多大心思！我当时就觉得毒兮兮的，你看他那个假面孔，我还以为他是咱的贫下中农呢，险些把我给骗过去。对'脱帽右派'的恶毒攻击我们要深揭狠批，不然，今年的绿化就会受到干扰，今年的绿化工作咋进行？今晚，我们党员首先召开批判会，如果他还不老实，就召开社员大会，看不把他的嚣张气焰打下去！"

　　安娃觉出了组长对自己刚才没记住"春满园"的不满，见女组长开场锣鼓敲完了，便像个应声虫，赶紧接上话头说："工作组长说得好，纲举目张哩，纲不举目不张，还能搞好绿化？"他看了四叔一眼，见"脱帽右派"低了头，显得老实，更来了劲头，哒哒哒像个机关枪一样说个不停。他试图挽回面子，让工作组长清楚他安娃不是个二愣人，还是有点水平的。他一二三四，左一个"纲举目张"，右一个"纲举目张"，一会儿朝着天花板，一会儿朝着墙上挂的一面烟熏火燎得发紫的奖旗，好像在县电影院为开"四干会"的干部做报告。

　　四叔满以为工作组长还会在党员会上表扬他，迎来的却是挨批判，又气又恼。听了一阵安娃的发言，又哭笑不得，心里骂道："植了多少年树，咋山头上还光秃秃的？看你嘴上劲头大得很！"骂了一阵儿，又骂工作组长，"看你还是个国家干部，我以为你的政策水平高得很，给你说了些老实话，原来和安娃是一路货，只怪我瞎了眼，给你白呱啦了半天。"一时又恨自己多嘴多舌，思来想去，感叹一生老是嘴上惹祸。想着想着，闭着双眼竟然进入了梦乡，一阵儿，还打起了轻轻的鼾声。

　　安娃讲了半天"纲举目张"，直觉得口干舌燥，回过神一看，几个党员昏昏欲睡，那个挨批的天爷竟然也打起了盹儿，他气得拿起桌上的印泥盒，像县官拍惊堂木般"叭"一声，惊得众人都醒了过来。"把你们请来是睡觉来啦？太不像话，不看僧面看佛面呢！"一句话惹得麻脸组长发起了火："同志们，火都烧到眉毛上了，阶级敌人他们人还在，心不死呀！这个天爷把我们的植树造林攻击得一塌糊涂，你们还有心思睡大觉呢。要不是你们这个熊样子，他气焰能那么嚣张？"

四

苍苍茫茫的黄土山头，沟壑如老人脸上的皱褶，皱褶中有一片荒无人烟的地方叫碱盐池。

这里离村子有十多公里地，也许是数百年前先祖们开垦的一片荒地。20世纪60年代初，老天爷连着三年大旱，饿急了的人们为了填饱肚子，满山满洼开荒，种上些洋芋蛋，巴望秋天能有些收获。饥馑度过后，生产队的头儿看中了这块风水宝地，将散布在黄土沟岔里的那些大大小小的地块收归集体。春种秋收，队上派社员播种打碾，年景好的时候，漫山遍野的山地里，麦子长得和水浇地一样。

四叔被打发到这里放羊。如此一来，队长耳朵边少了聒噪的人，少了胆敢对一队之长说三道四的人，少了惹祸招灾制造"阶级敌人新动向"的人。

住土窑洞，煨烟打火，洗锅抹灶，全都自己一个人。这个鬼地方，他不来谁来？这无疑是又一次改造！不过经历过磨炼的四叔一听这个消息，心里却乐开了花。天高皇帝远，再也不会受队长的吆喝，少了世间的无尽烦恼，正是六根清净！

每天日头冒花，他就统领着几十只羊，浩浩荡荡出了圈。看着漫山遍野低头吃草的羊群，他涌起从未有过的惬意。如今，他就是统帅，他就是最高领袖，最高长官。古来的皇帝统治的是人，他统治的无非是没有思想、无求无欲、一心只管吃青草拉粪的不会说话的畜生！

他将毡夹平铺在草滩上，蓝天辽阔，白云悠悠，清风习习吹过，他掏出装烟渣的小布袋，卷起"鸡大腿"，香烟袅袅，他使劲吸一口，烟雾在空中缭绕。他终于有工夫梳理几十年走过的路。兴起时，没腔没调地背诵他小学时学过的的文章:"山不在高,有仙则名;水不在深,有龙则灵。斯是陋室,惟吾德馨……"

他更喜欢李华的《吊古战场文》,他觉得开头一段就是描写劳改农场那里的。其实那儿的一边就是为了防止外族入侵而构筑的古长城。在劳改农场时,望着浩渺无垠、沙砾茫茫的戈壁滩,他动不动就默读,或者大吼:"浩浩乎,平沙无垠,夐不见人。河水萦带,群山纠纷。黯兮惨悴,风悲日曛。蓬断草枯,凛若霜晨。鸟飞不下,兽铤亡群……"这是他在兰州上农校时喜欢的一段古文。有谁知道,多少年后,他会被发配到文章中描绘的古战场,也许,这正是和古人心灵的暗合和交流吧!

现今,他不再是被监督的劳教犯,而是至高无上的君主,经管着一群活生生的羊,这犹如他的子民,他的伙伴,他的亲人。羊不会语言,但通人性,逢到天寒地冻时,那些大羊卧在他的身边,似乎要解除他的寒冷,给他以温暖。他心里充满了感激,会夸赞它们一通,羊儿也会竖起耳朵听这位形单影孤的老人的诉说。母羊产羔了,四叔如接生婆一样,抱着小羊羔梳理着还有点黏糊糊的绒毛;小羊羔没奶吃,他便用小勺子喂苞谷面糊糊。那一刻,他内心充满了对小生命的无限喜爱。就是这些无法用语言表达情感的动物,驱走了他远离家庭的孤独和寂寞,化解了遭受冷眼和心灵折磨的愤懑,他一腔情感全都注入这些精灵的身上,渐渐淡忘了劳改农场和故乡的那些惨痛堵心的往事。

一口不知何年何月掏挖的破窑洞里,就是四叔在碱盐池的家。每当夜幕降临,他将统领的"兵将们"关进羊圈后,就钻进这孔低矮的窑洞做晚饭。这对他来说是小事一桩。

晚上,他完全可以高枕无忧。这些年,黄河不结冰,野狼过不了河,南边的山区里断了足迹;狐狸不怕它,一条跟羊狗完全对付得了。他所能做的就是一棒接一棒地抽旱烟。

窑洞冬暖夏凉,一张炕由他伸来展去,比起劳改农场的地窝子,这就是天堂。只有一点让他心里不舒服，土窑的拱形顶部有条二指宽的裂缝，好像随时就要坍塌下来。可他再也没地方去。沟里唯一住着一家刘姓人家，是队里常年驻守操心庄稼的，祖孙三代五口人，住着三间破屋子。

每天晚间，四叔躺在炕上吸溜着烟，眼睛盯着窑顶的缝隙，昏黄的油灯，灯花扑闪着，跳跃着。来到碱盐池的几年，他几乎失去了语言功能，唯一能用的就是呵斥那些离群乱跑的羔羊，他像当年劳教队的队长一样，由着性儿喋喋不休地数落某个头上一点黑，或者是脊背上脱了毛的，还有那些不安心吃草，尽在羊群里捣乱的羊……

突然，窑顶的缝隙里冒出一截好像是树枝的东西。怪，树枝怎么会从那儿伸进来呢？他眼睛有点花，看得不十分清楚。嘿，那树枝在动！四叔坐起身，仔细盯了一会儿，才看清楚了，是蛇！一条蛇，睁着亮晶晶的眼睛，似乎在寻找猎物。灯光下，空旷的穹窿窑洞里不是它要去的地方，一阵儿，缩着头走了。

又过了几天，一次他刚推开窑门，只见一条花蛇盘成一个圆圈，见他进来，不理不睬。四叔虽说是胆儿大，可也受不了这条蛇的骚扰。

这孔窑洞再也不能住下去了！一阵阵怨恨和烦恼涌上四叔的心头。看来，他不是被坍塌的窑洞掩埋，便是被毒蛇咬死！他取来一把铁锨平放在地上，嘴里念念有词，吩咐蛇盘到铁锨上去，他们井水不犯河水。他转了一圈回来，怪，小花蛇真的安卧在铁锨上了。

那一夜，思来想去，无法入睡，他一直盯着那裂开的缝隙！

第二天，一纸报告放在了第一小队队长的办公桌上，皱皱巴巴的学生作业本上扯下来的纸上写着"声明"两个大字，正文写道：我住的窑洞头顶开了大口子，说不定哪天就会掉下来。我的命不值钱，但也不能让塌窑洞砸死；窑洞里有蛇，蛇会毒死人。我一死，这群羊没有人接班去放。队里如果不管此事，我就背着铺盖卷回家，要批要斗由着你们！

"天爷发火了！"当队长的堂侄儿孖老三看着"声明"，咧着嘴笑了。说良心话，天爷放了几年羊，当初的七十只变成了现在的一百来只，要不是这个老右派操心，八月十五社员们哪有羊肉吃？再说，万一真的窑洞塌了，出了人命，哪怕是"脱帽右派"，也不好交代，队里还得搭上一副棺材！几个领导当下拍板决定："找些破橼子，派人打些土块，给这个老右派造个窝，让他老老实实地给咱放羊！"

　　一间新房在羊圈北边的角落里建造起来了，四叔从此和阎王爷说了"再见"。四叔诗兴大发，和隔壁刘家的娃娃借来个墨盒，可是没有大毛笔，他就拿起一截柴棍，拔了一股狗毛，做成一根大笔，在破窑洞的墙上写了起来："农业学大寨，处处红花开。奔腾南大山，牧羊唱新歌……"

　　队上调来突击收小麦的人听说老右派还写诗，觉得挺新鲜，都跑去看。四叔高兴得不成，乐呵呵地夸耀："怎么说，我的诗算不得'黑诗'，看谁能把我咋样！"有个绰号叫弥勒佛的远房亲戚把四叔拉到一边，悄悄说："给你盖了一间破房子，你还张狂，高兴得写诗哩。你写的那就是'黑诗'，给你找麻烦就是现成的，羊怎么还唱歌呢？就这一句，你也交代不清。"

　　四叔平时就讨厌这个弥勒佛，他头大如斗，矮个头，见人老是笑嘻嘻的，人叫他"弥勒佛"，其实是个笑面虎，斗起"五类分子"，劲头足得很，捕风捉影，上纲上线，恨不得将"五类分子"生吞活剥了。队上给四叔盖了新房，他心里不乐意了，宁可让窑洞塌下来把四叔砸了，让蛇把血吸了，他才高兴。四叔知道他的鬼心眼，大声大气地说："去去去，你是积极分子，没有你，工作组没事干，快去报告，看把我给吃了！"

　　弥勒佛见四叔气势汹汹，撂了一句："老右派你看着，除非你老得走不动，这群羊，肯定叫你放一辈子，死都让你死在碱盐池！"

五

两年多的羊倌生涯,四叔深深喜欢上了这群没有语言表达能力的畜生。四叔发现,其实羊和人有好多地方极其相似,比如吃,人吃的是五谷杂粮,羊吃的是草;羊也休息睡觉,吃饱了喝足了,睡在那儿不想动弹;羊也有情感,你看那些情投意合的公羊和母羊,也骚情呢,一旦发情,那些不知廉耻的家伙便在众目睽睽之下秀恩爱,全然不顾在那儿吃草的同类。羊和人有一点差异,当母羊产羔儿后,不像女人那样对婴儿呵护有加,而像什么事也没有发生一样,径自去漫步或者吃草,根本就忘了给刚刚出生的小羊喂奶这桩大事儿。这就让四叔大惑不解了,女人们可不是这样啊!

别的队上的羊倌听说后,笑开了:"那是畜生,不是人啊,你怎么把羊当成人呢!"老羊倌给他介绍了一种土办法,给母羊的鼻孔上抹一点小羊的脐屎,母亲便会认识它的小宝贝,自动去给它的宝宝喂奶了。

在没有弄清楚这点以前,四叔还费了好大的劲,每天挤了羊奶,像给小孩喂奶一样,用奶嘴给小羊喂。用了抹脐屎的办法后,母羊好像才认识了它的孩儿,自动地拥上前去,亲切地亲吻着,挺出它那鼓鼓的大奶子递给小羊,像久别重逢的一对母子,只差说句"孩子,妈妈对不住你"!

四叔像一名保育员,喂养、呵护着不断来到人世间的小羊羔。望着毛茸茸、憨头憨脑、初出茅庐的小羊,唤起了他如母爱般的情感。有时候他抱起那些小家伙,像当年抱着自己刚出生的女儿和儿子一样,羊只不过不会说话而已,而那"咩咩"的叫声也够动人。渐渐地四叔懂得了,那单纯而带着抑扬顿挫的音节里也表达着怨恨、祈求、兴奋、寻觅、愤懑,只不过人和羊之间缺乏沟通的"翻译"罢了!

有只小羊一落地便像得了软骨病，怎么也站立不起来，一摸腿，好像骨节错位了。小羊一声声痛苦的叫唤撕扯着四叔的心。怎么办？

他想起了骨科大夫的正骨术，便找来两截硬木棍，绑到小羊的腿上，如此扶着它，小羊便会像刚学走路的孩子一样，步履蹒跚地挣扎着向前。四叔给它起了个好听的名字——宝宝，听着四叔"宝宝，宝宝"喊它的名字时，宝宝便会吃力地起来向着四叔，一边走，一边轻声又凄楚、哀怨地叫唤着、呻吟着，似乎在答谢、感念这位救命的恩人。每逢这时，四叔心里就暖暖的，忍不住要流泪。

羊里也有"异类"，有一只羝羊，怎么也不合群，总是特立独行，稍不注意，它就溜到不知什么地方找一块青草独自享用。这家伙好似上天封的"领头羊"，它经常超越头羊，要带着羊群朝另一个方向走，有时候它像发疯一样竖起两只羊角，在羊群里所向披靡、横冲直撞，把规规矩矩吃草的羊群冲得四分五裂。这让四叔十分恼火，却又无可奈何。飞抛用不上，鞭杆对这种有皮毛的畜生根本起不到警示和惩罚的效果。

放了几年的羊让四叔练就了一个本领，如果遇到天气突变或者回圈需要集中时，他大拇指和二拇指捏起来放进口里发出一声声长啸，头羊听到这犹如警报的啸声，便会带着成群结队的羊群沿着山间的羊肠小道聚拢到一起，那场面如大军集结，腾起的土雾盘旋在山野间，阒寂的沟岔里传来连绵不断的回声。

那天，回圈的时间到了，偏偏这个捣蛋鬼不知跑哪儿去吃"独食"了。

太阳已经落山了，暮色下垂，可就是不见这只捣蛋鬼。四叔有点担忧，怕是这家伙掉到山崖下边或者钻进窟窿里了。他一边打着呼啸，一边迈着疲惫的步子向山顶爬。

山的背面，一只羊在静静地啃着草，见到了大户长，它也不理不睬。它斜睨了四叔一眼，似乎是故意要和他叫板，以表示它对主人偏爱那些小羊羔的不满。

四叔气炸了，挥动鞭杆，他决心要敲断它的腿。一阵猛烈地敲打，这家伙没了本事——它跑不动了，鞭杆在暮色中舞动，羊毛在空中飘飞，一阵阵痛苦的叫唤声在高高的山岭上回荡，四叔骂着："叫你捣蛋！"羝羊痛苦地挣扎，一双眼睛死死盯着四叔，透出无奈和仇恨。四叔脑子里忽然飘过那些在戈壁滩上劳苦的身影，他们的形象和眼前这只山羊重叠起来，他的胳膊再也挥动不起来了。他扔下鞭杆，坐在草滩上，禁不住泪水长流，悔恨万分，"我在这儿无亲无故，羊，就是我的亲人。娃娃捣蛋只能吓唬；羊毕竟是不会说话的畜生，再捣蛋也不能下这种毒手啊！"

六

说来，碱盐池还真是个放牧羊群的好地方，方圆几十里没个人烟，山坡地的阴洼里铺盖着各种各样的草，那一茬一茬的野草取之不尽用之不竭；深深的山沟下面，天造地设地排布着大大小小的水池，幽幽碧绿的水倒映着蓝天、白云；那水苦咸苦咸的，碱分高，却是洗羊的绝好配方。夏日里，剪了春毛的羊又长出了长长的毛，那里正是藏污纳垢的地方，寄生着说不上名堂的玩意儿。羊儿似乎也钟情那些泛着微微涟漪的池子，钻进水里后自由地来回游动，只剩一颗头在水面上；嬉戏够了，跳出水池，使劲抖动着浑身的茸毛，把那些乌七八糟的垃圾全都抖落掉。

四叔用他那双大手捋着新生出的厚实的羊毛，淘洗着羊的大尾巴，那儿，粘连着一串串的粪蛋儿，是需要耐心的。他做这一切的时候，精神集中，一丝不苟。他哼哼着曲调，半个身子浸泡在温突突的池水里，舒服极了。此刻，他的心里充满了无限的快意，忘掉了人世间的一切烦恼和不快。

中秋节前，又一次的洗浴开始了，羊儿再也不会像夏天那样喜欢沐浴，寒冷的池水它们不喜欢，它们挣扎着不肯就范。

这是一年的最后一次洗羊了。四叔分期分批地进行着这一程序，如同教徒的一次虔诚的洗礼。

这天，当他把一批洗得雪白的羊儿赶进羊圈时，发现有点异样，羊少了几只，他呵护备至的小宝宝怎么也不见了！羊圈的篱笆门上的铁丝是绕着的，羊不会自个儿跑出去。他四下张望，远处邻队的羊群星罗棋布地散在山洼上。

"你不知道？"那个叫长毛哥的羊倌一脸诧异，"他们拉羊也不给你打个招呼？他们说八月十五到了，队上要犒劳辛苦了大半年的社员……"

四叔一听气炸了，骂了声："犒劳他娘的狗屁！"迈开大步顺着山道追了去。

"这就怪了，你放的是生产队里的羊，又不是你自个儿的，孬老三队长派我们拉几只羊过八月十五，还得你批准？"说话的是一个叫二光棍的小伙子，"叫你'天爷'，你还真管得宽，连队长也得受你领导，听你的指示，向你汇报？放屁吹灯哩——你有多大的劲！"

"队上派我来放羊，我就得管，哪怕我是个草人，我也是个人！"四叔肝火上升，犯了他的病，他抱起还一瘸一拐的"宝宝"，像久别重逢的亲人，轻轻地抚摸着绒绒卷曲的细毛，撂下一句话："你们告诉他，这羊，我不放了！"

"你胆儿大，还骂队长呢，把你叫'天爷'，你还真成了"大掌柜"！你瞧着，这碱盐池叫你老家伙待一辈子！"二光棍嘴上不饶，反唇相讥。

"你是贫雇农头面光鲜，可咋穷得叮当响，怎么爷儿俩打光棍？我老了，别说碱盐池待一辈子，死在这儿也不怕；你娃还年轻，不积点德，可叫你打一辈子光棍！"四叔句句话往二光棍心窝里戳，他放下"宝宝"，列出架势挥拳要揍二光棍。二光棍知道四叔学过几手拳脚，生怕自己抵不过这个老家伙，一溜烟顺着山道跑了……

几天后的一个晚上，神不知鬼不觉，二光棍溜进了四叔住的小房子，一脸喜气，掏出一盒廉价香烟，递给四叔一支，亲亲热热喊了一声："四爸！"盘腿坐在小炕上，"队长孬老三来碱盐池视察呢，今年雨水好，庄稼长势多旺，秋茬的糜子、谷子穗子沉甸甸的，洋芋更是长得凶。队长高兴坏了！"说着，凑近四叔，神秘地巧言巧语道："你看，队长一年到头也辛苦，能不能杀个孬羊羔犒劳一下，孬羊羔不行，杀上只'热皮胎'也行，总不能让队长这么远白跑一趟！"

"他就不怕社员们知道骂死他！"四叔一听二光棍半夜来的目的原来如此，喷着旱烟，气不打一处来，"不行！羊是集体的，偷偷摸摸宰杀羊只就不怕犯法？"

"这事你知我知，天知地知，犯个啥法？"二光棍不依不饶，"孬老三队长这阵正在刘家喝酒呢，快点动手啊，爆炒羊肉，你也享受享受这福分！"

"别说他孬老三队长，哪怕书记也不行！"四叔根本就不把二光棍放在眼里，"你给队长带个信，他想坐班房，我可不想。"说着，连推带搡，把二光棍赶了出去。他打心眼里鄙视这个号称三代贫农的子弟，上两代都是大烟鬼，卖了地买鸦片抽，只剩了几间破房子，他爹还厚着脸皮到处吹嘘"苦大仇深"，耽误得三十几岁的儿子没个媳妇，爷儿俩洗锅抹灶，活像一对叫花子。

"队长管你，还是你管队长？"

"屁大的队长！你给他说，这是'天爷'说的！"

四叔那天晚上没睡好觉，思前想后，理不清为什么自己生就是这么个命，自到人世间，就没有一件顺心的事。劳改农场险些要了自己的命，回老家又跑到这么个鬼都不来的地方……迷迷糊糊中，他被一阵奇怪的声音惊醒了，细听又悄然无声。他坐起来，卷了一棒旱烟。好像羊圈里有响动。他披着衣服靠近羊圈门时，里边有灯光在闪动，还有低声的对话！贼？在这几十里不见人烟的地方，哪儿来的贼？不会。究竟是谁？他仔细听了一会儿，咕哝咕哝的什么也听不清。他气上心头，一脚踹开了篱笆门！

羊群被这突如其来的动静吓得躲到了一起，羊圈的一角，蹲着两个吧嗒着旱烟的人，两张羊皮平摊在地上，沾染着血迹的羊皮上，是一只还冒着热气的赤裸的羊。

四叔看清了，除了二光棍，另一个人是队长的堂弟。

二光棍斜睨了四叔一眼，朝两只羊努了一下嘴："这可是老队长的指示！老右派，这下你可是苍蝇蹬到马屁上——闪空了！"

那一刻，四叔恨不得找把刀子宰了这个没皮没毛的家伙，他镇静了一阵儿，牙咬得咯咯响，想了一阵儿，他毅然迈出了篱笆门。

漆黑的夜里，四叔挑着他简陋的铺盖，一手拿着根刺棒，高一脚低一脚地沿着山间小路蹒跚而行。他像挑着酒葫芦的林冲般昂首阔步，他胸膛里憋闷，像要迸裂，翻江倒海，他高声吼着："汉苏武在北海身体困倦，忍不住伤心泪痛洒胸怀……"这声音，苍凉，悲壮，夹杂着无尽的哀怨，回荡在他熟悉的山谷间。

七

电子游戏，是外国人发明的玩意儿，传到了中国，大人小孩都被迷得神魂颠倒，一街两巷，电子游戏室和牛肉面馆一样多。火车站里的电子游戏生意比城里面好千万倍。这是一个三教九流汇聚的地方。候车的旅客、等生意的打工者、闲得没事的主儿，还有等着黑夜来临的浓妆艳抹的年轻女子。他们有些纯粹是为了打发时间，可大多数一心还是想要挣钱弄光阴猛发财。明里是电子游戏，谁都知道那是赌博。报纸、电视上天天喊清查、查封的消息，可电子游戏厅还是越开越多。

儿子、媳妇熬了一整天，吃罢晚饭就去睡觉了，四叔接着值班守摊子，也就是卖牌子。凌晨三四点，四叔的几个口袋里钱塞得鼓囊囊的，一百元，五十元……那票子尽管皱皱巴巴、有的写着电话号码或者姓名，有些票子不知道沾着什么黏不拉几的东西，让人恶心，但那还是叫"人民币"！

四叔揣着一把我送他的藏刀蹒跚地走向红山根那个破旧的大杂院。虽说半夜三更正是小偷出没，劫匪弄光阴的时刻，但他一点也不觉得胆怯，他学的几招，三两个毛贼根本不是他的对手，何况他还有那把锋利无比的刀。

回到小院子，钻进那间四周堆放着层层叠叠还未销售完的卫生纸的小屋里，昏暗的灯光下，他没有丝毫的睡意。每天晚上都是这样，他觉得晃晃悠悠好像在做梦。一张"平反通知书"折转了他的命运，接着他和他一样遭遇的人一样，拿到了一笔"补偿"，他进了城，搭起窝铺，凭着一杆秤，一辆架子车，在这花花世界安了一个"窝"。他常想起窝在五泉山下那条街道的塑料棚里卖菜的时光，还有铁路局后面巷道里卖卫生纸的日子，那都是什么日子啊？一年四季，风吹日晒，讨价还价……半道上，冒出个电子游戏，那钱挣得太容易了！现在，银行的存折上有多少钱他不清楚，有几个"0"，他老是数不清，把"万"当成了"千"，把"千"当成了"百"。

他每天的早餐都是花卷就茶，他老是念叨，青菜、萝卜、豆腐最是养人，连顿牛肉面都不吃，他就爱吃老太婆做的一锅锅面。

每当他掏出口袋里一沓沓票子，装进铁盒子，锁上大铜锁时，一种满足感就油然升起。每逢这个时候，他总是想起劳改农场、碱盐池那些似乎在梦中去过的地方，是那么遥远，那么虚无缥缈，好像是自个儿的，又好像是别人的经历。他卷起一锅旱烟，点燃，悠悠抽上几口。偶或，他还想起劳改农场那个食堂管理员朱兆民，他一生遇到的好人，好人呐！

那年，朱兆民的儿子不知道咋打听到他的老家，娃娃说，他爹已经退休回到原籍，让他来瞧瞧四叔过得怎么样。朱兆民的确是个有心人，还记得四叔老家的地址。娃娃带着一卷老家产的白土布，要换些这里生产的"甘"字牌水烟去南方倒腾生意。那些年到处都一样，号称小江南的天水也被饥饿笼罩着。朱家娃待了几天，看着这个当年受尽磨难的叔叔中气十足，说话高声大嗓，一副天不怕地不怕的劲头，只是嘱咐他小心谨慎，别再嘴上惹麻烦。临走时，四叔凑了些地下水烟厂的杂牌水烟把。他急得嘬指头，没有什么值钱的货物给当年的恩人，只得又包了一大包烟渣。因为他记得，在劳改农场时，朱兆民老是向他要烟渣，说是此地的烟叶味道正，口感好。

糟糕的是，朱兆民的原籍在哪儿，是哪个县哪个村他已记不清了，只记得是天水往西的哪个县，甘谷？秦安？那些县都穷啊，苦焦得很，新旧社会，满大路挑货郎担的都是那里的人。如果弄得清楚，他也要让儿子去看看，人不能没良心！要不是朱兆民挺身出来还他的清白，弄清了羊肝子的冤情，二次让他进了干部灶，也许他早已经成了孤魂野鬼。想着这些事儿的时候，他心中遗憾不已，今生今世恐怕是再也见不到朱兆民了，年近八十的他，苍老的眼睛里总会涌出一股股热泪……

八

少年时，四叔是童子军的一员，他不但是号手，还学了几招拳脚。他喜欢我们这些侄儿侄女或者孙儿们提起当年他的"英雄"事，我们老是顺着他的脚底抠，为的是让他高兴。春节我看望他时，又怂恿他一高兴，让我们挪开客厅里的茶几，他一个前弓后剑步，伸出左拳，"哈"一声，转身右脚往前，伸出右拳，那一脚直踏得整个楼仿佛在晃动……他脸不红、气不喘，在我们的掌声中，他又高声朗诵"山不在高，有仙则名；水不在深，有龙则灵……"四叔动不动就高声背诵这篇古文，他中气十足，有时候，他背诵李密的《陈情表》："臣密言：臣以险衅，夙遭闵凶。生孩六月，慈父见背。行年四岁，舅夺母志。祖母刘悯臣孤弱，躬亲抚养。臣少多疾病，九岁不行，伶仃孤苦，至于成立……"

在我们的掌声和喝彩声中，他像个童稚未脱的儿童，摇头晃脑，越背越来劲："臣无祖母，无以至今日；祖母无臣，无以终余年。母孙二人，更相为命，是以区区不能废远。臣密今年四十有四，祖母今年九十有六，是臣尽节于陛下之日长，报养刘之日短也。乌鸟私情，愿乞终养……"读着读着，似乎牵动了他的感情，哽咽抽搐以致涕泗横流不能自已。

听爷爷说，四叔几岁时就死了娘，过了几年，父亲又续了一房妻子，他这个没娘娃全由奶奶抚养。也许是自小对祖母的深厚感情和失去母亲的悲伤，使他的心里有无法弥补的缺憾，古文中作者叙述的共同遭遇，引起了他的共鸣，拨动了他的心弦。

有时，他坐在黄河宾馆的花岗岩台阶上，旁边放一只鸟笼，他看惯了大街上的人流、车流，他喜欢琢磨关在笼子里的鸟，那鲜艳的色彩，那清脆悦耳的啁啾声，会让他进入一个虚幻而美妙的世界。大多时候，他喜欢进入到宾馆对面的黄河商场，那里有空调，清凉舒适，尽管电子屏幕上袒胸露乳、扭着大腿的女人妙语连珠夸赞手中产品的广告让他尴尬不已，让他对这个世界迷惑不解，但他还是喜欢来这儿，他在家里一时一刻都待不住，待在家里，有病的老婆三天两头哼哼，他烦，他不由得生气，他觉得自个儿浑身也没了精神。他要看琳琅满目的商品，柜台里青春靓丽如花似玉的女孩子，听电视或者音响里面柔和舒缓的乐曲……

如今哪来那么多车！十字路口东来西往的小车、大车排得密密实实，那些胆儿大的，就拉着女娃娃硬是往车空里钻，他看得胆战心惊，不禁扯开了大嗓门喊："要命不要命，尕小伙！"人们起初以为他是志愿者或者是协警，仔细一看，原来是提着鸟笼闲逛的老头儿。有人笑着挖苦他："老爷子，笼子操心好，别让鸟儿飞了。这把年纪，不是当活雷锋的时节喽！"八十郎当岁的人了，四叔没了当年的火气，也算修行了点功夫，他明白人家是在揶揄他，他也不生气，笑着解释："车这么多，不防出事呢。前几天就是这个路口……那么小的年纪，惨呐。"

他看不惯绿化队开着洒水车浇树，一棵树地皮还没冒湿，他们拉着橡胶管又去浇下一棵。四叔来了气："你们这是浇树哩还是洗脸哩？火辣辣的太阳晒得树叶都掉呢，浇那点水顶个啥用？没见过这么日鬼的！"几个小伙子斜睨了四叔一眼，叼着烟喷云吐雾，捣弄着手机，对这个多管闲事的老爷子不屑一顾。四叔被年轻人激怒了："如今这个世道咋啦？看着好好的像个人，干起事来没个人样！"

一个大个儿小伙向他挪了几步，慢吞吞地说："老爷子，你真是站着说话腰不疼。我们任务多哩，还有几条街的树要浇，像你说的那么干，我们哪年哪月才能浇完？"四叔一听，顶上了："你们这个样子，我要找你们领导去！""哈哈，老爷子挺厉害的，我告诉你我们领导的手机号139……""看来你们的领导也不是个好货，我要打市长热线！"四叔嘴上厉害，却忘了打电话得用手机，如今他连个手机都没有，到哪儿去打？一帮年轻人看着四叔想装英雄的尴尬相，嘻嘻哈哈嘲笑起来。

"给，用我的手机！"看热闹的一个老伙伴掏出自个儿的手机，为四叔解了围。四叔居然记得市长热线的电话号。拨通后，他大声大气地把刚见到的一幕叙述了一遍，末了，还气呼呼地念叨着："扫大街的给他爷爷画胡子，浇树的给他奶奶洗脸子……"

九

夏天的一个下午，四叔提了鸟笼沿着人行道优哉游哉地朝家走，忽然，他听到身后传来一声声喊叫："抓贼！抓贼！……"他转身，一个小伙子拼命向他这个方向跑来，后面几个人边追边喊。这年头，这种事太多了——抢手机、夺金项链、撬门扭锁、翻墙越户、飞车夺包……见怪不怪。令人弄不清和可恼的是，对小偷的行径人们好像麻木了，闭着眼睛只当看不见。这让八十老翁不能理解和无比气愤。

现在，眼看着这个劫匪或者说小偷就在自己眼皮底下逃之夭夭，而路上的行人好似在等待欣赏一场惊险故事片的演出似的，这可惹恼了四叔。他把鸟笼放到一边，像当年童子军练习比武似的摩拳擦掌、跃跃欲试要逮住这个毛贼。

小伙子越来越近。这是一个二十五六岁的年轻人，油光的头发，西装革履，他见后面追赶的人被他抛得老远，迅速掏出口袋里的钱包，把一叠钱塞到裤兜，将空包扔到绿化带里，然后又取出手机将手机壳像扔垃圾一样扔了。做这一切时，他旁若无人，根本没有把近在咫尺的八十老翁放在眼里。

看着小伙子的举动，四叔早就气红了眼。他扑了上去，像手钳一样紧紧抱住小偷，使出浑身的劲儿，试图将小偷摔一个狗吃屎，"你大白天当劫匪，胆儿也太大了！"

小伙子怎么也没想到平地里杀出个程咬金，这使他恼怒极了。他蔑视地扫了一眼白发苍苍、满脸皱纹的老翁，嘲笑这个不知天高地厚、不堪一击的老家伙，他抱住自己要干什么，当见义勇为的老英雄还是当代的活雷锋？只见小伙子两个胳膊肘猛向后一撑，左右一抡，一个绊子，将四叔摔倒在道牙边上，西装革履的小伙子旁若无人地打出租车扬长而去……

躺在床上的四叔懊丧极了，他悔恨没逮到小偷，自己险些儿摔个头破血流。也算老天有眼，那天要是脑袋磕到道牙上弄个脑震荡，他的日子就不好过了。儿子小车开到楼下边，他拒绝去医院，他伸腿撑拳，表明没有伤筋动骨，可是一转身，一点劲儿也使不上，身子骨疼痛难耐，但他却得硬撑着像没事人一样，他得装英雄，不然，会让小辈们笑话他只是嘴上的功夫。

晚辈们围着这位耄耋老翁，无法理解，又觉得可笑而不可思议，一个侄儿揶揄道："明天晚报上头条将会有一条独家报道：八十老翁街头擒贼，毛贼逃走，老翁鸟笼不知去向。"一句话惹得满屋的人开怀大笑。

"如今的贼胆儿也太大了，青天白日抢哩！"四叔并不在乎晚辈们对他的嘲弄，老爷子和他们开惯了玩笑，他恨恨不已的是没有逮住毛贼，这可使他觉得万分遗憾，"没想到那小伙子还真有两招，我抱得那么紧，怎么就会把我摔倒了呢……嗨，如今的贼胆儿也太大了，青天白日抢呢！"

2016 年 8 月改毕

"赛貂蝉"尕奶奶

从小就听说对面巷子里有个女人绰号叫"赛貂蝉",当年,是苑川一河两岸有名的大美人,却嫁给一个老财主当了小老婆。虽说我们两家近在咫尺,却是连她的影儿也没见过。

一夫配一妻,怎么还有个"小老婆"?小老婆和大老婆有啥不一样?个头小还是年纪小才冠以"小"?这对还是孩童的我来说,真是个不能理解又神秘的事儿。

我们村是个四方形的堡子,由两条主街组成,我们家在东边的大庄子,庄门建于咸丰年间,横着的木匾牌上刻着三个大字"永丰堡";她家在小庄子,砖砌的庄门门楣刻着"福禄寿"三个字。后来,属于她家的三堂五厦四合院在土改时被分给了几家贫雇农,前门已经没有他们进出的资格。他们一家人住在与四合院相连的草场院里,院子的一扇小门开在了大庄子这边,恰恰就在我们对面巷子的最里端,一家老小出出进进在"后门"里。即使这样,我们始终还是没见到这个"赛貂蝉"。

虽说我们没有看过《三国演义》,却是看过秦腔舞台上的"吕布戏貂蝉"的,那貂蝉女温文尔雅,浓眉大眼,双眉紧蹙,一副悲悲切切的模样,煞是动人。我们对门的"赛貂蝉"究竟是个啥模样,真的赛过戏里的貂蝉?什么时候见上她一面,成了盘桓在我们心里的一个梦想。

一

村里几乎少有人见过她，只知道财主有个小老婆，怕风吹哩，怕晒黑哩。她大门不出，二门不迈，即使当年在他们家打过工、帮过忙的人也少见到他。瞧过的人说，"赛貂蝉"尕奶奶那个俊啊，和大戏上的貂蝉一模一样，那身段、走势，比戏上的还活络。这女子那是方圆左右、十里八里的"梢子货"——老爷子当年骑着骡子查访了一道川，才给儿子瞅下的俊媳妇。

几十年过去了，娶亲那天见过尕奶奶俊模样的老家伙们如今胡子都白了，孙子都大了，可叹他们再也没有瞭过那画儿一般的美人"赛貂蝉"一眼。

尕奶奶的娘家开着烟坊，高宅大院，是上半川有名的富户，两亲家可算是门当户对。尕奶奶每次回娘家，这头是搭着彩绸的大轱辘轿车送去，回婆家时，那边也是三头骡子的轿车送来。谁不说风光？

尕奶奶婆家有几十亩地，又开着"永泰昌"烟坊，是一道川里的大财主。山不转水转，男人不知犯了啥事，被一绳子绑去劳动改造。没了掌柜的，树倒猢狲散，烟坊垮了，尕奶奶跑到兰州城里给个大官儿家当保姆，听说那个大官儿当年是个地下党，早年闹革命时尕奶奶家是联络点，金条、银圆由着性儿拿。如今，恩人尕奶奶走投无路，怎能不收留？有人在兰州城见过尕奶奶，说她是享着清福哩，养得白白胖胖，红处红，白处白，脸上没一道褶子，比年轻时又富态了几分，那眉眼还是刚娶来的那个俊样，还越发诱人，老天生就享福的胚子……

可天有不测风雨，一个叫"四清"的运动没结束，"文化大革命"开始了，那大官儿成了"走资派"，天天挨斗，泥菩萨过河——自身难保。那阵儿，城里扫除"牛鬼蛇神""残渣余孽"，尕奶奶像被扫垃圾一样被一扫帚扫到"广阔天地",遣送到了老家永丰堡。那年,已经是六十郎当的老太婆了。

村里头发斑白的老半茬子们只听说过花儿一样的"赛貂蝉"尕奶奶,一心想要见见她的俊模样,可还是没得着机会——"地主婆"赛貂蝉是高血压、心脏病、胆囊炎,一摇三晃,像个拨灯棍儿,再不是当年风摆杨柳的袅袅娜娜的身段,老太婆这阵儿路都走不动了,整天盖着被子直哼哼,打针、吃药,想见她影子都见不到,说不定哪天就被阎王爷勾了去。

二

盼望的这一天终于来了!队上要开批斗会。

地主婆"赛貂蝉"要翻案,说她的男人是地下党"老革命"!这真是天方夜谭!村上稍微上了些年纪的人都清楚,尕奶奶家地多,先是种"大烟",后来政府禁鸦片烟,铲了成片成片的正开着花的罂粟,老百姓又改种绿烟。她婆家开过一道川里的大烟坊,把水烟把儿运到南方的上海、广东,银圆多得用口袋装,足足有几地窖。她男人又是青洪帮的头子,后来被人民政府来人带走的,怎么会是"老革命"?

"老革命"这话是地主婆当着公安局的人说的,她胆子实在是有些大!

那天公安局的两个尕小伙来落实政策,被审问的第一个是地主的后人,问他什么时候戴的地主帽子,他结结巴巴说不知道,反正他爹死后,开斗争会就轮到了他,他也不清楚帽子不帽子的事。这可把公安局的小伙子气坏了。专政对象连自己什么时候戴上帽子都不知道,这不是糊弄政府,大白天说瞎话?

第二个被传唤的是地主婆尕奶奶,没想到的是,公安局的尕小伙听说过"赛貂蝉"的逸闻趣事,本想一睹她的风采,谁知她的回答却是硬邦邦的："我男人不是坏人，他是个老革命，地下党在这一带立住脚，有他的功劳。"两个小伙子刚刚被地主崽儿搞得一头雾水，尕奶奶又说她男人是革命的功臣，觉得这地方的邪气压住了正气，气得拍桌子扬板凳，这个尕奶奶胆子太大了，"上边有人搞右倾翻案风，下面你们这帮牛鬼蛇神就趁机呼应，这真要翻天了！"年轻的公安干警只知道课本上讲的井冈山打游击的老革命和上海、广州的"地下党"，这落后、闭塞的永丰堡怎么会出那些英雄人物？真是笑话！

材料层层上报，地主婆尕奶奶成了全县右倾翻案风的典型人物。

听说要开斗争会，斗争地主的小老婆"赛貂蝉"，村子里像是春节闹社火或是秦腔剧团来唱大戏，老老小小都来看热闹。小学校操场里，人挤得实压压一片，基干民兵背着没有子弹的空枪在校门口吆五喝六，有几个还站在教室的房顶上。戏台上悬挂的横幅上白底黑字写着：坚决反击右倾翻案风大会！

当地主婆尕奶奶由两个侄女用架子车拉进会场时，坐着的人们一下站起来，伸长脖子，争相一睹这个神秘又反动人物的风采！

尕奶奶挣扎着，活动着身子，将拐杖捣在地上，由两个侄女扶下了架子车。顿时，人们看到了一个久违的形象，尽管凤凰落架，尕奶奶风采依旧：一头黑发亮得发光，一丝不乱地由发际梳向脑后，黄河水洗得白嫩的皮肤透着红润，一双大眼睛，像镶了两颗黑葡萄；一身崭新的青衣，三寸金莲小得像端阳节包的粽子，巴掌宽的青丝带一层层裹到脚腕……尕奶奶扫了一眼熙熙攘攘的人群，毫不怯场，她见过的大世面多了，挂着一根拐杖，挪动寸寸步，悠闲而自在，由两个侄女搀扶着，如同秦腔戏《探窑》中的王夫人和两个丫鬟，又好像是去转亲戚或是四月八逛游兰州五泉山的游客。

这哪儿像个病人？是糊弄人哩！地主婆"赛貂蝉"的鬼花样可就是多！"真是肉臭架子不倒，看她脸上展脱的，没个皱纹渣渣，说五十也有人信！" 老家伙们暗暗叹息，年轻人像是看到了一个电影里地主婆的形象，尤其是那双三寸金莲的小脚，现在看来真是笑煞人，那分明是电影里财东家的阔太太的现实版嘛。

人们好似在欣赏一场戏的序幕。

电影里见惯的地主婆，一个"貂蝉"的活标本呈现在光天化日之下，人们仔细观察着尕奶奶的每一个细小动作！

斗争会开始了，各路代表拿着批判稿对着话筒，照着报纸上抄来的千篇一律的稿子慷慨激昂、义正词严，与翻案的地主婆誓不两立，震得喇叭发出一声声啸叫。

会场里，谁也没听那些让人成天听得头痛的言辞，只是仔细打量、端详那位像是泥塑在台子前面的人物造型。

人们瞪大眼睛，弄不清楚眼前这个老太婆究竟有多大本事，能逃避贫下中农的监督，窝藏在兰州城十几年，"文化大革命"一开始，说的是遣送到农村接受贫下中农的监督，可贫下中农连她的影儿都没见着！

斗争会的最后议程是让翻案的地主婆交代。只见她颤巍巍地向前挪了两步，胖乎乎的手把前额散乱的头发朝后捋了捋，似乎不是交代问题，而是讲一个久远的故事，她不卑不亢，轻声细语："你们叫我说实话还是说假话？是，我男人旧社会参加过青洪帮，可他是地下党派进去卧底的，证明人都在，现在兰州一个大工厂里当书记的，还有北京当领导的，都没死！"尕奶奶清了一下嗓子，又向后捋了垂在额前的一绺发梢，语音温婉，口气平和，"当年在我们这一带闹革命时，我们烟坊就是联络点，还藏着地下电台，他们每次来烟坊里开会，我就躲在房顶上放哨。你们去落实，他们用了我们烟坊多少金条、坨子银圆，打的借条到如今我还保留着……"

听惯了整天声嘶力竭的口号、慷慨激昂火药味十足的批判语言的人们，听到了另一种温润、阴柔的女人音调。

这哪里是交代罪恶？尕奶奶好像是在讲述熟悉的一段历史故事。

"再别说了,你这哪儿是交代问题,是在放毒!"大喇叭里一声吼,"停下!"

场子里安静极了,大喇叭里继续传来柔软温润而清晰的娓娓讲述,那声音动听极了,像广播里播音员在讲一段动人的童话故事。老的、少的认真地听着她的讲述,那些有名有姓的地下党人的活动,还有解放兰州时"支前"的日日夜夜,当地的地下党动员老百姓,磨面粉,烙大饼,抬担架……听着那些惊心动魄的细节,谁都不会怀疑故事的真实性,他们相信这个女人绝对不是在胡编瞎吹。可是,为什么"老革命"、烟坊的大掌柜被抓走劳动改造一去不回了呢?

三

这是祁连山峡谷流出来的一条河,蜿蜒在戈壁滩,又消失在戈壁滩。那是祁连山的冰川消融的水,那河水清碧得能见着水里的石头。也许是这个原因,这一直流到戈壁滩尽头的河有个好听的名字——白大河。

河边走着两个女人,她们趔趄、蹒跚着,显然,她们走了好长好长的路。老一点的是"赛貂蝉"尕奶奶,年轻点的是她太平堡娘家的一个远房侄女,侄女当过教师的丈夫年纪轻轻,不知什么缘由,也被发配到了劳改农场。

清清的河水平缓地流向戈壁的深处,密密实实的芦苇一弯又一弯,随风摇曳。两个女人脱了鞋子,挽起裤脚,要渡过那条看起来不太深的河流。

蹚到河里,两人战战兢兢相互扶着,河底的石头、沙子抚摸着她们的脚底。她们迈大了脚步,忽一下,似乎是陷进了软绵绵的淤泥里。这儿是洄水湾,泥沙沉淀在漩涡臂弯里的边缘。两个女人挣扎着,相互拉扯,可越挣扎越深,眼看没了膝盖。尕奶奶惊恐地想,这是她自个儿找死!谁让她一千多里路来搬那个死鬼的骨殖?她想喊一声"救命"，可在这渺无人烟的戈壁滩上，只有蓝天和白云，谁能听得到？

那是1960年，到处的人都在饿肚子，饿死人的事儿也不少见。当她得知男人的死讯时，心里像插了一刀，哭不出声音，只觉得胸中憋闷，眼泪一股股咽到肚里。她不相信，那么精神、身体那么强壮的男子汉竟会死去，他还不到六十岁啊，或许那是个假消息！

她要去看个究竟，生要见人，死要见尸。她坐了一天一夜的火车，又走了几十里的戈壁滩，找到了男人劳动改造的农场，她先见到侄女婿。才明白，这里正在面临着饥饿的威胁，丈夫也没能逃脱死神的魔爪。

不到四十岁的侄女婿也脱了相，脸色蜡黄，腮帮子陷了进去，一双眼睛大得吓人，他告诉姑姑，他在姑夫的坟头上立了一块圆棒棒石，写了名字，也算是个记号。

尕奶奶来到戈壁滩荒草中，找到了石头堆起来的坟头，抚摸着那块硬邦邦的石块。虽是经过了风吹日晒，还能辨别出那熟悉的名字。看着那名字尕奶奶扯开嗓门大哭起来，她要把一腔腌臜、恓惶一股脑儿倾泻在这茫茫戈壁上：大老婆没生养，娶了她，把传宗接代的希望寄托在她身上，她这辈子觉得顶对不起丈夫的一件事，就是没有给他生下一男半女；活了大半辈子，到头来什么也没有，留下的只是难诉的苦痛和无尽的心灵折磨……

临回老家，她抱了那块写着丈夫名字的棒棒石，她要他跟着她走，把他安置在家乡的后山上，再过几年，她还要到这戈壁荒滩搬走他的骨殖。他没有后人，可每年清明节、十月一，她要给他烧钱化纸，送寒衣，不能让他孤零零一个人在这远离家乡、荒无人烟的沙滩上当孤魂野鬼。丈夫不回去，她这辈子到死也不会安宁的……

哭喊声惊动了附近干活的几个老乡，看到撕扯着芦苇秆在水里挣扎的女人，他们跑了过来。这伙人都清楚，隔三岔五到这荒无人烟的戈壁滩上来的兰州、天水甚至上海、天津人，都是来探望劳改队的亲人的。

两个女人终于被拉出来了,半边身子被泥糊过了,尕奶奶顾不得自己,忙着趴在地上给几个老乡磕头:"哥哥爸爸们,今要不是你们,我两个就死在这烂泥坑里了。"

"快起来,起来,折我们寿呢!"几个老乡如同木头人般坐在沙滩上抽旱烟,看着两个泥塑木雕、恓恓惶惶、双泪长流的女人,尤其是那个小脚的,六十多了吧,看那副富态模样,就不是一般人家的妇人。世代生活在戈壁滩上的老百姓生就的善良,对两个可怜兮兮的女人无力帮助,只是使劲抽烟,他们知道劳改农场发生的一切,两个女人的亲人说不定早就死了,她们大半也是白跑一趟。

有个老成一点的,往上流指了指:"快赶路,还远哩。往上水头走一点,那儿河面宽,水浅,脚下试探着慢慢过,不会有事。"

四

夜。天空一轮月牙,苍茫的戈壁滩一望无际,一点声息都没有,世界如同罩在头上的巨大苍穹,只有远处岗哨的小窗户一闪一闪明灭的灯光,大地阒寂得吓人。尕奶奶却没有丝毫的恐惧感,人都活到了这个份儿上,还怕什么?

坟头上,一根歪歪扭扭的木杆挑着长长的红布条,在寒风中飘忽,哗啦啦的声音怪声怪气。那是"引魂幡",老先人们说,人死了,可魂灵到处游荡着,有了幡引路,亡人就会跟着到该去的地方。

尕奶奶把带的纸钱一张张烧化,纸钱闪着微弱的火花跳跃,她给丈夫吩示,似乎又在和丈夫对话:"你的平反文件下来了,大队的广播喇叭上向全村人说清了,你是早期的党员,对地下党活动有贡献。掌柜的啊,我这才敢来,千里路上,我是豁着命接你来了,你一个人躺在这没人烟的戈壁滩上,叫我怎么睡得着?我们总是夫妻一场……"说着,眼泪止不住流了下来,她用铁锨扒拉开石头,摸摸索索,念叨着,"走啊,到了老家,我看你便近些,只要我能动弹,就不能亏了你,我让你有吃有喝,有钱花。咱虽是没个娃娃,我就是你的妻,我就是你的娃……"

她想起了他们过去的幸福日子,那些年不愁吃喝,只是丈夫去南方送水烟,她半夜半夜睡不着。在她看来,上海、广东就好像在天边边一样。男人也辛苦,一年四季在外面跑,不然就没有那些白花花的银圆。那一阵,谁也没想通,要那么多的银子干什么?

也正是那些金条、银圆惹下了祸端!

当年闹革命的地下党都当了官,成了台上的人,自己的男人不明不白却被抓去劳改。要不是她闯省上、市上的"革委会",又一个个找当年到她家串联的当权者写旁证材料,丈夫的命算是白白丢了,一身冤枉道不清,说不明,一口黑锅背到底。

现在再也见不到丈夫的人,只能看见丈夫的一堆骨头,她再也忍不住了!一声凄厉的哭声划破了戈壁滩的寂静。

"赛貂蝉"尕奶奶拨弄着丈夫的一根根遗骨,她像个解剖师,抚摸着一节一节大大小小的骨头。她似乎才弄清楚,人终了才是这么个样子,一堆骨头!难怪人们说"骨气",原来人最后留在世上的就是这"骨气"。

她临来时就缝了条红布袋,她把一根根大的、小的骨头都整整齐齐装进布袋里。这就是她的丈夫!

一根大骨头从沙坑上面滚了下来,是一根长长的腿骨,惹得尕奶奶生气了:"不想去,老掌柜?我千里路上请你,你还不情愿?还有什么舍不得的?"

忽然,她摸到一块滑溜溜的石头,似乎有一根线绳,仔细摸了一阵,她猛然想起了,这是一块"如意足"的玉石,是母亲压在妆奁箱底给她的陪嫁,掌柜的走南闯北,她让他带在身上。据说,玉雕如佛爷胖乎乎的脚片,带上它出门,脚不困,走不累。顿时,她心里像刀戳了似的，难受得不能自已，一幕幕往事在她眼前幻化，她像做了一场梦。她怎么也弄不清楚，为什么活到了这步田地！

　　虚幻中，她和丈夫说着话，一阵儿又像喃喃自语，快二十年了，她日思夜想，天天盼着他回来，和他一起务庄稼，哪怕他瘫在炕上，她也会尽心尽力操心他，给他喂饭倒茶。可现在，一切都成了空想！丈夫二十几岁离开了老家，如今她已经成了老婆子，盼来盼去，却盼来了一堆骨头……眼泪又止不住流了下来，她攥着如意足砸着自己的胸膛，放声大哭起来。她要把她十几年心头的冤枉、心里的恓惶、苦痛全倒在这戈壁滩上："我的心上人啊，你造了什么孽啊，一条命撂在这鬼都不来的荒郊野外？这是为了什么……"

　　夜越来越深，戈壁滩的寒风肆虐地吹着芨芨草发出凄厉的声音，长长的引魂幡在空中飘荡，翻卷……

2002 年 6 月草

爷爷的宝藏

事后想起来，祖父寿终正寝是从产生幻觉、幻听开始的。

那年，他刚奔90岁。之前，他坐在石台阶或者小板凳上，要想站立起来都要费很大劲，一手撑着拐杖，一手得扶着重孙，颤颤巍巍，好一阵才能站直身子。渐渐地，他难以下炕了，再到后来，他整天躺在被窝里，翻身都非常费劲，只是靠着一根接一根地吸卷起来的旱烟打发时日。

我才懂得了老人们所说的"油干灯灭"的含义。

星期天下午，他听我要动身——骑自行车赶到二十多公里外的学校去教课，他喊住了我："你把柱子上挂的鞭杆给我拿来！""要那干啥？""你看，晚上连个好觉都睡不了，昨晚硬是把我拉到大坡下，我挣扎着跑回来。今晚再来，我一顿鞭子，叫他们试试！"我觉察到，爷爷是梦魇或者是产生了幻觉。他还不让拉开窗帘，说外面的光一进屋子，满墙往下流红水。这可让我吃惊不小：他是产生了幻觉、幻听，恐怕真是到寿终正寝的时候了！

直到这时候，爷爷也没病没灾，哪儿也不痛不痒。他一年到头连个药片也不吃；吸了一辈子的旱烟，却不咳嗽，嗓子里也没生痰。现在真是高山上的灯了，说灭就灭。人生七十古来稀，何况他已经是这把岁数了！

一

　　想起来，爷爷的高寿大概还是得益于遗传。太太去世时是 90 岁，正好是 1949 年的农历十月初一日。我听老人们说，太太中午还吃羊肉泡馍哩，晚上临睡觉，一阵子，就一口气上不来了。

　　太太一辈子受苦，年轻时节从五十多公里外的阿干镇、水岔沟用驴驮了大大小小的水缸、瓦罐、砂锅，又颠簸几十公里的山路，去北山梁家坪岔一带去换粮食。除了自家吃，剩余的都粜到镇上的粮行里，就这样维持着一家人的生计。民国年间，苑川河两岸大部分农家种罂粟，初夏，一道川里罂粟花红茫茫一片。罂粟富了一方，也毁了不少人家——有的家里几口人抽大烟烙鸦片哩，地卖了，房拆了，老婆跑了……太太乘机买回了十几亩地，又盖起了一院青堂瓦舍、砖雕门楼的四合院，在金崖街上置起了一处杂货铺，俨然成了村里的大财东。

　　爷爷却一辈子不管闲事，油缸倒了他都不扶。他们老弟兄四个，他是老小，大事有老爹和哥哥们操持，年轻时他喜欢玩鸽子、鹞鹰，从小我也知道怎样毛色的鸽子叫"两头乌"、"金眼白鸽子"……我们家的糜、谷地因为有爷爷夹着鹞鹰转悠巡视，吓得麻雀远远地叽叽喳喳抗议，却不敢偷袭那饱满的粮食。20 世纪 60 年代，爷爷迁到兰州生活后，他的喜好不变，总是领了我们往中山林的鸽子市场跑，挤在人堆里凑热闹，他那时没条件豢养鸽子，却喜欢看看，溜溜，寻寻开心。

　　爷爷有件小宝贝，是类似锡制的酒壶的"酒嘬"，前端呈奶嘴状，中间有小孔可吸，揣在怀里的酒借助体温能一直保持温热。如此，爷爷就可以保证随时随地掏出酒来解乏、解馋。我们觉得好玩，有时在里面灌了水嘬。一次，不知底细的爷爷嘬到了一口水，气得直哼哼，从此再也不准我们动他的小宝贝。

　　他一直是公子哥儿的派头：夏天一身白府绸上衣，宽大的袖子，清风吹来，呼啦啦飘着，看着也凉快；冬天他穿一身黑色华达呢羊羔皮大衣，三九天剥的狐狸皮的衣领——毛茸茸、色彩斑驳的狐皮，配着个子高高的他，真是气派极了——不愧是老财东家的人！

爷爷最钟爱的还有一物件：水晶石眼镜。

太太的丧事里，忙乱中的他将眼镜放到抽屉里，等他记起时，那"鱼鳞甲"的眼镜早已不知去向。这令他恨恨不已，如同扒了他的心肝，那可是用十几石麦子换的啊！

不久，他又用二百多银圆买了一副同样品牌的眼镜，虽然总是不如原先那副让他倾心，但这副眼镜总还是给他增添了富家子弟的荣耀和光彩。不管刮风下雨，那闪闪发光的硬铜腿夹在两鬓，一双水晶片明光锃亮，给他的心理带来不少的满足和安慰！

令我难忘的是，爷爷每天早晚有坚持习练床上"八段锦"的习惯。他先双手相搓，然后干洗脸，揉眼窝，叩齿、拔耳朵鸣天鼓，一直到胸部、双臂，按摩、搓擦到脚底涌泉穴才算完毕。刚发现时我觉得好可笑，后来才知道这些套路是自古就有的。我想，爷爷一生能吃能睡，能无病无灾，或许都得益于他一生都习练这套功夫。

二

20世纪60年代乡下闹饥荒，四爹怕把爷爷给饿垮了，于是连人带户口迁到了兰州城，把堂哥也带到了他劳动锻炼的玉门市附近的黄花农场。1968年，四爹调到嘉峪关，爷爷也跟着去了那"春风不度"的地方。

他一生既没受过苦也没受过罪。苑川河发大水，地和果园被洪水冲了，哥哥们没日没夜打地埂，各在浑水里淤地，他却在镇上的铺子里琴棋风雅——因为有老太太护着这个宝贝小儿子。后来，减租减息、土地改革，他的三个哥哥和村上的有些人家结了冤仇，正好给了他们报复的机会，三天两头被拉去批斗；我父亲因为是大掌柜也被推到风口浪尖。爷爷却是逍遥法外，似乎根本不知道世界上发生了什么，依然到镇子上和他的同伴们逍遥自在。那些斗争积极分子似乎也忘了他这个整天玩鸽子、夹鹰，超然物外的主。

打我记事起，总记得爷爷傍黑回家时，脸喝得红彤彤的，身子略微摇晃着，一进大门道，就大声咳嗽一声，表示他已经归窝，还真符合《三字经》里"将上堂，声必扬"的规矩，然而，他似乎忘了"勿饮酒，饮酒醉，最为丑"的训导。

爷爷识字不多，但，他却有些文化教育意识，不然，他也不会供大儿子去上了兰州工校。其实直到现在，我也无法弄清爷爷让他的大儿子——我的父亲去兰州上学的真实动机！

让爷爷记恨父亲终生的是，父亲毕业后远走陕西，在黄河、渭河产棉区宝鸡、华阴、合阳、韩城一带风光的父亲没和他商量就辞了职——1945年秋日本投降后，物价飞涨、货币贬值，在陕西华纱布公司供职的父亲见到处乱纷纷，胆儿太小的他和妻子长途颠簸回了甘肃老家，赶起了马车、务起了庄稼。

"天下大乱"，这是父亲的唯一借口和理由。

爷爷满怀希望的金家唯一的一个干公事的读书人变成了庄稼人，这使他脸上无光、窝火极了。老二是个瘸子，只能赶着羊群去牧羊。老三念了几天书，死活记不住字，只能由他务弄家里的庄稼。那时，我们家在镇子上开了一爿"五福堂"的杂货铺，于是，父亲由一个拿"薪水"的公职人员变成了赶车的"脚户"，跟着大轱辘车往返于甘肃的徽县、陕西的汉中，大车运去了本地产的水烟，运来了金徽酒和茶叶。

父亲后来被抓去批斗，还押在镇上的"老爷庙"里，爷爷更是恨得牙痒痒，"命啊！"他长长叹息，"报应啊！"他怎么也想不通"大掌柜"儿子自投罗网找罪受的举动，从此几乎再没和悖逆他愿望的长子搭过话。也是这个缘由，"大掌柜"父亲一辈子背上了本该爷爷背负的沉重的担子。然而，爷爷似乎不领这个情，他觉得是各人命里注

293

定的,他说:"该谁的福谁享,谁的罪谁受!"

四爹命运好些,小学毕业恰逢省商业系统招干部,他一直在烟酒百货堆里与人打交道。爷爷后来跟着四叔进了兰州城,除为躲避乡下日益严重的饥馑外,他觉得小儿子是唯一让他面子上有光的继承者。

三

说起来,爷爷实在有点冷酷。从来没见他和哪个儿子拉家常、谈论春种秋收或者是铺子里的事儿,老是一副"老子"的架派,目不旁视,不哼不哈。

他对瘸儿子老二更是见不得,动不动就教训他:丢了羊,打;羊羔儿冻死了,打;羊毛没剪好,打……老二似乎是他的出气筒。老二没到三十岁,一病不起归了天,没几天,老二的媳妇,也是奶奶的娘家侄女,卷着毡条被褥、坛坛罐罐,领着孩子告别了这个家庭。奶奶心里像捅了把刀,成天躲在小房里抽泣,可爷爷却依然是到镇子上和哥儿弟兄们指天画地,吹拉弹唱。

爷爷是看透了人生、世道,还是闲淡虚无、玩世不恭?

面对这样的爷爷,我们的小脚老奶奶真是可怜极了,她就像家里雇佣的仆人,一天到晚,扫扫擦擦,不是收拾院子里的农具就是钻进厨房蒸馍擀面。最吃力的是磨面,要把簸好的粮食倒进大笸箩,拌上水,然后端起沉重的簸箕,装进比她还高的毛口袋里。家里人多,没几天,磨的面粉就吃完了,第二轮又接着开始。一年三百六十五天,奶奶一天也没有闲着。冬天,她要为爷爷生好那一盆铜火炉,炉盘要擦得锃明瓦亮,待爷爷起床熬罐罐茶喝时,火一定要旺旺的,如果死煤灰烟,一顿骂是免不了的。

奶奶像个穷人家的老妈子,大兜襟补丁摞补丁,冬天也只穿条单裤,在膝盖绑一块"护膝",胖乎乎的手常常冻得裂开口子。她就这样一刻不停地来来去去，好像歇一阵谁会降下罪来！北山女人的苦日子养成了她勤劳、勤俭、勤苦的性格，她无法享受在财主家当婆婆的荣耀和权力，只是苦，苦，苦，承揽、捡拾这个家庭其他人抛弃的苦和难。

奶奶终于病倒了，肚子鼓鼓的，像是吹起来的羊皮袋，大夫说是水臌症。那正是1959年，经过了大跃进、放卫星、大吹大擂、浮夸风后，饥馑渐渐显现了出来，人民公社的大食堂里开始喝菜糊糊，奶奶尽管没饿着，可缺医少药，她的病症是很难治愈了。

我从兰州回乡下时，爷爷给我包里装了一斤"三合公"的水晶饼。放到奶奶枕边时，我特意声明："这是我爷给你买的。"奶奶哽咽得一句话也说不出来，肩膀抽动着，布满皱纹的眼睛溢出了一行热泪，她转过身伏在枕头上无声地抽泣，哭她一肚子的悁惶。我知道，奶奶恨死了霸道的爷爷。

这一包水晶饼永远也抵消不了奶奶对爷爷的怨恨。

四

爷爷把希望寄托在了我们这一代身上。

那时他不再去镇上吹拉弹唱，一心务弄我们家的菜园，吃住都在菜园的箍窑里。那是爷爷的"世外桃源"，也是我和堂哥的乐园。菜园后边是一条漂着绿水藻的官渠，夏天，红红的天鹅蛋、花缨萝卜、鲜嫩的葱秧加上糜面甜馍馍，那个香哇；秋天，官道边沿着水渠的各色果树挂满了果，长把梨、吊蛋，还有地里的西红柿、胡萝卜、刀豆、南瓜。我们一边享受着美味，一边还能不时听到赶往兰州城的猪贩子们唱的"花儿"……

爷爷有把小铁铲，擦得锃亮，能照得出人影儿来，除草时在太阳下一闪一闪，发出道道银光。小小的菜园让他务弄得井井有条，一年四季不断有新鲜蔬菜吃。他不知从哪引进了西红柿，我们叫它"洋柿子"，那味儿和一般果蔬大不一样，酸涩又好玩，一次我不小心，挤得裂缝里喷出一股汁水，涂了堂哥一脸红。爷爷培育的南瓜特别大，一个足有二十多斤，一个南瓜，够我们全家吃几顿，蒸包子，做南瓜糊汤，炒南瓜，晒南瓜干。我最爱吃的是南瓜包子，第一锅蒸出后，我先把包子捡到小筐里，然后快快送到果园里，爷爷拿了白生生，冒着热气的包子，蘸着辣子醋，吸溜着罐罐茶，那样子，充满了自豪感，好不得意，好不自在！

我才知道，爷爷不光能吹拉弹唱，庄稼行里他还真行！

我们喜欢闻窑洞里弥漫着树枝燃起的烟味，每每在那时候，爷爷就会吹起火苗，熬了罐罐茶，品咂着浓浓的苦茶，翻开一本崭新的《百家姓》，开始给我们教念："赵钱孙李，周吴郑王……孔曹颜华，金魏陶蒋……" 长大后，我回过头一想，不识大字的爷爷其实只是听音念经，好多字的读音都不是太准。准也罢，不准也罢，在那片绿荫覆盖的果园里，我还是认了不少字。爷爷还给我和堂哥一人买了一块"石板"——石头片儿制作的小黑板，让我们把记熟的字用细细的"石笔"一遍遍默写出来。写得好时，摘一个西红柿或者果子奖励我们，当然，我们最巴望的还是爷爷从镇子上带来的什锦点心。

我们十来岁时，爷爷又教我们拉"锯弦"——胡琴。他用铁罐头制作琴筒，柳木削成琴杆、琴轴，扫帚的细竹枝烤弯便是琴弓。村子前面的弥陀寺改成了粮管所，拉粮食的车马进进出出，我去拔了马尾，琴弓也做好了，抹上松香。爷爷边拉胡琴边唱，他让我们也跟着他整天拉《麻鞋底》《下四川》《张连卖布》一类的小调。有时，他坐在铜火炉边喝罐罐茶，就给我和堂哥讲苏武北海牧羊终不降番的故事，讲到动情处，还会唱起秦腔苏武和李陵的一段对唱。他似乎挺喜欢三国中的《祭灵》，最爱唱的是刘备的一段苦音慢板："满营中三军齐挂孝，旌旗招展，雪花飘。白人白马白旗号，银弓玉箭白翎毛……"就这样，我们学会了秦腔中的慢板、二六、尖板、二倒板……

爷爷对孙儿始终怀着希望。20世纪60年代，吃、烧都缺，我也是三天打鱼两天晒网地去上学，跟了母亲去铁路上扫煤渣，山沟里开荒地、挖柴火，肚子都吃不饱，娃娃们谁还稀罕读书？可只要有人从兰州回乡下，爷爷总要给我带来一叠黑麻纸的作业本和铅笔什么的。寒暑假我到兰州去，爷爷塞给我一元的零花钱。有次，我在新华书店买了本喜欢的长篇小说，他问多少钱，我说8毛多钱，爷爷没说话。我猜想，他不会不高兴，但他也许会可惜那一笔"巨款"没花到地方上——或许是让我买小吃，或许是在考验探查我呢。

其实，我听说爷爷并不喜欢小时候的我，原因是我总爱哭，也许是对"大掌柜"的怨恨波及我。但从我记事起，却从未见他嫌弃、冷淡过我。有次，我临摹《芥子园画谱》，他去了一趟镇上逍遥回来，见我还趴在桌子上画，说了声："这娃，也不心慌！"从他眉宇间我看得出来，他怜惜孙儿，其实是在夸赞我。

有次我去兰州看他，吃饭时他悄悄告诉我少吃点。饭后，他领我到南关什字一家小吃店，我们爷孙俩一人一碗元宵——那是乡下极少见到的小吃，其实每碗五个元宵，我只是吃了两个，剩下的却怎么也无法下咽。爷爷不高兴地埋怨我："给你说了少吃点饭，你这个娃就是不听话！"他只好挣扎着吃了八个，显然，他也是超量了。

上小学时，我们村巷里有个小男孩总要躲到我们大门口喊我一道去学校。爷爷一听他的声音，就厉声喝道："你走你的！"尽管爷爷没多少文化，他不知从哪听来的一句话让我终生难忘，他说："君子不党。"爷爷还说，"跟好人，学好义，跟着师公跳假神。"成人后，我才知道"君子不党"是孔夫子《论语》里的经典语录。

他不让我们和同巷子里的孩子结成团团伙伙，和那些不务正业的捣蛋鬼孩子黏糊在一起。我那位同学的父亲一辈子吃鸦片，又懒得操务庄稼，家里日子过得好不辛酸，每天的早餐是难以下咽的干炒面，他约我一道上学，无非是哄弄我们的糜面甜馍、白面馒头吃。

爷爷很少和村上的街坊邻居交往，他大约是怕他们借米借面，至于那些吸鸦片的、赌博的、偷鸡摸狗的，他更是不正眼瞧。让我钦佩的是，我们家也种过罂粟，大人们自然也割"花儿"，可爷爷和我的父辈们却没有一个吸食那黑油油的、令人家败人亡的罪恶的膏汁。

五

爷爷一生，没有一分钱的积蓄和私房钱。当年，凭着镇上的铺面和我们的家底，他应该能积存了不少金条和银圆，但是没有。他不会经济学，也没有进行资本滚动，而是在小西湖木场里挑了一般粗细匀称的椽子和粗壮的檩条、柱子，用木筏从黄河运到桑园峡卸下来，再用大车拉到家里，盖起了三堂五厦的院落。发家后的他一定是踌躇满志，首先向人们显示富有。

令他遗憾的是，本计划盖个气气派派的砖雕门楼，可四合院花光了家里的所有积蓄，只好将就着盖起了望一眼都让他来气的土门楼，犹如一个穿着长袍马褂却戴着一顶破草帽的人。可村上有的人说，老爷子的精明之处正在这里，纳财，藏富！不然，穷汉子们不会饶了他。爷爷逃了初一，也逃了十五。

那是1968年底，爷爷随着四叔要去嘉峪关。

正是春运高峰期，火车有时能晚点十几个钟头。接到晚点的消息后，无可奈何的爷爷只好选择徒步进城。兰州离我们家大约三十几公里，进城卖菜、送面、办事，一天打一个来回。可爷爷已经是快八十岁的人了，何况他来乡下时还带着五六岁的形影不离的"小猴娃"孙子。

一路上爷爷也很少说话，只是无言地左看右看，也许，他想到了当年随着筏子往桑园峡运送木料的惊险，这条通往兰州的官道，爷爷赶着大车不知走了多少遍。他大约想到这次千里之外的嘉峪关之行，将和他营造的四合院，和生活了一辈子的故乡永久告别。

穿过黄河边的三个山洞，灰蒙蒙的城市呈现在了眼前。

在兰州住一晚，第二天出发。

那一夜，爷爷长吁短叹，辗转反侧难以入睡。我明白，他是极不愿意在晚年离开熟悉的街巷、鸽子市场、五泉山，去那陌生的地方。"出了嘉峪关，两眼泪不干"，这个流传的谚语他一定是听过的。

灯光下，我望着爷爷深陷的眼窝、消瘦的面孔和一绺胡须，眼睛里含着晶亮的泪珠。抚摸着爷爷干瘦的胳膊，我的泪水悄悄流了下来，我偷偷想，也许，这次和爷爷是永久的告别了！

1977年恢复高考，我被录取到张掖师专。虽说我早已把喜讯写信告诉了爷爷，可我还是决定暑假去嘉峪关，亲口给爷爷汇报，让他知道我挣脱了捆绑我的羁绊和枷锁，总算改变了命运，孙儿没辜负他的希望。整整十年，他的孙子总算是逃出苦海重见天日了！

六

爷爷喜欢整天在嘉峪关宽敞的大街上东游西转，回家时，手里不是拿着废旧钢筋、铁丝就是纸板、塑料罐一类的废品，墙角堆得小山一般，恰如废品场。这让在百货公司上班的四爹和担任着饮食系统领导的四妈觉得颜面尽失。

按说，爷爷不至于难心到这个地步，金货、银货总有一点，赫赫有名的财东家的老爷子，能没有一点"宝贝"？

20世纪70年代，和苏联老大哥的关系糟糕透了，天天喊"备战"，到处挖防空洞。嘉峪关是"前线"，爷爷撤回到了老家，他唯一的行李是布包袱里层层叠叠的他的"老衣"——那是四爹在杭州出差时买的正宗杭州丝绸，但我估摸，那个包袱里说不定还藏着爷爷一生的"宝贝"哩。有次，谈起他的后事，爷爷饱含深情地说，他一辈子就喜欢玉石眼镜，唯一的一件宝贝就是他从年轻时到老离不了的一副叫作"鱼鳞甲"的水晶石眼镜，他明确表示要留给我，我是他的孙子辈唯一的读书人，他说看书费眼睛。除此，爷爷再也没提起过他还有什么值钱的宝贝——

村上的人常常讲，老人在临终前尚未糊涂时，一定会交代后事，藏有"私货"的，会散发给儿女。爷爷已经奄奄一息，几天水米不下，但思维还算清楚的时刻，我寸步不离地守在他旁边，以防他突然之间撒手人寰。

夜深人静，听得见手表秒针的嚓嚓声，只有我在爷爷身边，他开了口，他说他穿的棉衣口袋里有件东西要给我。我立时意识到，爷爷保藏了一生的宝贝要出世啦！我将手伸进他的棉衣口袋，果然，有件金属般的物件，约有寸把长，且十分光滑。金条？摸来摸去，这充满神秘的小宝贝就是无法弄出来，原来是藏在衣服的夹层里了。我试图从针脚的缝隙里往外挤，可也无济于事。爷爷显然被我的笨拙激恼了："你不会拆开？"

我硬扯开了并不严密的针线，小宝贝终于露了出来，原来是一个不知他从哪儿捡的钢笔上的金属笔帽！爷爷见我手里摩挲着那在灯光下闪闪发光的笔帽，有点欣慰地说："多好，当个烟嘴！"

我心底里顿时感到一阵莫名的失望和悲哀，难道爷爷真的是"赤条条来，赤条条去"吗！

"真好！"我安慰着爷爷，表示特别喜欢这个玩意，让即将离开人世的他为给孙儿一件宝贝礼物而感到欣慰。

抚摸着那光洁的金笔帽，依偎在爷爷身旁，盯着他那布满皱纹和斑驳老人斑的面孔，还有那卷曲着的白白的胡须，我热泪长流。梳理祖父的一生，他九十年的风雨沧桑，留给后人们的是什么宝贵的遗产？不少弟兄为了争夺遗产，闹得反目成仇、形同路人，有的甚至兵戈相见、闹上公堂……我觉得此刻我从爷爷那获得的，比金条和银圆还要宝贵！

2012年3月21日—22日，清明节前

后　记

金风送爽、丹桂飘香之际，这本集地方文化、历史、人物的散文，儿童文学于一体的集子面世了。欣喜中有如释重负之感。

本想在年近古稀时用这些篇章作一小结，可当我翻开这些陈货，品读之下，不由得踟蹰了——物换星移，岁月流转，这些旧作无论构思、结构还是语言，如今看来都难以简单结集出版。

于是，一场艰难的咬文嚼字工程开始了。苦辛之中我懊悔不已，为什么偏要与文学结缘，使自己陷入这文字堆而不能自拔！

记得还是初小时，有一次我看到《中国少年报》的征文，便自不量力投稿，虽然最终石沉大海，但自此我的写作兴趣萌发了。后来，受"大跃进"全民写诗的影响，我又开始挥笔作诗。一首"消灭干旱在今冬"的"七言绝句"在《甘肃青年报》上发表，编辑寄来的《创作问题漫谈》和《火光在前》两本书彻底点燃了我的写作激情。于是乎，一篇篇消息、小诗陆续被《甘肃日报》和甘肃省广播电台采用。时任二中团委书记的雷镇声老师（曾在《陇花》上发表过民间故事）在收音机里听到我写的农村报道后，对我大加鼓励；后来，俄语教师张尔进（翻译并发表过不少俄罗斯民间故事和短篇小说）的文学之路又启发、引导我将笔触拓展到小说、戏剧领域。不知天高地厚的我沉迷到创作中，每天苦思冥想，设置人物，构思情节……甚至梦想着能进北大、兰大中文系，将来当作家、记者。

然而，我的文学梦在一场"文化大革命"中几乎化为泡影！

幸而，在我高中毕业十年后，国家恢复了高考，这是我人生的拐点——从绿色的田野到窗明几净的教室，名著的陶冶，文学知识的积累，视野的开阔，"伤痕文学"的兴起，重新点燃了我的文学梦。文选老师刘懋德在课堂上对我的作文进行点评并常常表扬、鼓励我，带领我逐步走上正规的写作路子；长篇小说《沙浪河的涛声》的作者，从河南流浪到新疆、历经磨难的青年田瞳，促使我摒弃捡芝麻丢西瓜、乱打乱撞的写作状态，使我在挑灯夜战中完成了表现农村生活的中篇小说《黑河浪》。

就这样，文学犹如五彩云中的素女，始终与我缠绵着，形影不离。

在白虎山下师范学校教学的间隙，我在报刊上发表了一批"尕小说"。那时的我觉得，短而快的"豆腐块"更适合地方报纸这个平台，也适合疲于奔命的我。

县政协文史资料的采编使我的文学视野更加广阔。黄河文明在榆中这块古老的土地生生不息，演绎了无数可歌可泣的历史故事，保存了难以尽述的历史遗迹——石器、陶罐、烽燧、长城、西秦国都勇士城；明清时期的水烟作坊以及古民居、村落，明代肃藩王的陵墓，李自成金县揭竿而起的故事，兴隆山中暂厝的成吉思汗陵寝……这里，还沉淀着数不清的以"七月官神"为主体的民俗文化活动——盛行全域的春节社火队、秦腔班，特别是金崖镇纪念金花娘娘和岳家巷村祭奠岳飞、烧秦桧及清明节青城镇的"隍爷出巡"等民俗串起了榆中久远的历史和现实，彰显着古老土地上淳厚的历史文化底蕴。

这块先民们开垦过的黄土地，如今已是一片欣欣向荣的景象，高楼林立，列车飞驰，高速路网遍布，一幅幅色彩斑斓的图景正在绘就；勤劳、朴实的父老乡亲们延续着前辈的梦想，为创造新生活不懈地奋斗着……

述不完，歌不尽的这一切，给我文学生涯提供了取之不尽的珍贵资料和素材，我在其中尽情地采撷……

遗憾的是，由于能力所限，我不太具备全新的、面对日新月异的变化的视野，更无法站在历史的高度抒写这片沃土上的巨变。尽管如此，我还是被文学深深诱惑，不愿放下手头的这支笔，冬去春来，始终坚持如老牛般笔耕不辍，于是就有了这本荤素皆纳的"杂烩菜"式的集子。

今天，它终于以比较令人满意的样子正式出版了，欣慰之余，我要感谢各位领导、亲朋好友的理解与支持。

金耀东
2019年秋初